미시시피
MISSISSIPPI MINNESOTA
민애소다

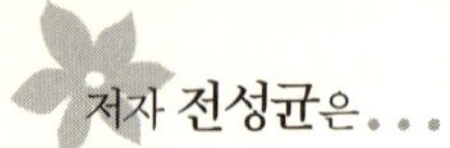 저자 전성균은...

경북의대를 졸업하고 서울대학교 대학원을 거쳐 국제원자력기구 장학생으로 유럽에 유학하여 이탈리아 볼로냐 대학에서 수학하고 독일 뒤셀돌프 대학에서 박사학위를 취득하였다. 1967년 미국 미네소타 의과대학에 부임하여 난청의 기초의학적 연구와 후진양성에 전력해왔고 미국보건연구원(NIH)의 연구자금 심사위원으로도 봉직했다.

의대와 대학원 재학시 아프리카의 성인 알버트 슈바이처 박사가 제창한 "생명에 대한 경외"의 철학에 심취하여 1958년 의학과 생명과학에 종사하는 학생들을 중심으로 "생명경외클럽"을 창설하였다. 이 클럽은 지난 40여 년간 무의촌 진료와 불우이웃돕기 운동에 힘써 왔다.

1985년에는 스웨덴의 카롤린스카 연구소의 객원교수로 지냈고 1986년에 다시 스웨덴을 방문하여 미네소타 주의 전주지사 앤더슨 씨를 만나 미네소타 대학과 카롤린스카 연구소의 교수 및 학생 교환과 공동학술대회 프로그램을 설립하여 지난 20년간 국제교류 활동에 헌신했다.

1996년 안식년으로 한국과학기술연구원 의과학 연구센터 소장으로 재임시 『꿈을 꾸며 사는 나그네』를 출간하였고, 1998년에는 '첫 눈'으로 미주 크리스찬 문학협회 이민문학상 산문 부문에 입선하였다.

현재 미네소타 대학교 의과대학 이비인후과 및 신경과학과 교수, 가천의과학대학교 초빙교수, 한국과학기술 한림원 종신회원, 한미이비인후과학회 회장을 역임하고 있다.

미시시피 민애소다 民愛笑多
나그네의 꿈 그리고 소망

2007년 8월 15일 인쇄
2007년 8월 20일 발행
지은이 | 전 성 균
펴낸이 | 이 찬 규
펴낸곳 | 북코리아
등록번호 | 제10-1519호
주소 | 121-802 서울시 마포구 공덕2동 173-51
전화 | (02)704-7840
팩스 | (02)704-7848
이메일 | sunhaksa@korea.com
홈페이지 | www.ibookorea.com
값 12,000원
ISBN 978-89-92521-23-9 03810

미네소타 의과대학 전성균 교수 수상록

미시시피

MISSISSIPPI MINNESOTA

나그네의 꿈 그리고 소망

북코리아

머리말

나그네는 꿈을 꾸며 살아간다. 그리고 소망 가운데서 평안을 얻는다. 필자가 유럽을 거쳐 미국에 정착한지도 어느덧 30년이 넘었으니 세월은 빠르기도 하다. 1961년 초에 한국을 떠난 뒤 안식년을 맞아 귀국한 것이 1993년이었다. 근대사의 소용돌이를 고루고루 겪으며 한국에서 뼈가 자랐고, 외국에 나와서도 한국인으로 버티었기에 그간 은혜를 입은 조국에 무엇인가 보답을 해야겠다는 생각에 서었다.

안식년동안 한국에 머물면서 의과학(Biomedical Science) 분야를 개척하여 서울 홍릉의 한국과학기술연구원(KIST)에 의과학연구센터를 설립했다. 의과학은 의학과 자연과학 및 공학을 접목하는 학문이다. 그 당시 이 일의 추진과 성취를 위해 헌신적으로 도움을 아끼지 않으셨던 김은영 원장님과 서울의대 고창순 교수님의 노고를 치하하고 싶다.

한국에서 안식년을 마치고 떠날 무렵, 1996년에 나는 『꿈을 꾸며 사는 나그네』라는 책을 출간 하였다. 이 책은 유럽과 미국에서 지낸 삶의 기록을 묶은 것으로서 의예과 시절의 친구인 작가 이규헌 형의 도움을 받았다. 그리고 다시 연구를 계속하기 위해 미네소타대학으로 돌아왔고, 그 후 또 10년이라는 시간이 흘렀다. 이번에는 미시시피 강변의 나그네로 지내는 동안 느끼고 생각한 것들을 모아서 『미시시피, 民愛笑多』라는 제목으로 묶어보았다.

이 에세이들은 크게 네 가지 테마로 구성되었다. 첫째는 몸담아 일했던 대학 사회의 면모와 그에 얽힌 주변의 이야기들이다. 둘째는 함께 나이 들어가는 동료들을 생각하고, 삶의 마디마디를 겪을 때 힘과 용기를 얻었던 신앙을 근간으로한, 이 글들로 믿음의 본질과 삶과 죽음에 대한 생각들이다. 인간의 근원적인 문제에 대해 고민하는 분들과 함께 대화해 보고 싶은 마음이 컸다.

다음은 조국의 앞날을 짊어질 젊은이들을 위한 조언의 글들이다. 나의 개인적인 삶의 주변에서 일어난 일들을 통하여 젊은이들의 미래를 위한 비전을 제시해 보고자 한 것이다. 우리가 역사로부터 배우듯이 젊은이들은 인생 선배로부터 삶의 지혜를 얻는다.

그리고 마지막으로 나의 '웃음의 철학' 소론과, 나이가 들어가는 사람들이 어떻게 삶의 마지막을 보람 있게 보내며 아름답게 끝맺음을 할 수 있을까를 생각해 보았고, 자작시 몇 편을 추가했다.

모쪼록 이 글들이, 읽는 사람들의 마음에 닿아서 공감대를 이루고 새로운 발돋움을 하는 데 도움이 될 수 있기를 바란다.

끝으로 이 책의 출판을 위해서 늘 가까이에서 힘을 더해 주시고 기도해 주신 이종한 장로님, 송영옥님, 이규헌님께 진심으로 감사드리며 원고 정리에 큰 수고를 해 주신 박선경 사모님, 박미옥 사모님, 조정아님, 진현주님, 박상유님께도 감사를 드린다. 무엇보다 원고를 흔쾌히 맡아주신 북코리아의 이찬규 사장님과 출판사의 가족들에게 감사를 드린다.

2007년 6월 10일

저자 전 성 균

추천사

이 성 낙 가천의과학대학교 총장

전성균 교수는 재미 학자로, 오래전부터 소박하면서 아름다운 글을 써 오신 것으로 잘 알려지신 분이다. 10여 년 전 『꿈을 꾸며 사는 나그네』라는 산문집을 출간한 데 이어 이번에 『미시시피, 民愛笑多』란 산문집을 내놓으셨다. 두 권의 책 제목에서 알 수 있듯이 저자는 아름다운 무지개를 찾아 발걸음을 옮기는 아이와 같이 언제나 자신의 꿈을 찾아 길을 떠나는 희망과 어진 심성을 지닌 나그네이다.

이번 산문집 『미시시피, 民愛笑多』는 한번 펼치면 마지막 책장을 넘길 때까지 손에서 놓을 수가 없다. 긴박감이 있거나 흥미가 넘치는 소설이 아닌데도 이렇게 책 속에 빠져드는 이유를 나름 곰곰이 생각해 보니, 책 전체에 잔잔히 흐르는 연륜 깊은 원로 교수의 진솔함이 배어 있기 때문이 아닌가 싶다.

전성균 교수는 학문의 길을 걷는 제자와 후배들에게 어떻게 하면 훌륭한 연구 업적을 쌓을 수 있는가 하는 기법을 가르치는 것이 아니라, 자신이 지금까지 살아오면서 겪은 다양한 인생 경험을 통해 진실한 사람됨이 우선되어야 한다는 메시지를 전하고 싶은 것이다.

이 책은 인생의 선배로서 후배에게 들려주고 싶은 소망, 유럽과 미국의 학문적 분위기, 인간관계는 소중하고 아름다운 것, 베풂과 받는다는 것, 국가 경쟁력이란, 한국과 유럽 그리고 미국생활에서 체험한 것, 촉촉한 마음(humor): 삶의 여유에 관한 것, 우리 삶에서 행복의 조건, 무엇이 올바른 삶인가를 생각하는 청빈 정신, 고국에 대한 변함없는 사랑, 생명 경외 사상, 삶의 섭리와 의미, 늙어 가는 삶의 멋, 생의 아름다운 끝맺음, 기독교인으로서의 신앙생활 등 모든 것을 아낌없이 후학에게 전하고 싶은 저자의 순박한 마음으로 가득 차 있다.

결코 적지 않은 나이에도 지난해 미국 NIH로부터 연구비를 받게 되었다며 웃음 가득한 얼굴로 말씀하시는 순박하면서도 아름다운 저자의 모습에서 원로 교수가 살아온 삶의 흔적을 엿볼 수 있었다. 바로 이런 분의 마음과 삶이 담긴 산문이기에 많은 사람, 특히 젊은이들이 꼭 읽어 보기를 추천한다.

추천사

강 문 규 지구촌 나눔 운동 이사장

40여년의 지기지우 전성균 학형의 이번 문집을 읽은 후의 느낌은, 쉬는 일 없이 그가 그리는 꿈의 세계를 향해 지금도 달리고 있는 그의 모습을 다시 만난 느낌이다. 이 책을 삶의 마지막 고갯길에 서 있는 우리들 동세대들과, 앞으로의 삶을 설계해가려는 젊은이들에게 다 권고하고 싶다. 긴 인생여로의 마지막 고비에서 정신차려 보니 삶에 지쳐 냉소주의와 일종의 공허함이 주변을 감돌고 있는 우리들 세대들은, 여기에 실린 글들을 통해 새로운 삶의 생기를 느낄 수 있을 것 같다. 공허의 늪에서 헤어나, 해학의 세계에서 웃음과 그 속에 담겨 있는 교훈을 찾아내어, 지친 삶 속에서 잊었던 기쁨도 찾을 것이다. 그래서 삶의 소생에 대한 계기를 잡을 수도 있으리라 믿는다.

생각하기를 포기하고 오로지 휴대전화에만 매달려 살아가는 요즘의 세대, 삶의 목표를 소비능력에만 초점을 두는 오늘의 신세대 속에서 이 문집은 하나의 읽을 꺼리를 제공할 뿐 아니라 스스로를 생각할 계기를 제공해 줄 것으로 믿는다.

추천사

이 규 헌 작가

10년 전, 『꿈을 꾸며 사는 나그네』는 저자의 대학주변의 여러 사건과 양상을 자연과학의 설명 방법으로 서술한 내용이었다. 그에 반해 이번 『미시시피, 民愛笑多』는 인문주의의 방법 특히 해석학적 방법인 자기이해, 세계이해를 통해 인간의 본래적 실존의 각성으로 자연과 사물, 삶과 죽음, 가정의 애환을 투시하는 새로운 지평을 펼친다. 한편 크리스천인 자신이 그리스도의 진리인 영적 세계, 영원한 소망에 안도하여 죽음의 자세를 확립한다. '믿음에 이르는 단계', '삶과 믿음, 그리고 소망', '이 땅에서 영원으로'는 과학자인 자신이 평신도에게 주는 매우 예리한 교훈의 글이라고 생각된다. 전편이 에세이 형식에 날카로운 필치로 장치되어 있다. 독자적인 '웃음의 철학'은 감동을 주는 가작이다.

그는 이번 『미시시피, 民愛笑多』로 놀라운 사색인임을 확인됐다. 다음 저작집이 주목된다.

차례

제3부_삶의 의미와 신앙

제4부_인생의 고난과 소망

제8부_**영원한 삶**

제1부

민애소다(民愛笑多)

미시시피 강변에서

미시시피강을 뛰어 넘었다고 하니 친구의 눈이 둥그레졌다. 이 강의 상류를 찾아가서 물이 졸졸 흘러내리기 시작하는 조그마한 개울을 뛰어 넘었으니 거짓말을 한 건 아니다. 미네소타의 북부에서 시작한 미시시피 강은 장장 4천 마일을 흘러 뉴올리언즈까지 가서 바다로 흘러 들어간다.

우리가 사는 미니애폴리스에는 대학 캠퍼스가 강가에 자리 잡고 있어 말없이 조용히 흐르는 미시시피 강을 언제나 볼 수 있다. 신록이 우거진 강변의 숲과 강물 그리고 그 옆에 서 있는 대학 건물이 들어있는 슬라이드를 만들어 두고 외지 사람들에게 소개할 만큼 강변은 아름답다.

강물이 조용히 흘러가는 것을 보고 있노라면 우리가 살고 있는 인생을 생각하게 된다. 모태에서 작은 생명으로 태어나 자라면서 삶을 이어간다. 그리고 인생은 강물처럼 쉬지 않고 흘러간다. 흘러가는 강물은 포용성이 있어 간혹 더러운 오물이 섞인 것이 흘러 들어와도 그것을 조용히 받아들여 정화시키거나 밑바닥에 가라앉히고 계속 흘러간다.

강물의 특징은 쉬지 않고 흘러가는데 있다. 물이 멈추면 썩고 냄새가 나지만 흐르는 물은 신선하다. 어느 강이고 그 하류에 가서 그칠 때가 있듯이 세계에서 제일 길다고 하는 미시시피 강도 뉴올리언즈에 가면 바다로 흘러 들어간다. 아름다운 생각이나 이상이나 사랑이 멈추면 삶은 썩기 시작하고 냄새가 난다. 마치 강물이 멈추면 썩기 시작하는 것처럼. 강의 또 다른 특징은 강둑의 테두리 안에서 흘러가는데 있는 것 같다. 때로는 폭풍이 와서 물결이 일기도 하고 추운 지방에서는 강물이 꽁꽁 얼어붙어 흐르지 못할 때도 있다. 그러나 그러한 것은 언제나 일시적인 것이고 시간이 지나면 다시 원상 복귀하고 흘러간다. 우리의 삶도 어떤 정해진 테두리(섭리)속에서 마지막 종착역(저세상)을 향하여 달려간다.

신록이 우거진 강둑에서 푸른 하늘과 눈부신 태양 아래 유유히 흐르는 미시시피 강을 바라보며 거닐다가 잠시 사색에 잠긴다. 인생이 강과 같다는 것이 결코 생소한 이야기는 아니지만 시작이 있고 끝이 있고 어느 테두리 속에서 온갖 우여곡절을 겪으면서도, 아무 일 없는 듯이 목적지를 향해서 조용히 그리고 우아하게 흘러가는 모습이 당당하고도 대견하다는 생각이 든다.

강물은 어제나 오늘이나 그리고 내일도 변함없이 이러한 교훈들을 속삭이며 유유히 흘러간다. 강물은 우리 삶의 한계성을 가르쳐준다. 자기가 맡은 일에 충실하며 부질없는 욕심을 버리고 가난해도 자존심을 지키며 당당한 모습으로 살아가기를 바라는 듯이 손짓하며 흘러간다. 많은 인생도 강물처럼 왔다가 바다로 흘러갔고 앞으로도 계속 사라져 가리라.

강변에 서서 이런 부질없는 사색에 잠기는 사람이 어찌 나 뿐일까. 언제나 거기 있고 강변의 아름다운 경치와 조화를 이루기 위해서 흘러가는 것으로 여겼던 미시시피 강이 오늘 따라 유난히 많은 것을 생각하게 하는 새로운 영상으로 다가온다.

첫 눈

미네소타 주는 미국 중서부의 북쪽 끝 캐나다와의 접경에 자리잡고 있으며 그 독특한 대륙성 기후로 유명하다. 겨울의 날씨는 만주의 하얼빈과 비등하다고 하는데 그 매서운 추위는 이곳에 한번 살아본 사람이면 영 잊을 수 없는 혹독한 것이다. 물론 사계절이 있어서 짧기는 해도 아름다운 봄과 가을이 있고 찌는 듯이 더운 여름도 있다. 그러나 살을 에는 듯한 찬바람과 눈보라가 치는 겨울이 미네소타의 특색을 가장 잘 나타내준다.

11월이 되면 미네소타에는 첫눈이 온다. 첫눈이 오면 겨울이 시작되는 것이다. 첫눈이 오는 날 이곳 사람들의 대화가 재미있다.

"드디어 첫눈이 왔구나!"
"눈이 오기를 기다렸니?"

"아니 꼭 그런 건 아니지만 올 것이 왔다는 느낌이야."
"나는 사실 눈을 기다렸어, 스키를 타러 갈 수 있으니까 말이야."

아무튼 첫눈이 오면 긴긴 겨울이 시작되고 첫눈이 채 녹기도 전
에 다시 눈이 쌓이고 다음해 4월까지는 눈이 그대로 차곡차곡 쌓여
지는 것이다. 물론 큰 길거리는 교통에 지장이 없도록 시청에서 치
워주지만 잔설은 어디서나 볼 수 있고 추위가 더해질수록 길은 미
끌미끌해져 다니기가 조심스러워진다.

첫눈이 오면서부터 이곳 사람들은 겨울을 생각하게 된다. 한국
의 삼한 사온과 비슷한 주기가 있지만 삼한은 영하 10~20℃를 오
르내리는 혹한이다. 작년에는 영하 55℃로 내려간 곳이 미네소타
에 있어서 그 해의 기록이라고 전국의 신문과 텔레비전에서 떠들어
대었다. 초봄에 열린 학회에 갔을 때 그 추운 고장에서 어떻게 사느
냐고 놀람과 동정이 엇갈린 인사들을 받고 난처했었다.

따지고 보면 왜 이 추운 고장에 꼭 살아야 하는지 모르겠다. 미
국이 광대하니 갈 곳을 구해보면 살만한 곳이 있을 법도 한데 왜 하
필이면 이곳에 정착해서 살아야 하나 하는 의문이 겨울만 되면 살
아난다. 그러다가 어느덧 20여년을 살아 버렸다. 미련한 곰과 같으
니까 이곳에 그렇게 오래 살았지 하다가 마침내 섭리라는 관점에서
삶을 받아늘여야 되지 않을까 하는 것으로 생각을 굳혔다. 이곳이
우리가 살도록 정해진 땅이요, 여기서 삶의 뜻을 찾아내야 하는 섭
리에 붙잡혀 있다는 생각을 하고 주저앉아 버린 것이다.

매섭게 추운 겨울은 이곳 사람들에게는 자연이 주는 추위라는 시
련과의 싸움에서 승리할 수 있는가를 시험해 보는 시기이기도 하

다. 길이 치워져 있어도 가급적이면 다니지 않고 집에 들어앉아 지내기가 일쑤다. 스키를 즐기는 사람들은 골프 족과 같이 여유가 좀 있는 사람들이다. 대부분의 서민들은 가고 싶은 곳을 마음대로 다니는 자유를 빼앗긴 채 직장이 끝나면 집에 돌아가 조용히 지낸다. 그러다보면 아무래도 자신의 삶에 대해서 생각할 시간이 많아진다. 지난날에 저지른 허물에 대한 회한이 물밀 듯 밀려오기도 한다. 겨울의 혹한처럼 인생에서 닥치는 쓰라린 고난, 아무에게도 말 못하고 혼자서 지그시 참고 기도로서 매달려야 하는 문제들이 누구에게나 있지 않을까 하는 생각도 하게 된다. 겨울을 이기고 지내야 봄을 맞는다는 것처럼 고난의 시기도 이기고 나가야 새날을 누리리라는 소망을 갖게 되는 것도, 어쩌면 이곳의 겨울이 주는 교훈인지도 모르겠다.

김진섭씨의 수필 『백설부(白雪賦)』는 눈에 대한 찬양의 글이다. 고공에서 아름답게 윤무하다 세상, 특히 큰 도시의 더러운 것들을 덮어 주는 눈, 얼마동안 쌓여 있다가 녹아버리는 눈을 그는 기적같이 왔다가 행복같이 달아나 버린다고 표현했다. 미국의 북극인 이곳의 눈은 잠시 내렸다가 사라져 버리는 낭만적인 눈은 아니다. 이곳의 눈은 겨울의 상징일 뿐 아니라 쉬 녹지 않는 게 그 특성이다.

첫눈이 오는 날 이 고장 사람들은 "또 이 무서운 한 겨울이 지나야 봄이 오겠구나, 그러나 견뎌 내야지"하고 긴장된 표정으로 중얼거린다. 그러나 따뜻한 햇볕에 쌓인 눈들이 녹고 만물이 소생하는 봄이 분명히 올 것을 알기에 첫눈이 오는 날부터 봄을 기다린다. 새 봄이 와서 눈 녹은 들판을 달리는 통쾌한 꿈을 꾸며 그 포근한 날이 하루 속히 오기를 간절한 마음으로 기다리는 것이다.

이곳에 드디어 겨울이 왔음을 알리는 첫눈이긴 하지만 하늘에서 펄펄 내려오는 저 눈은 다른 곳에 내리는 눈처럼 아름답기는 마찬가지다. 첫눈이 오는 날 나도 모르게 "드디어 올 것이 왔구나!" 하고 중얼거리면서도 조용히 창밖에 내리는 눈의 아름다움에 매혹된 채, 긴긴 겨울을 잘 견디어 나갈 마음의 준비를 해 보는 것이다.

그 사람의 향기

한 사람의 인품은 우리의 마음에 와 닿을 때 향기 노릇을 한다. 욕심이나 계산 없이 다른 사람에게 관심을 가지고 그 사람의 일을 말없이 돌보는 사람들에게서 은은하게 풍겨 나오는 향기는 우리의 마음속으로 조용히 스며든다. 그 향기를 맛본 사람은 향기의 주인공을 잊을 수 없다. 그리고 그를 위해서 무엇이라도 해주고 싶은 마음이 생긴다.

이 고장에서 오랜 세월 이웃을 위해서 마음을 쏟아 온 L 장로님이 갑자기 입원하셨을 때, 평소 그 향기를 접하였던 사람들이 자연스럽게 모여서, 여러모로 그 분을 도우려고 했던 것을 목격했다. 우리도 무엇으로나 표시를 해보려고 노력한 사람들 중의 하나이다. 여러 사람의 간절한 기도와 정성으로, 그리고 본인의 신앙과 삶에 대한 굳건한 의지와 사모님의 지극하신 간병으로 병세는 호전되어 퇴원하셨다. 평소에 보답을 바라지 않고 쏟으신 그 정성이 향기로 퍼져 여러 사람들의 마음을 움직였고 본인과 여러 사람의 기도가 상달된 셈이다.

　얼마 전 이 고장에서 나름대로 착실한 삶을 살아가는 K 박사가 그 아내의 특별한 생일잔치를 본인이 모르게 차려 주어서 우리를 놀라게 한 일이 있었다. 그 부부도 남을 위해서 꾸준히 말없이 봉사하고 젊은이들의 길잡이와 의논 상대가 되어준 사람들이었다. 우리도 이 '깜짝 파티'에 초대되었다. 원래 길눈이 어두운 필자이지만 그날 만큼은 전화로 다시 길을 묻는 일을 삼가했다. 혹 생일을 맞은 본인이 전화를 받아 모든 것이 탄로 나면 비밀로 해달라는 남편의 청을 배신하게 되기 때문이다. 대충 근방에 가니 길눈이 밝은 아내가 기억하고 있어서 별 어려움 없이 집을 찾았다. 이 부부에게 평소에 신세진 사람들과 가까운 친지들이 가득 모여서 잔치 준비에 부산했다. 주인은 우리를 반기며 큰 아들이 핑계를 만들어 부인을 데리고 나갔는데 아직 모르고 있으며, 이제 곧 도착할 것이라고 했다. 이윽고 부인이 아들과 함께 돌아왔다. 집에 모인 모든 사람들이 "생일 축하합니다!"를 불렀다. 본인은 정말 몰랐고 놀랐다고 하며 기쁨을 감추지 못했다. 주인 내외가 포옹을 할 때 우리는 다시 박수를 쳤고 두 사람은 벅찬 감동으로 눈시울이 젖어 있음을 볼 수 있었다. 오랜 세월동안 남을 보살핀 사람들이 받는 아름다운 보답의 장면이었다. 젊은 사람들이 정성껏 준비한 푸짐한 음식을 맛있게 먹고 담소를 나누다가 다시 한 번 생일 축하 노래를 부르고 안주인은 생일 케이크의 촛불을 끄고 하객들은 후식을 나누었다.

　J 장로는 교회일, 특히 궂은일들을 도맡아 말없이 해내었다. 그는 속이야기를 터놓아도 호감을 가지고 받아주는 부드러움을 지니고 있었기에 누구에게서나 신임을 얻은 사람이다. 그의 부인도 그

에게 못지않게 부드럽고 인자하며 남 섬기기를 즐겨했다. 틈이 나는 대로 부지런히 음식을 장만하여 어른들 대접하기를 즐기는 좋은 심성을 가지고 있었다. 우리가 오래된 오막살이를 정리하고 새로 생긴 동네로 옮기는 날 그는 우리를 찾아와서 도울 일을 물었다. 오랜 세월동안 간직하고 있던 것을 훌훌 버리고 이제 홀가분한 마음으로 어쩌면 이 땅에서 마지막 처소가 될지도 모르는 곳으로 이사하기로 작정했을 때, 이웃에게 나누어주는 일만 남아 있었고 운송 회사에서 와서 정리를 해 주어서 우리가 할 일은 많지 않았다. 그러나 그가 와서 함께 의논 상대가 되어 주었기에 든든했다. 이웃사촌 이라는 말이 있듯이 가까운 친척 못지않게 우리를 보살폈고 혹 불편한 것이 없나 늘 돌보아 주었다. 그들이 이 고장을 떠나 서부로 이사 간다는 이야기를 듣고 서운한 마음을 금할 길 없었지만 장래에 다시 만나기를 기약하며 떠나보내기로 하였다. 그들 역시 우리가 오래도록 간직할 향기를 우리 마음속에 심어주고 이 고장을 떠난 사람들이다.

P 교수는 이 고장의 대학병원 장기 이식과의 책임을 맡고 있는 외과 의사였다. 이곳으로 이사 온 후 그가 우리 큰애와 대학을 같이 다녔다는 사실을 알게 되어 곧 친근하게 왕래하게 되었다. 그는 성격이 순박하고 용모가 준수하여 모두 그를 좋아했다. 2001년에 그가 장기 이식 분야의 석좌교수로 임명되었을 때 대학 신문에 그의 이름이 크게 실리고 지난날의 행적이 소개되었다. 기자들이 어떻게 장기 이식 외과를 전공하게 되었는가를 질문했을 때 그는 다음과 같이 대답했다. 그가 대학에 다닐 때 자기 누님이 신장(콩팥)기능장애로 이식이 필요하였는데 자기의 신장 하나를 기꺼이 기증했고 수

술이 성공하여 두 인생이 건강하게 귀한 삶을 누리게 되었고 그 일로 인해서 그는 장기 이식 외과에 관심을 갖게 되었다고 했다. 이 기사가 대학 신문에 났을 때 필자를 포함한 많은 사람은 가슴이 찡하는 감동을 맛보았다. 누구에게나 자기 몸의 일부를 떼어 내어 기증한다는 것은 엄청난 결단을 필요로 하는 일이다. 남매를 두신 어머님께서 신장을 기증하시겠다고 나섰지만, 조직 검사 결과 서로 맞지 않아서 마음 아파하셨다는 이야기를 그 뒤에 들었다.

P 교수는 자기가 일하고 싶어 했던 분야에서 두각을 나타내게 되었고 권위자가 되었다. 그것은 장기 이식을 둘러싼 여러 문제들을 직접 체험했음으로 인한 깊은 이해가 크게 작용했을 것임이 분명하다. 그는 서부의 사립 병원의 과장으로 초빙되어 이 고장을 떠났지만 그의 따뜻하고도 인자한 그리고 진솔한 눈빛을 잊을 수 없고, 그를 내조하는 부인의 아름다운 마음씨도 우리의 마음속에 늘 남아있다.

최근의 교회회지인 『옥합』에 L 장로님의 투병기가 실려서 감명 깊게 읽었다. 10여 년 전 성탄절 예배 직전에 갈급한 마음으로 세례를 받고 다음날 기적적으로 장기이식 수술을 받아 그 수술이 성공하여 새로운 삶을 시작한 일이 자세하게 담겨 있었다. 이 일을 통하여 우리는 믿음을 가지고 간구하는 성도의 기도에 응답하시는 하나님의 은혜를 알게 되었고 함께 감사의 기도를 드렸다. 내조하는 H 집사님도 이 고장에서 헌신적인 봉사정신으로 잘 알려져 있다. 교인 중에 환자가 생겨서 입원을 하게 되면 누구보다도 먼저 병원으로 달려가서 함께 기도하고 위로해 주며 보살펴 주는 일을 도맡아서 하고 있다. 장로님의 투병 생활에 정성으로 몸과 마음을 바쳐서 간병하고 이제는 완쾌하시게 되었으니 감사할 뿐이다. 이처럼 예수님의 사랑을 실천하고 이웃을 위해서 헌신하는 가정에 하나님께서 축복하신다는 것을 이 믿음의 부부를 통해서 우리는 분명히 알게 되었고 감명을 받았다.

우리 주위에 자기를 희생하며 이웃을 위해서 애씀으로 은은한 향기를 뿜어내는 사람들이 있음은 우리의 삶을 기쁘게 한다. 그리고 그 향기를 가슴에 간직할 때 우리의 마음은 훈훈해지고 촉촉해 진다. 우리 주님은 이 땅 위에 계실 때 늘 베푸셨고 상처를 고쳐주셨고 마침내 당신의 몸을 주기까지 우리를 사랑하셨다. 그 사랑을 깨달을 때 우리도 무엇인가 주님을 위해서 해드려야 되지 않을까 하는 마음이 생긴다. 영원히 사라지지 않는 향기로 우리를 사로잡으신 주님께 감사드리며 영광을 돌린다. 주님을 본받아 그 향기를 전하는 갸륵한 이웃들에게도 마음에서 우러나오는 감사가 담긴 힘찬 박수를 보내고 싶다.

미네소타 한인 합창단의 공연을 보고

지난 번에 있었던 미네소타 한인 합창단 공연을 보고 오랜만에 한국인으로서의 긍지와 뿌듯한 감동을 맛보았다. 그 동안 몇 차례 공연을 가 보았지만 올해의 프로그램은 중견 한국계 음악인들의 협조가 눈에 띄었고 예년에 비해 다양하고 알차게 짜여진 것 같다.

음악 순서를 풀이할 능력은 없지만 처음에 나온 합창은 성가, 한

국가요, 멘델스존의 곡들을 잘 다루어 좋은 화음을 이룰 줄 아는 합창단임을 우선 과시했다. 미네소타 음대의 K 교수와 학생들의 협주는 우리가 잘 아는 멜로디여서 듣기에 편했고 현악기가 낼 수 있는 아름다운 선율들을 멋있게 들려주어 즐거웠다. 이 고장 음대에 K 교수님이 계시어 여러 방면으로 활약하시는 것을 늘 흐뭇하게 생각해 왔는데 이번에 특별한 시간을 할애해 주신 것에 감사할 뿐이다.

이번 음악회의 하이라이트는 역시 한국계 중견 음악인들의 협연이었다. 그 중에도 앤드루 갱스태드씨의 독창은 인상적이었다. 사회자가 소개한 바와 같이 그는 한국인의 피를 이어받은 입양아로서 오페라의 본산인 뉴욕의 메트로폴리탄 오페라단에서 활약 중인 음악가이다. 그의 타고난 미성, 그리고 자연스러운 연기 자세는 청중을 완전히 매혹해버렸다. 제 2부 순서에서 그가 부른 모차르트의 '돈 죠바니'의 아리아와 이어서 부른 한국의 가곡 '비목'에 관중은 마음이 뭉클하여 기립박수를 보냈다. 그는 이 열렬한 환호에 자연스럽게 답례한 뒤 무대를 떠났고, 그의 훌륭한 자질과 진지한 태도는 우리들의 마음속에 오래도록 남아있을 것이다. 더욱이 그가 입양인으로서 훌륭하게 자란 사실은, 지난 번에 이곳을 방문한 또 한사람의 입양인인 와싱톤주 상원의원 신호범 박사와 함께 미국에 있는 수많은 한국계 입양인에게 용기와 희망을 심어주었다.

이 공연에서 또 하나 특기할 만한 것은 이곳에서 공부와 연구를 계속하고 있는 한국인 학생들이 한국인 작곡가들의 작품을 소개한 것이다. 동산에 올라갔을 때 화려한 장미꽃만 만발해 있는 것 보다, 들국화나 찔레꽃이 함께 있으면 더욱 조화롭고 풍요로운 것처럼 이번 공연은 동서양 음악이 잘 어울린 좋은 만남이었고, 한국인에게는 전통적인 민요가 있으면서도 서양 음악을 소화하여 고유의 음악을 창조해 낼 수 있다는 것을 과시한 좋은 기회가 아니었는가 하는 생각을 해 보았다. 아직도 대학원에서 공부하고 있는 두 소프라노의 열창도 아름다웠다. 한복을 예쁘게 입은 합창단이 귀에 익은 민요들을 흥겹게 부르며 주요 순서를 마치고, 관중과 함께 부른 노래 "우리의 소원은 통일"로 이 공연은 마무리됐다. 통일에의 염원은 우리가 어디서 살거나 사라지지 않는 파도처럼 마음속에 밀어닥친다. 그 날이 하루 속히 오기를 끊임없이 기도해야겠다.

21세기는 산업과 정보화 시대를 지나 문화의 시대라고 한다. 문화란 진선미의 가치를 창조하고 누리는 것을 의미한다. 의식주가 해결되면 인간은 좀 더 나은 생활, 즉 문화적인 생활을 추구함이 마땅하다는 생각이 든다. 이 도시에는 이러한 문화 생활을 추구하는 한인들이 제법 많은 것으로 알고 있다. 이들의 적극적인 참여로 매년 발전해 가는 이 공연이 더욱 알찬 문화 행사로 이어져 갔으면 하는 간절한 바람이 있다. 앞으로도 이와 같은 규모와 내용의 공연을 할 수 있다면 좀 더 홍보를 해서 한국을 사랑하고 이해하려는 미국인 친구들을 더 많이 초대했으면 좋겠다. 순서지에도 한국민요에 대한 간단한 소개, 연주자의 약력 등을 함께 실어 한국의 음악을 이해하려는 미국인들에게 홍보 자료로 제공하는 것이 좋겠다는 생각도 든다.

아무튼 이번 공연은 이 고장에 사는 한인들이 마음과 힘을 합하여 이룩한 훌륭하고도 성공적인 잔치였다. 이 일을 위해서 시간과 땀, 그리고 정성을 쏟은 K 단장님과 단원들, 연주자들, 후원회 임원들에게 힘찬 박수를 보내고 싶다.

행복의 조건

올해따라 이 고장에는 눈이 유난히도 많이 왔다. 눈이 펑펑 쏟아지는 날 창밖을 내다보고 있노라면 온 천지가 하얀 옷으로 단장해 가는 모습이 상쾌하고 보기에 좋다. 집 주위에 있는 몇 그루의 나무들은 금새 눈꽃송이를 달고 얌전히 서 있다. 제법 아담한 단독 주택에 살다가 이 '타운 하우스'로 옮긴 지도 10년이 가까워 온다. 우리가 이 오막살이로 옮긴 건 아이들이 모두 학업을 마치고 직장을 구하여 타지방으로 옮겨가 단 둘이 남게 되었기 때문이다. 산장과 같이 조용한 이 연립주택에 새 보금자리를 마련했던 것이 엊그제 같은데 세월은 빠르기도 하다.

지난 3년 동안 미네소타는 이상 기후로 따뜻한 겨울을 보냈다. 그러나 올해에는 12월에 들어서자 계속 눈이 내리고 강추위가 엄습해서 이곳의 정상적인 겨울로 되돌아 왔다고들 했다. 미네소타의 특징은 아무래도 매서운 추위다. 이 추위 때문에 이곳 사람들은 겨울만 되면 투덜거린다.

성탄절 전후를 캘리포니아에 사는 큰아이의 주선으로 온 가족이 함께 지내는 기회를 가졌다. 화창한 햇빛이 눈부신 바닷가에서 우리는 미네소타를 잠시 잊고 별천지의 맛을 보았다. 그곳을 떠나던 날 샌프란시스코 일간지에 '자기가 사는 곳이 얼마나 행복한가?'라는 설문 조사가 나와 있어서 돌아오는 비행기 안에서 흥미있게 읽어 보았다. 행복감의 척도는 가족이나 가까운 친지들과의 관계, 수입, 정치적인 풍토, 빈부의 차이 등 다양하였다. 통계적인 차이가 두드러진 건 아니지만 미네소타를 포함한 중서부가 2위를 차지했고 캘리포니아는 동부와 중남부에 이어서 5위에 머물렀다. 1위는 동남부였다. 그곳 사람들은 아마도 나름대로 끈끈한 인정을 나누며 사는 까닭에 행복감을 더 느끼는지 모르겠다고 했다. 같은 기사에 지구촌의 행복도도 나와 있었다. 비교적 작은 나라들인 덴마크, 네덜란드, 노르웨이가 상위권을 차지했고 미국은 5위에 그쳤다. 날씨가 따뜻한 포르투갈, 그리고 그리스가 하위권에 속해 있음이 눈에 띄었다. 이 기사를 읽은 후 나는 날씨가 행복의 조건이 되지는 않는다는 결론에 안도의 숨을 내쉬었다. 그것은 어차피 추운 미네소타로 돌아가서 살아야 할 몸이니까 기후가 행복도에 미치는 영향에 관심이 있었기 때문이다. 미니애폴리스 비행장에 내리니 예상대로 기온은 영하로 내려가 있었고 땅은 꽁꽁 얼어붙어 있었다. 빙판 길을 달려 오두막집에 돌아와서 짐을 풀고 창밖을 내다보니 떠나기 전에 쌓였던 언덕 위의 눈이 그대로 있었다.

우리는 이따금 행복의 조건을 외적인 것에서 찾으려고 한다. 예를 들면 돈이 우리에게 편안한 생활을 제공해 주고, 하고 싶은 일들을 할 수 있게 하지만 반드시 행복을 가져다준다는 보장은 없다. 고대광실에서 호의호식하는 사람들 중 행복을 누리지 못하는 사람도 많다. 삶에 기쁨을 더해주는 행복은 외적 상황에 좌우되는 피상적인 것이 아니다. 인생에서 성취한 일이나 돈의 많고 적음, 자연 환경의 변화 등에 매이지 않는 평안한 마음을 소유할 때 우리는 어떤 삶도 보람 있는 것으로 받아들이는 행복을 누릴 수 있는 것이 아닐까. 문득 안빈낙도(安貧樂道)라는 한문 구절이 떠오른다. 가난을 평안한 마음으로 맞이하고 도를 즐긴다는 뜻이다. 성경에도 마음이 가난한 자에게 복이 있고 천국이 저희 것이라 했다. 삶을 살아가면서 우리가 도달할 수 있는 경지의 한세를 알고 자기의 모자람을 인정하고 하늘의 뜻을 기다리는 마음을 두고 하는 말씀이다. 욕심을 버리고 주어진 상황에 감사하며 사는 것도 마음이 가난한 자의 자세이리라.

나는 춘하추동 사계절이 분명한 이곳이 좋다. 눈보라가 치는 날에는 캘리포니아의 포근한 날씨와 빛나는 태양이 생각나기도 하지만 나는 마음을 비우고 이 고장에서 사는 것을 섭리로 받아들이며 이곳을 제 2의 고향으로 삼기로 작정하였다. 이곳에서 나는 신대륙에서의 삶의 터전을 닦았고, 하는 일에 보람을 느끼며 살아왔다. 눈이 오면 눈을 즐기고, 추위가 오면 봄을 기다리며 견디고, 무더운 여름의 호숫가와 단풍이 덮인 가을의 산책길을 즐기며 살아왔다. 자기가 사는 고장에 정을 붙이고 사는 사람은 복 있는 사람이다. 이 세상 어느 곳에 살든지 정들면 고향이라는 말이 있지 않는가. 춥고 매서운 겨울이 몸서리친다고 투덜거리면서도 어느덧 이 고장에 정이 들어버린 것 같다.

어느 날 나는 미네소타란 이름을 글장난이긴 하지만 한문으로 지어보았다. '민애소다(民愛笑多)' 즉 사람들이 서로 사랑하고 웃음이 많은 곳이라는 뜻이다. 서로 도우며 서로의 마음을 열고 의지하며 사는 사회, 서로를 알뜰히 사랑하며 사는 아름다운 세상을 이루어 갈 수 있으면 얼마나 좋을까. 웃음은 우리 삶의 활력소다. 스트레스가 많은 미국사회에서 유머가 발달한 이유는 그 스트레스를 웃음으로 발산시켜 버릴 수 있기 때문이다. 자기의 무력함을 알고 겸손히 끓어 엎드려 하늘의 뜻에 순종하려는 믿음, 가족과 주위 사람들과의 따뜻한 사랑의 나눔, 그리고 가까운 몇몇 친구들과 마음을 터놓고 나누는 실없는 농담에 박장대소하는 즐거움, 이 모든 것이 나를 이 고장에 묶어버려 다른 곳으로 옮겨가기가 힘들 것 같다. 아니 어쩌면 이 고장에 뼈를 묻게 될 지도 모르겠다.

"겨울이 왜 춥겠는가, 서로 손을 잡고 살라고 추운 것이지"라고 한 어느 시인의 글귀가 생각난다. 아직도 이 고장에는 겨울이 남아 있다. 그러나 머지않아 화창한 봄볕이 저 눈동산을 푸르게 할 것을 믿기에 나는 겨울나무에 핀 눈꽃을 마음껏 즐길 수 있는 것이 아닐까. 오늘도 창 밖에는 흰 눈이 소리없이 내리고 있다.

아름다운 잔치

얼마 전에 있었던 이 고장의 대선배이신 S 교수님의 75회 생신 잔치는 참으로 아름다운 모임이었다. 한 아버지의 삶과 그 철학을 넉넉하게 자식들에게 나누어 준 대가를 풍요하게 받는 장면이 보기에 좋았고 진심으로 축하하는 친구들이 득실거리는 것도 아름다운 삶의 향기였다.

우리가 모두 자기 나름대로의 철학을 가지고 개성있는 삶을 살려고 애쓴다. 그러나 그 철학이 자식들에게 사랑과 존경으로 받아들여지기란 쉽지 않은 일이다. 그러기에 부모의 삶과 철학을 음미하는 마음으로 존경과 자부심으로 받아들이는 자식들의 모습을 보니 흐뭇하기 그지없었다. 그들은 자기의 아버지와 어머니가 누구이며 어떻게 만났으며, 어떻게 살아 왔고 어떻게 자기들을 키워 온 것에 대해서 소상히 알고 있었고 이에 대한 자료들을 평소에 잘 보관해 왔던 것이 분명했다.

큰아들의 인사말과 두 목사님의 기도, 친구들의 건배 등으로 이어진 1부 순서는 푸짐한 식사가 뒤따랐고, 2부 순서는 큰딸의 사회로 한국의 옛 노래 합창, 귀여운 손녀들의 합창 그리고 할아버지에게 드리는 시 낭송이 있었다. 막간에는 부모님들의 삶의 토막들이 영상으로 비춰지며 그들의 삶에 대한 수수께끼를 담은 퀴즈 용지가 각 식탁에 놓여있어 정답을 많이 적어낸 테이블에는 상품까지 나누어 주기도 하였다.

식사가 끝날 무렵 시작된 친지들의 축사는 주인공이 살아온 삶과 인품을 다양하게 표현하여 흥미롭고도 즐거웠다. 이윽고 오랜 친구 한 사람이 주인공을 칭송하는 자작 영시 낭독이 있었는데 주인공의 인품이 잘 표현되어 있어 하객들에게 감동을 주었다. S 교수는 미네소타에서 가장 오래 사신 분이기에 필자도 '특허' 출원을 계획하고 있는 칭호 민애소다(民愛笑多)를 소개했고 "I love you, so I do not see you(뒤 부분은 충청도 사투리)."라는 농담을 사모님을 향하여 전하고 훌륭한 자녀를 낳으신 것을 다시 한 번 축하드렸다. 사돈 되시는 분의 한국 가곡 독창은 훌륭했고 분위기를 한결 부드럽게 하였다. 마지막은 가장 가까운 친구의 진솔한 축하 연설이 있었고 우리는 다시 건배하였다.

주인공의 답사는 '정직, 근면, 인화'로 일관한 그의 인생 철학을 간결하게 정리하였고, 우리는 서로 늘 빚을 지고 사는 사람들이니 이제 빚을 갚으며 살아가야겠다고 한 그의 결론은 다시 한 번 그곳에 모인 사람들에게 감명을 주었다. 그 후 모두 일어서서 '아리랑'을 합창하였다. 우리 주위에서 한 형제 내외가 이역만리 미국에 건너와서 성공적인 삶을 살았음을 축하하는 기쁨, 그리고 자식들을 넉넉하고도 훌륭하게 잘 키워서 그들에게서 알찬 영광을 받는 것을 지켜보는 기쁨을 함께 맛보며, 두고 온 조국의 노래를 조용히 부름으로 프로그램을 마쳤다.

연회장에서 밖으로 나왔을 때 캘리포니아의 밤공기는 상쾌하였고 태평양의 파도가 철석거리고 있었다. 이번 모임에서 옛날에 미네소타에서 살다가 이곳으로 이주해 간 옛 친구들을 다시 만날 수 있어서 반가웠다. 선배님이 섬기는 교회의 목사님을 비롯해서 전국 각지에서 온 처음만나는 분들과 인사를 나눌 수 있었던 것도 좋았다. 문득 우리 삶에도 저 바다의 파도처럼 기쁨과 슬픔이 번갈아 밀어 닥치는 게 아닌가 하는 생각을 해 보았다. 그러나 우리는 기쁨의 축제로 슬픔의 그늘을 삼키고 벅찬 감사의 마음으로 아픔을 참고 살아 갈 수 있는 것이 아닐까. 물론 보이는 일로 인한 기쁨 보다 더 깊은 곳에 자리잡은 믿음으로, 참소망과 기쁨으로 슬픔이나 아픔을 이겨내야 함을 잘 알고 있다.

한 인간의 삶이 이렇게도 아름답게 그리고 뿌듯하게 그려질 수 있다는 것을 재확인한, 그리고 우리 모두의 마음속에 오래도록 좋은 주억으로 남을 참으로 아름다운 잔치였다.

가진 사람이 할 수 있는 좋은 일들

얼마 전에 S대학 동문회 이사회가 신임회장 J 교수댁에서 열렸고, 특별 순서로 유서에 대한 B 변호사의 재치있고도 분명한 설명을 재미있게 들었다. 모인 사람들의 반은 유서를 준비했다고 손을 들었고 필자도 그 중의 한 사람이었다. 많지도 않은 재산이라 아이들 셋에게 나누어 주고 얼마는 평생 뇌성마비로 고생하는 막내 동생의 노후를 위해서 쓰라고 간단한 유서를 작성했고 서재 책장의 눈에 뜨이는 곳에 보관했다.

B 변호사가 그날 들려준 유서 설명의 골자는 100만불이 넘는 유산에는 상당액의 세금이 붙는다는 이야기와 기부 문화에 대한 상식적인 예들인데 그 중에서도 로터리 클럽(Rotary Club)회원들의 거액의 기부를 통해서 소아마비 퇴치운동이 성공했고, 2008년이면 그 병명조차 거론하지 않게 되겠다는 이야기가 재미있었다. 또 한 가지는 영국인들이 유서를 작성할 때 도움을 준 일이 있는데, 그들은 자식에게 남겨주는 일을 하지만 그 일에 못지않게 사회의 자선 단체에 소액이라도 남기는 걸 조목조목 분명히 열거하는데 놀랐다고 술회하며 역시 문명 선진국답다는 코멘트가 마음에 와 닿았다.

미네소타 대학에도 외국 문화를 소개하는 '센터'가 몇 개 있는데 예를 들면 유대 센터(Jewish Center), 차이나 센터(China Center)가 있고 거액의 기부금이 들어와서 그 센터를 개설하고 유지하고 있으며 차이나 센터의 경우는 중국 정부의 보조도 있었다는 이야기이다. 문득 코리아 센터(Korea Center)의 건립도 가능한 일이 아닐까 하는 생

각이 들었다. 교민 만 명에 입양아 2만 명이면 3만 명의 한국인의
후예가 사는 이 고장의 대학에 코리아 센터가 있어서 한국의 문화
와 전통을 소개하고 자라나는 2세들에게 한국의 얼을 심어 주는 일
을 한다는 것은 참으로 좋은 일일것 같다.

　B 변호사는 덧붙여 대학 부속 와이즈만 박물관 지하에는 한국의
고가구 400점이 보관되어 있는데 그것은 1980년대에 한국에
UNESCO직원으로 주재했던 에드워드 라이트(Edward Wright)씨가
그 당시 새마을 운동으로 시장이 개방되면서 고가구들이 시장에 나
오는 것들 중 구매하여 미국으로 가지고 와서 자기가 암으로 세상
을 떠나면서 친구 교수를 통하여 대학에 기증한 것이라고 한다. 라
이트(Wright)씨는 서거하기 전에 45만불을 대학 박물관에 기부했지
만 그것은 한국 고가구 보존이나 전시를 위해서가 아니라 벽지에서
박물관을 구경하러 오는 아동들의 편의를 도모하는데 쓰라는 유서
가 첨부되어 있어서 박물관에서도 그 뜻을 존중하여 그 기금을 그
목적으로 사용하고 있다는 이야기이다.

　코리아 센터 건립 건은 앞으로 이 고장에 사는 사람들이 모여서
의논해 볼 만한 일이고, 필요하면 한국에 있는 미네소타대학 동문
회나 정부의 도움을 받아서라도 실현되었으면 좋겠다는 생각이 든
다.

　자본주의 체제가 잘 정립된 미국에는 부자들이 많고 그들이, 부
를 사회에 환원하는 전통이 확립되어 있다. 유명한 부자들인 록펠
(Rockefeller), 카네기(Carnegie), 와나메이커(Wanamaker) 등이 거액의 부
를 대학이나 문화 단체에 기부했고 최근에 와서는 마이크로소프트
(Microsoft)회사의 빌게이츠(Bill Gates), 워렌 버핏(Warren Buffett) 등이

수십억불의 재산을 사회에 환원하며 계속 문화와 과학 관련 사업을 지원하고 있다. 이들은 자기들이 번 돈을 사회에 환원하는데서 오는 기쁨을 맛보며 자본주의 사회에서 빈부의 차를 좁히는 일과 사회 발전에 큰 역할을 하고 있는 것이 가상할 만하다.

우리에게 맡겨진 자산을 현명하게 정리하고 이 세상을 떠나는 습관을 우리도 체득할 때가 온 것 같다. 유서를 쓰기 전에 우리도 영국 사람처럼 자식 외에도 나누어 줄 수 있는 곳을 생각해보고 얼마라도 추가로 기증할 곳을 찾는 일을 시작해야겠다. 이미 유서를 써놓은 사람도 어느 시기에 다시 검토해서 추가로 기증할 곳을 찾아볼 필요가 있겠다. 필자도 그 일을 시작해서 이 땅에서 모은 얼마의 자산을 자식뿐 아니라 정말 보람있다고 생각되는 사업에 기증할 준비를 해 볼 작정이다. 주는 자가 받는 자보다 복이 있다는 성경 말씀은 누구에게나 적용되는 영원한 진리임을 확신한다.

제2의 고향

어느덧 한국에서 산 햇수보다 외국에 나와서 산 날이 더 많아졌다. 한 곳에서 30년 이상을 산다는 일이 흔치는 않을 것이다. 물론 이 고장에서 40년 혹은 50년을 사신 선배님들도 계시지만 꽤 오랜 세월이 빨리도 지나갔다는 생각이 들 뿐이다. 정들면 고향이라 했듯이 어느덧 이 고장에 정이 들어 제 2의 고향이라는 이름을 붙여도 되겠다는 생각이 든다. 아이 셋 모두 이 고장에서 자라서 고등학교를 나왔기에 흩어져 살지만 그들의 고향은 미네소타이다. 그들은 비록 타지방에 가서 살지만 운동경기를 볼 때에는 미네소타 바이킹 즈(Minnesota Vikings: 미네소타 미식축구팀), 미네소타 트윈즈(Minnesota Twins: 미네소타 야구팀), 팀버울브즈(Timberwolves: 미네소타 농구팀)의 열렬 한 팬이 된다고 한다.

작년 여름에 30년 전에 이곳에 살던 한국 사람들이 한자리에 모였다. 계속 미네소타에 살고 있는 사람과 타지방으로 이주했던 사람들이 서로 연락해서 모이기로 한 것이다. 모인 사람들의 대부분이 60대를 넘었고 70대, 80대에 진입한 사람도 있다. 세월이 흘렀고 나이는 들었지만 마음은 30년 전 그대로인 것 같았다. 우리는 함께 지내던 시절의 옛이야기를 나누느라 시간 가는 줄 몰랐다. 저녁 식사가 끝난 후 한 사람씩 일어나서 인사와 회고담을 늘어놓았다. 대부분의 사람들이 이곳에서 지내던 시절의 즐거웠던 이야기, 추억으로 남은 이야기들을 감명 깊게 술회하였다. 재미있는 것은 자기들에게 친절하고도 따뜻하게 대접해 준 사람들을 기억하고, 오랜 세월이 지났지만 고마운 마음은 늘 그들과 함께 있었다는 것이었다.

우리도 미네소타에 정착하여 살기 시작할 무렵, 처음 온 사람들을 도와주려 애썼지만 이 고장의 대선배이신 L 장로님께서는 그 일을 오래 전부터 꾸준히 해 오셔서 그날 모인 사람들의 대부분이 L 장로님 내외분의 따뜻한 환대를 잊을 수 없는 좋은 추억으로 간직하고 있었다. 다음날, 북쪽에 있는 호숫가에서 피크닉으로 다시 모여 한식을 즐기며 옛이야기들을 계속하였다. 오랜 세월을 서로 만나지 못하고 살았어도 건강하여 반가운 만남을 가질 수 있으니 감사할 뿐이었다. 그 다음날은 주일이라 교회에서 만나기로 했다. 켄터키(Kentucky) 대학에서 오랜 세월 교편을 잡으신 S 교수님 내외분이 교회로 나오셨다.

30여 년 전에 함께 이 고장에 살 때 의견의 차이가 생겨서 교회가 둘로 나누어진 일이 있었다. 그러나 양교회의 교인들끼리는 꾸준히 우정을 나누며 친분을 두터이 하며 지냈다. 이 고장에 새로 이주해 온 사람들은 각자가 원하는 교회를 선택해 신앙 생활을 계속했고 나누어진 두 교회는 각기 서 있는 그 자리에서 최선을 다하며 발전해 왔다. 1991년에 두 교회는 다시 자연스럽게 합쳐져서 한 교회를 이루는 참으로 좋은 역사가 이루어졌다. 두 교회가 그동안 모아온 건축 헌금을 합쳐서 제법 큰 미국 교회 건물을 구입하고 새로운 발전의 터전을 마련했다. 미국에 있는 4000여 한국 교회 중에서 갈라진 예는 많아도, 갈라졌다가 합친 예는 극히 드물었는데 우리가 하나의 좋은 본보기를 보여준 셈이다.

아무튼 이 고장에 살다가 타지로 가서 살던 사람들이 옛정을 못 잊어 초대에 기꺼이 응하고 '제 2의 고향'을 찾아 함께 어울려 며칠을 재미있게 지낼 수 있었던 것은 우리 삶의 아름다운 한 토막이 되었다. 앞으로도 시간이 허락하면 다시 모일 수 있으면 좋겠다는 생각이 든다. 이 일을 위해서 많이 애쓰신 K 교수님과 L 박사님께 진심으로 감사를 드리고 싶다.

제2부

대학사회에 살면서

만 남

    몇 해 전 안식년 휴가를 얻어 한국에서 얼마 동안 지낸 적이 있다. 그때 마침 유행하던 가요 하나를 배웠는데 그것이 '만남'이다. 은은하게 시작하여 마지막은 정열적으로 끝을 맺는 곡조도 좋았지만 가사가 마음에 들었다. '우리 만남은 우연이 아니야'로 시작해서 '사랑해, 사랑해 너를 사랑해'로 끝난다. 그 가사에 나오듯이 우리의 만남은 우연이 아니다. 불도(佛道)에서는 서로 옷깃만 스쳐도 인연이라고 하지 않는가. 한마디로 만남이라고 하지만 만남의 종류는 각양각색이다. 매일 얼굴을 대하면서도 마음을 열어보지 못한 만남도 수두룩하다. 미국의 직장에서 상냥한 웃음으로 인사하는 비서들, 기껏해야 안부나 묻는 동료들, 마음은 내어 보이지 않고 아랫사람들을 시켜서 인사말이나 하게 하여 체면 치레를 하는 만남도 있다. 이러한 만남은 '건성 만남'이라고 이름 지어도 되겠다.

언젠가 유럽의 한 작은 도시에서 있었던 학회에 갔을 때의 일이다. 시작하기 하루 전에 도착했기에 시간이 있어 거리로 산책을 나섰다. 나를 아는 사람, 내가 아는 사람이라곤 아무도 없는 낯선 거리를 돌아다니면서 피상적인 만남조차도 없는 그곳이 쓸쓸하기만 했다. 문득 어디선가 나를 알아보는 사람이 불쑥 나타나서 내 손을 덥석 잡고 반겨주었으면 하는 부질없는 생각을 했던 기억이 난다. 이럴 때는 '건성 만남'이라도 잠시의 외로움을 달래는 데는 도움이 될 수도 있겠다.

그러면 진정한 만남이란 과연 어떤 만남을 두고 하는 말일까. 무엇보다도 먼저 마음을 주고받는 만남이 참된 만남이라는 생각이 든다. 아무리 핏줄이 섞인 인연이라고 해도 서로의 마음을 이해하고 알뜰히 보살피며 마음의 문을 열지 않으면 참된 만남이 될 수 없다. 만나고 싶은 만남이 진정한 만남이다. 만나면 즐겁고 편안하고 속 이야기를 나눌 수 있어서 만사 제쳐 놓고 뛰어가는 만남이 참만남이 아닐까. 이러한 만남은 일방적일 수 없기에 그리 흔하지 않다. 왜 서로가 만나고 싶고 좋아지는지는 이치로 따지기 힘들다. 아마도 어떤 신비한 힘이 작용하여 참만남이 이루어지는 것 같다.

이 나이에 도시락을 싸가지고 다니기는 아내에게 부담도 되려니와 좀 처량한 기분이 들어 점심은 대학 병원 식당이나 그 근방에서 해결하고 있다. 마침 서로 마음이 통하는 미국인 동료가 있어서 특별한 일이 없는 한 그와 점심을 함께 한다. 이느덧 서로의 마음을 읽고 알뜰히 생각할 만큼 가까워졌기에 그와의 점심시간은 즐겁다. 얼마 전 그가 갑자기 심근경색증으로 입원하여 수술을 받고 누웠을 때 나는 거의 매일 문병을 하였다. 수술을 받은지 며칠 안 되어 누워있는 그에게 갔을 때 '점심 같이 먹을 사람이 마땅치 않아 찾아왔노라'고 하니 아직도 아물지 않아 통증이 있는 가슴을 움켜쥐고 그는 크게 웃으며 자기도 당장 따라 나서고 싶다고 했다.

오랜 세월을 함께 살아서 얼굴 표정만 보아도 그 마음을 짐작할 수 있는 만남이 물론 가장 소중한 만남의 하나이다. 서로의 마음을 흡족하게 채워주기 위해서 온갖 정성을 기울이다 보면 다른 만남에 신경을 쓸 여유가 없는 듯이 보일 때도 있다. 그러나 마음이 통하는 만남을 즐길 수 있는 친구가 몇 명만 있으면 우리의 삶은 더욱 풍요로워지기에 이러한 만남을 축복으로 받아들여야 겠다.

얼마 전에는 비교적 가까이 지내던 은퇴한 동료 두 사람이 6개월 사이를 두고 작고하였다. 조병화 시인의 '헤어지는 연습을 하세'라는 시가 생각났다. 아름답고도 참된 만남들도 언젠가는 헤어지는 만남이다. 헤어져야만 하는 만남을 목격할 때마다 헤어짐이 없는 만남을 생각하게 된다. 우리의 삶과 모든 만남을 주관하시는 분을 만나는 만남이 있다. 그것은 믿음으로만 받아들여지는 만남이기에 헤어짐이 없는 영원한 만남이다. 삶의 의미를 찾아 헤매는 사람들이 목숨을 걸고 매달리는 근원적인 만남이기에 '으뜸 만남'이라고 이름 지을 수 있다. 이러한 만남이야말로 우연이 아니고 목마른 자에게 생수처럼 삶을 소생시키는 절실한 만남이다.

따지고 보면 우리 삶에 찾아드는 어떤 만남도 다 소중한 만남이다. 왜냐하면 그 만남들이야 말로 우리의 채워지지 않은 마음을 채워주며 메마른, 그리고 때로는 외롭고 괴로운 나그네의 삶을 포근히 감싸주며 봄비와 같이 촉촉이 축여주는 활력소가 되기 때문이다.

최근에 다녀간 제자에게 부탁해서 보내온 '만남'이 담긴 CD에서 다시 그 은은한 멜로디가 흘러나온다. 우연이 아닌 이 귀한 만남들을 누리면서 오늘도 진심으로 사랑하면서 나에게 주어진 나그네의 삶을 슬기롭게 이어갔으면 좋겠다.

청빈낙도(淸貧樂道)

한문에 조예가 깊지 못하여 이 글귀의 유래를 알지 못하지만 그 뜻은 짐작이 간다. 아마도 시골 서당에서 글이나 가르치고 책을 읽으며 도 닦기를 즐기는데 생활은 늘 가난했다는 선비의 이야기인지 모르겠다.

나는 의사들의 황금시기였다고 하는 1960년대에 미국의 한 지방대학에서 기초의학 연구를 하겠다는 계약을 하고 대서양을 건너왔다. 유럽에서의 유학 생활이 무척 어려웠기에 가난에는 어느 정도 익숙해져 있었다. 그 당시만 해도 미국은 유럽에 비하여 여러모로 윤택하고 가능성이 많은 나라였고 외국에서 온 의사들에게도 기회는 열려져 있었다. 먼 장래를 생각하기에 앞서 신대륙에 정착할 수 있는 토대와 연구 생활을 계속할 수 있겠다는 매력 때문에 우선 실험실에서 머물기로 작정해 버렸다. 하기야 시험만 두어 개 치고, 독일에서 올 때의 계약이고 뭐고 집어 치우고 어디선가 임상수련의 노릇을 했더라면 지금쯤은 제법 윤택한 삶을 살 수 있었겠지 하는 회한이 없지는 않다. 그것은 요즘 사회의 흐름이 가난이 곧 무능과 직결된다고 받아들여지는 터라 더욱 절실하기도 하다. 특히 가깝다고 생각한 주위의 친지들마저도 '청빈낙도'는 수백 년 전의 단순한 사회에서 선비들이 즐기던 것이지, 요즘의

발달된 자본주의 시대에는 전혀 맞지 않는 고루하고 시대착오적인 생
각이라고 반론을 펴니 나의 괴로움은 더해갔다. 그들의 논리에도 일리
가 있는 것이, 더 많은 수입을 올릴 수 있는데도, 계약하고 왔다는 의
리 때문에, 그리고 장래의 윤택한 삶에 대한 강한 의욕과 용기의 부족
으로 그 자리에 주저앉아 청빈한 일생을 보내다니 어리석기 짝이 없다
는 것이다. 나는 그들의 비판을 감수하면서 가난한 삶을 섭리로 받아
들이기로 하고 학문에 열중하며 연구실에 머물렀다.

막내를 대학에 보내고 얼마 있다가 우리는 단독 주택을 정리하고
소위 '타운 하우스'라고 하는 연립 주택으로 이사를 했다. 반드시 게을
러서가 아니라 추운 지방에 사니 겨울의 눈 치우는 일과 봄, 여름의
잔디 깎기 등이 힘에 벅차고 출장을 자주 다니는 형편이라 단출한 살
림으로 줄이고 싶어서였다. 청빈은 이곳까지도 따라왔다. 응접실은 작
아도 반듯하고, 침실도 세 개나 있으니 우선 아이들이 집에 와도 거처
할 곳은 있는 셈이다. 그러나 베란다로 이어져 있는 식탁과 텔레비전
이 있는 방이 너무 좁아서 아이들이 오면 가족이 함께 둘러앉기가 불
편해졌다. 그러던 중 어느 날 옆집에 이사를 온 P씨가 베란다를 반으
로 줄이고 나머지 공간을 터서 방을 훨씬 넓고 시원해 보이게 만든 것
을 보았다. 우리는 큰 숙제를 하나 안고 돌아왔다. 우리도 비슷한 방을
하나 만들어야겠다는 생각이 불현듯이 일어나고 그 방이 생겼을 때 갖
게 될 좋은 점들을 상상하느라 밤잠을 설치기도 했다. 이웃집을 개조
한 회사를 알아내어 의논해 보니 예상보다도 훨씬 비용이 많이 든다는
것을 알게 되어 망설여졌다. 그러나 명절에 아이들이 올 것을 생각하
면 어떤 희생을 해서라도 고쳐야겠다는 결론을 내리고 거래하는 은행
을 찾았다. 사정을 이야기했더니 담보없이 필요한 액수를 융자해주어

공사를 시작했다. 목수들이 부지런히 드나들더니 얼마 후 아담한 방이 하나 생겼다. 교외의 조그마한 집에서 살다가 좀 더 큰 집으로 옮겼을 때의 기쁨 못지않게 새 방이 마음에 들었다. 숨통이 확 트이는 기분이었다. 베란다는 아직도 반이나 남아 있어서 간이 테이블과 의자도 몇 개 놓을 수 있어서 '바베큐'도 할 수 있으니 다행이었다.

방 한 칸 늘림으로 집 전체의 분위기가 이렇게 달라질 수 있는가 놀라면서 그동안 가졌던 꽉 막힌 듯한 느낌에서 해방되는 속 시원함을 맛보았다. 비싸지 않은 그림도 몇 점 벽에다 걸고 최소한 필요한 가구도 들여놓으니 제법 아담한 방으로 꾸며졌다. 새 방에 앉아 신록이 우거진 창밖을 내다보며 우리는 또 하나의 작은 행복을 맛보았다. 여유 있는 친구들처럼 큰 저택에서 살 형편은 못되고, 이 오두막집에서 남은 삶을 이어갈 작정인데 삶의 터전이 이렇게 마음에 들게 되었으니 더 바랄 나위가 없다.

삶에서 주어지는 한계를 감수하며 자기가 서 있는 그 자리에서 자족하기를 배우며 살기로 다짐해 본다. 청빈은 늘 우리와 함께 있어왔고 이제 도를 닦고 즐기는 일만 남아 있는 셈이다.

칼슨 씨의 고별 예배

칼슨 씨는 미네소타에서 사업에 성공한 가장 돈 많은 부자이다. 세계 여러 도시에서 볼 수 있는 래디슨 호텔(Radisson Hotel)의 창업자이고 그 외에도 큰 사업들을 벌여 15만 명이 넘는 직원을 가진 대규모 회사의 회장을 지낸 사람이다. 그는 미네소타 대학 경영학과 출신으로 모교에 가장 많은 기부금(3천 6백만 불)을 냈고 그의 이름을 딴 경영대학원을 창설하기도 했다.

내가 칼슨 씨를 알게 된 것은 미네소타 대학과 스웨덴의 국립연구소인 카롤린스카 연구소와의 교수 교환 기금으로 그가 50만 불을 희사했기 때문이다. 내가 학회 참석차 스웨덴에 갔을 때 우연히 미네소타의 전 주지사였던 앤더슨 씨를 만나게 되었고, 그에게 교수 교환 제도의 필요성을 강조했더니 그가 돌아가서 스웨덴계인 칼슨 씨를 설득하여 거액을 기부하게 하였고, 대학에서 같은 액수를 보태어 100만 불의 기금이 생긴 것이 어느덧 10년 전 일이 되어버렸다.

미네소타에서 가장 오래된 감리교회에서 있었던 칼슨 씨의 고별 예배에는 1,500명이 넘는 조문객이 와서 본당과 발코니까지 꽉 메웠다. 본당 중간쯤 되는 자리에 앉으니 온통 장미로 둘러싸인 강대상과, 그 밑에는 칼슨 씨의 관이 보였고 엄숙하면서도 화려한 고별 예배가 곧 시작되었다. 사회를 보는 목사님은 칼슨 씨가 인생의 경주를 잘 달렸고 이제 하나님께로 갔으니 그의 영혼을 돌보아주십사 하고 간절히 기도하였다. 다음에는 미네소타 대학교 전 총장의 회고사가 있었다. 그는 칼슨 씨가 모교를 위하여 거액을 희사함으로써, 모교의 이름을 빛내고 있는 경영대학원이 생길 수 있었음을 기억하고 감사한다는 말을 하면서 그의 고매한 인품과 남을 위한 알뜰한 정신은 늘 우리 마음속에 살아 있을 것이라고 했다. 그 다음에는 칼슨 씨의 동생이 회고사를 하였다. 가난하게 시작한 사업이었지만 형의 부지런함과 끊임없는 도전에 대한 적절한 대응의 결과로 사업이 이만큼 성공한 것이라고 형을 크게 높였다. 그 전 주에 형이 뇌졸중으로 입원했을 때 담당 의사가 와서 병세를 안정시키기 위하여 몇 가지 특별 조치를 취해야겠다고 하니까 칼슨 씨는 그 자리에서 "돈이 얼마나 드는 조치입니까?"하고 반문하더라는 이야기를 했다. 억만장자가 이와 같은 말을 했다고 하니 엄숙하던 장내에 폭소가 터져 나왔다. 동생은 아마 그것이 형이 항상 하는 습관적인 질문이었을 것이라고 덧붙여서 회중은 또 한바탕 웃었다.

다음은 칼슨 씨의 두 딸이 차례로 나와서 아버지에 대한 애틋한 정을 눈물섞인 어조로 회상하였다. 고린도전서 13장을 인용하면서 아버지는 오래 참을 줄 아는 사람은 아니었지만 열정적인 사랑을 가족들에게 퍼부었으며, 예수 그리스도를 항상 그의 마음과 삶 속에 지니고 살았기에 많은 것을 배우며 자랐다고 했다. 그의 사업을 이어받은 큰 딸은 그의 아버지가 늘 별을 바라보고 산 꿈 많은 사람이었고 그 꿈을 이룬 후에 많은 것을 남에게 나누어준 훌륭한 분이었다고 회고하였다. 칼슨 씨는 대학 뿐 아니라 자기가 속한 교회에도 큰 땅을 기부했고 최근에는 심장병을 앓는 구소련의 아이들을 미네소타에 데려다가 수술을 받게 하는 일까지 주선했다고 했다.

죽음은 이 땅에서 누구도 피할 수 없는 가장 공평한 과정이다. 한 생명이 이 땅에서 삶을 마치고 저 세상으로 옮겨갈 때 남는 것은 그가 살아온 발자취, 그가 풍긴 향내, 사람들 마음속에 심어준 사랑의 표적들이다. 칼슨 씨는 부자로서 힐 일을 다 한 사람이나, 돈을 많이 벌었고 또한 그것을 쓸 줄 아는 사람이었다.

칼슨 씨는 훌륭한 베품을 통해서 사람들의 마음속에 기쁨을 나누어주는 좋은 본보기를 보이고 이 세상을 떠났다. 우리에게 아직도 남아 있는 날을 아무도 헤아릴 수는 없다. 남아 있는 날이 얼마가 되든지 하루하루를 열심히 베풀면서 살아갈 수 있으면 좋겠다. 주는 자가 받는 자보다 복이 있다는 성경 말씀을 기억한다. 많이 베푼 사람일수록 삶이 보람되고 복된 것이 아닌가 하는 생각을 해보며, 칼슨 씨의 고별 예배가 준 여러 감명들을 조용히 되새겨 보았다.

캠브리지 클럽

1960년도 초에 필자가 유럽에서 유학 생활을 할 때 영국의 캠브리지 대학에서 강좌 하나를 청강할 기회가 있었다. 그 유명한 캠브리지 대학 기숙사에 머물면서 강의를 들으며 세계에서 가장 아름다운 대학 캠퍼스에서 얼마동안 지낼 수 있었다. 그 후 유럽에서의 유학 생활을 마치고 미국으로 건너와서 미네소타 대학에서 봉직하게 되었다.

유럽과 미국의 대학 사회를 비교할 충분한 자료를 가지고 있지는 않지만 두 곳의 대학 생활을 겪은 필자로서는 각 나라마다 특유한 전통을 지니고 있는 것이 재미있다고 생각했다. 유럽에서 처음 공부한 곳은 이탈리아의 볼로냐 (Bologna) 대학이었다. 당시 그 대학은 개교 900년 기념제를 축하하고 있었다. 볼로냐 대학의 시작은 11세기로 거슬러 올라가 세계 대학사의 첫 페이지를 장식하는 가장 오래된 대학이다. 이탈리아 사람들은 낙천적이고 삶을 즐길 줄 안다. 식사 시간이 길고 밥을 먹으면서 세상 돌아가는 일을 화제로 쉴 새 없이 열변을 토한다. 학생촌에서 지내는 시간은 늘 즐거웠다. 외국에서 온 소장학자들과 대학원생들과 자주 어울려서 식사를 했는데 이탈리아 젊은이들의 삶에 대한 열정은 대단했고 지루하지 않았다. 어쩌면 한국 사람들과 많이 닮았다는 생각이 들었다. 아무리 가난해도 포도주는 식탁에 놓여있고 적당히 마시면서 서로의 마음을 열고 담소하면서 식사를 한다. 그들은 딱딱하지 않은 분위기 속에서 공부도 열심히 하며 인정이 많아서 친구로 사귀기가 쉬웠다.

그 후 독일에 건너가서 유학 생활을 계속하였다. 독일의 연구실은 연구자들이 한 가족처럼 가까이 지낸다. 일을 열심히 하면서도 그들은 틈틈이 한 가족처럼 지내는 친근함을 즐긴다. 연구실에서는 자주 간단한 파티가 열린다. 예를 들면 연구원 중의 한 사람이 타지방에서 열리는 학회에 다녀오면 으레 그 지방 특산의 포도주를 두어 병 가지고 돌아온다. 그러면 그 주간의 간친회 구실이 생긴다. 월요일에 출근하면 그 주간의 간친회 날이 잡혀져 있다. 연구원 중의 한사람이 박사 학위를 받으면 그것도 큰 구실이 된다. 연구원 중의 한사람이 생일을 맞으면 본인이 포도주 두어 병을 가져 오고, 나머지는 돈을 모아 생일 케이크를 사서 함께 생일 축하를 한다. 그러다 보니 거의 매주 간친회가 계속되는 셈이다. 일을 열심히 하면서도 그 스트레스를 자연스레 풀어가는 연구실 풍경이 마음에 들었고 무엇보다도 가족 중의 한 사람이 당하는 기쁨을 함께 나누는 모습이 보기에 좋았다. 물론 외지에서 특강을 하러 손님이 왔을 때엔 회식도 하고 수백 명이 들어가는 맥주홀에서 맥주잔을 기울이고 건배를 하며 예를 차리지만 그것은 자주 있는 일이 아니다.

다시 영국의 캠브리지로 돌아가면 그곳의 대학 생활은 칼리지(College)라고 부르는 기숙사에서 여러 학부에 다니는 학생들이 함께 기숙하고 낮에는 각기 전공 분야의 학부에서 강의를 듣고 학점을 따게 된다. 영국의 작가 스노우(C. P. Snow)라는 사람이 캠브리지 대학의 생활을 그린 책이 있어서 읽어보았다. 그는 캠브리지 대학 교수들의 생활을 그렸는데 교수들 간의 친목이나 대화가 자연스럽고 부드럽게 이어져가고 있음을 기술하고 있다. 그들은 이따금 펍(Pub)이라고 부르는 간이식당에서 방과 후 만나서 맥주잔을 기울이며 친교를 돈독히 하며 대학과 자기 학부에서 일어나는 여러 현안들을 토의하기 때문에, 다음 날에 있을 교수 회의 전에 의견이 조정되는 일이 자주 있고, 교수 회의에서는 이미 사석에서 토의된 일들이 무난히 다수결로 이루어진다는 이야기를 쓰고 있다.

미네소타 대학에 온지 20년이 지났을 무렵에 상기한 책을 접하고 마음 맞는 교수들이 자연스럽게 토의하고 친목을 하는 모임이 있었으면 좋겠다는 생각을 해 보았다. 필자가 속한 과의 동료 교수들이 중심이 되고 마음 맞는 타과의 교수들도 영입해서 일단 발족해 보았다. 10명이 채 되지 않는 소그룹이지만 한 달에 한 번 꼴로 모여서 대학 사회에서 돌아가는 일들을 토의하며 담소하는 시간을 가진다. 대학의 교수 식당 옆에 붙어있는 라운지는 미시시피 강이 보이는 경치 좋은 곳이다. 주로 금요일 오후 퇴근길에 모인다. 신경과학과에 재직하는 L 교수는 캠브리지에서 2년간 박사후 과정을 보낸 사람이다. 언젠가 그가 영국의 모교를 방문하고 오는 길에 회원들을 위해서 캠브리지 대학의 넥타이를 사왔다. 그 후 우리는 캠브리지 타이를 매고 모임에 나오기로 했다. F 교수가 제일 연로하니 회장으로 모시고 우리는 마치 캠브리지의 교수가 된 것처럼 '신사' 흉내를 내며 대학의 당면한 문제와 자기 과의 문제들을 논의하고 의견을 모으기도 하고 국내외에서 벌어진 일들도 언급하며 새로 나온 유머(humor)도 나누는 등 친교를 두터이 했다. 회장인 F 교수는 최근에 나온 이름있는 그러나 비싸지 않은 와인을 주문한다. 때로는 최근에 은퇴한 친구 교수를 청해서 축하도 하고 그의 회고담을 듣기도 한다. 모두 가정에 충실한 사람들이라 모임은 한 시간 반에서 두 시간으로 접고 다음 모임을 기약하며 일어선다.

미국 중서부에 자리 잡은 150년 된 주립 대학에서 근무하지만 우리는 500년 역사를 가진 캠브리지 대학의 전통을 이어 받은 것처럼 심각하게 잠시 환상의 세계에 머문다. 일상에서 되풀이 되는 늘 좇기는 듯한 긴장에서 벗어나 마음이 통하는 동료들과 환담하고 새로운 활력소를 얻고 우리의 식견도 높인다. 최근에 나온 농담의 소개를 시작하는 일은 언제나 필자의 몫이다. 대학이나 자기 과의 현안 문제들을 분석하고 해결의 방안들을 거리낌없이 터놓을 수 있는 이 시간은 즐겁고도 유익하다. 우리에게는 정관도 없고 정해진 날도 없다. 한 달에 한 번 때로는 두 달에 한 번 회원들의 시간이 맞는 날을 찾아 별 부담 없이 친구 만나듯이 만난다. 대학 사회의 눈에 보이지 않는 스트레스에 짓눌리며 살다가 오랜만에 해방된 기분으로 친구들의 손을 잡고 반기고 그간의 밀린 이야기들을 터놓고 담소하는 이 시간을 우리는 기다린다. 그리고 우리는 그 저녁에 잠시 캠브리지 대학의 교수가 되는 것이다. 왜냐하면 우리 목에는 캠브리지를 상징하는 타이가 의젓이 매어져 있으니까 ….

옛 스승님을 방문하고

파리에서 있었던 국제 학회에 참석한 후에 나는 독일로 향하였다. 내가 학위 공부를 했던 곳인 뒤셀도르프에 계시는 마이어 교수님과, 거기서 한 시간 가량 기차로 가는 거리인 마부르그 대학의 라우후 교수님을 오랜만에 뵙기로 계획을 짰다. 라우후 교수님은 나의 지도 교수이셨고 마이어 교수님은 그 당시 뒤셀도르프 대학의 이비인후과 과장으로 계셨던 분이다. 뒤셀도르프는 라인 강변에 있는 다른 도시들, 즉 '본'이나 '코로네'처럼 잘 알려져 있지는 않지만 상업 중심지이고 의과 대학이 유명하다. 시가는 아름답고 '독일의 파리'라고도 불린다. 이곳은 나와는 인연이 깊은 곳이다. 독일 유학을 마무리 짓는 학위 공부를 여기서 시작했고 당시 『내이 생화학』이라는 저서를 낸 라우후 교수님 문하생으로 사사하게 되었고 여기서 미국 미네소타 대학으로 초빙되어 대서양을 건너오게 되었다. 라우후 교수님은 원래 스위스에서 출생하여 거기서 공부하시고 독일로 건너오신 분이다. 임상의로서 이름을 내시면서 새로운 분야, 즉 난청의 기초의학적 연구를 시작하여 전기한 책을 편찬하였고 나는 새 분야를 개척하는 일에 동참하는 일이 보람 있다고 생각되어 그분의 지도 하에 공부를 시작하였다. 그 분은 자상하고 따뜻하여서 여러 가지로 잘 돌보아 주시고 지도해 주셨다. 아이 둘을 데리고 아내와 나는 대학 근방에 있는 은퇴한 독일 의사의 아파트 한 층을 빌려 살면서 가난했지만 재미있는 유학 생활을 보냈다.

미국으로 건너온 후 나는 새 연구실을 꾸미는 일과 전공 분야의 단

행본을 출판하는 일에 몰두하여 자주 문안도 못 드렸다. 그러던 중 라우후 교수님이 암에 걸려 고국인 스위스로 돌아가 계신다는 소식을 듣고 마음이 아팠다. 그 후에도 마음은 있어도 닥치는 일 처리에 골몰하여 자주 연락도 못 드리고 있었는데, 이번에는 스위스에서 포르투갈로 옮기셨다는 이야기를 듣고 주소 추적도 못했다. 늘 마음에 걸렸지만 적극적으로 그분의 거처를 찾지도 않았고 내 일에 충실한 것이 중요하다는 그럴싸한 핑계를 하며 무관심하게 지내왔다.

그러던 중 작년에야 마이어 교수님의 따님(현재 뒤셀도르프 의대 교수)을 통하여 라우후 교수님이 독일로 다시 돌아가 계신다는 소식을 듣고 찾아뵐 기회를 찾고 있었는데 파리의 학회에 가게 되었다. 오랜 만에 드린 편지에, 상봉하고 싶다는 내용의 답을 주셔서 꼭 찾아뵙기로 작정하였다. 파리에서 기차로 네 시간 가는 뒤셀도르프에 도착하여, 마침 그곳 회사에서 일하고 있는 둘째 아이의 아파트에서 하루 밤을 쉬고 다음날 마부르그로 가서 정말 오랫 만에 라우후 교수 내외분을 뵈었다. 85세의 연세에도 손수 차를 몰고 다니셨고, 정신은 맑았고 많은 대화를 나눌 수 있었다. 우리는 지난 세월을 회상하며 그분이 당하신 여러 고초(암 투병, 독일 대학에서의 어려움으로 스위스로 돌아가신 일, 포르투갈에서의 의료 봉사 활동 등)에 대해서 자세히 들었다. 나는 교수님 덕분에 미국 대학에서 자리 잡고 학생도 가르치며 전공 분야에 전념할 수 있었던 것을 감사한다는 뜻을 전하고 그간 너무 소홀했던 것을 괴스럽게 생각한다고 사과의 말씀을 드렸다. 모든 것을 이해한다고 하시며 인자한 말씀으로 격려하시고 헤어질 때 다시 만날 수 있기를 바란다면서 내 손목을 따뜻하게 잡아 주셨다.

마부르그에서 다시 뒤셀도르프로 돌아와서 하룻밤 쉬고 다음 날 91

세가 되시는 마이어 교수님도 방문하였다. 따님의 안내로 숲에 둘러싸인 교외의 자택으로 마이어 교수님을 찾아뵈었다. 아직도 건강하시고 30년 전 그 분의 강의실에 다녀간 여러 문하생들 이야기로 지난날의 추억을 더듬으며 환담(歡談)했다. 그분이 우리를 포함해서 객지에서 공부하는 외국학생들에게 특별히 따뜻하게 대해주신 것을 기억하고 늘 감사하게 생각한다고 인사를 드렸다.

우리는 자칫하면 자기의 일생에 큰 은혜를 베풀어 준 사람들을 잊어버리고 무관심하게 지낸다. 지금의 내가 있는 것이 마치 내 자신의 능력과 노력만으로 된 것으로 착각하고 산다. 오늘의 우리가 있기 위해서 얼마나 많은 사람이 우리를 도와주고 사랑으로 밀어 주었는가를 생각해 볼 때, 우리는 겸손해지지 않을 수 없고, 마땅히 그분들을 기억하고 감사의 뜻을 표할 필요가 있다.

우리의 삶이 영육으로 이루어져 있음을 알기에 영의 도리와 함께 육의 도리도 따라야 함이 마땅하다. 따라서 은혜를 입은 사람들에게 보은의 인사를 하는 것은 당연한 일이다. 오랜만에 옛 스승님들께 보은의 인사를 하고 돌아오면서 마음이 한결 가벼웠다. 우리는 영육간에 마땅히 해야 할 도리를 하며 사는 사람이 되었으면 좋겠다. 얼마의 희생이 따라도 이 도리를 다하고자 하는 삶에는 잔잔한 기쁨과 평안함이 따르기 마련이다.

오랜 세월 후에 찾아간 이 못난 제자를 반기던 두 옛 스승님의 기뻐하시던 모습이 나의 마음에서 떠나지 않고 조그마한 도리를 했다는 데서 오는 가뿐함이 나를 편안하게 해주었다.

노인 복지 연구의 중요성

　고령화 시대를 맞아 노인 복지는 중요한 사회 문제로 등장했다. 우리가 모두 자기의 의지와는 상관없이 늙어가고 있다는 현실을 직시할 때 이 문제에 대해서 관심을 가지지 않을 수 없다. 노화라는 현상은 우리 개체가 시간이 흐름에 따라서 변화되어 가는 과정을 말하며 신체의 세포, 특히 세포질과 세포막 그리고 세포핵의 변형이 결국은 기능의 장애를 초래하게 되는 것이다.

　인간 수명을 결정하는 요소로는 체중, 뇌의 무게와의 비율, 신진대사 그리고 스트레스 등을 들 수 있다. 수명 연장과 노화 현상의 제반 과정을 규명하는 기초 의학적 연구는 세계 각국에서 활발히 진행되고 있으며 새로운 식견이 얻어지는 대로 노화 방지와 수명 연장을 위한 약품들이 연이어 개발되고 있다. 우리나라도 우수한 자연 과학자들이 여러 분야에 산재해 있으니 연구 인력을 효율적으로 활용한다면 이 방면에도 크게 공헌할 수 있는 가능성이 있다. 노화 연구에 박차를 가할 수 있는 연구 자금이 확보되어야 함은 말할 나위도 없다.

　최근 미네소타 대학에서도 자연 과학과 기초 의학자들이 모여서 노화에 관한 협동 연구 체제를 수립해서 미국 국립보건원에 연구 자금을 신청하기로 했다. 필자는 노화가 청각에 미치는 영향에 관한 연구를 시작했고 강좌도 하나 시작했다. 65세 이상 노령층의 30%가 난청을 호소한다는 통계가 나와 있다.

　상기한 노화의 기초적인 연구 외에도 노인 인구의 증가에 따른 사회적인 문제, 정신적인 문제에 대한 연구도 활발히 진행되어야 한다.

선진국에서는 정년을 연장하는 제도와 정년 후에도 소외되지 않는 삶을 이어갈 수 있는 길을 모색하는 연구가 진행되고 있고, 노인층의 정신 건강을 유지하기 위한 방법도 광범위하게 다루어지고 있다.

다음으로 병약한 노인을 위한 수용 시설에 관한 연구를 진흥시켜 적절한 조치가 취해져야겠다. 가족이 병약한 노인을 돌보는 경우는 일본이 56%, 미국은 18%에 불과하다. 두 나라가 모두 질병을 앓는 노인들의 수용 시설 확장 및 개선에 많은 정력을 쏟고 있다. 우리나라에는 아직도 정확한 통계는 없지만 이 방면에의 투자가 미약하여 중풍이나 치매로 고생하는 노인들의 삶이 극히 비참한 지경에 있음은 마음 아픈 현실이다.

이제 우리나라에도 노인 복지를 이룩하기 위한 여러 분야의 연구가 더욱 활발히 진행되어야겠다는 생각이 든다. 신빙성있는 통계 자료를 수집하고 필요한 기초적 지식을 축적하여 나라의 현실에 적합한 제반 제도를 확립하고 각 방면의 전문가들을 연구에 활용할 수 있는 기구를 설립하는데도 만전을 기해야 할 것이다. 노화 현상이 신체의 여러 부분에 관여하는 만큼 각 대학의 자연 과학 및 기초 의학자들을 중심으로 임상 의학자들이 참여하는 노화 연구 체제를 신설하여 이 방면의 창의적 연구 진행을 장려해야 할 것이다.

이러한 제반 연구 수행을 위해서는 정부, 특히 보건복지부의 강력한 정책 수립 의지가 선행되어야 하며 그와 동시에 민간 차원에서도 노인 복지 연구 재단이 여러 곳에 생겨 정부의 정책 수행을 뒷받침해 새로운 정책 수립에 필요한 자료를 지속적으로 제공할 수 있어야겠다.

노인 복지 문제는 아무도 외면할 수 없는 긴급한 문제이다. 온 국민이 관심을 가지고 지켜보며 협력해야 성과를 거둘 수 있는 문제이다.

우리가 모두 늙어가고 있고 언젠가는 그 혜택을 받을 수밖에 없는 상황이기에, 충분히 연구하여 우리나라의 현실에 알맞은 최선의 길을 모색해 감이 바람직하다는 생각이 든다.

한미 이비인후과 학회의 활동

한국을 떠난 지가 오래되었지만 한국을 사랑하는 마음에는 변함이 없다. 우리가 얼마나 오랫동안 조국을 떠나서 살았느냐가 문제가 되지 않는다. 왜냐하면 조국은 우리를 키워준 나라이고 어머니의 품처럼 언제나 안아주고 감싸주는 곳으로 우리 마음속에 늘 살아 있기 때문이다. 그래서 우리는 늘 조국에서 일어나는 일에 대해 관심을 가지고 살게 마련이다. 더욱이 조국에서 같은 분야의 공부를 하며 일하는 사람들을 귀하게 여기는 것은 당연하다.

어느덧 30년이 지난 그 옛날, 매년 열리는 미국 이비인후과 학회에, 멀리 조국에서 참석하러 온 사람들을 이곳에 사는 사람들이 따뜻하게 환영하는 행사를 마련했었다. 그 당시만 해도 이곳에서 개업하거나 대학에서 근무하는 사람들의 수는 20여명에 불과했다. 우리는 학회가 열리는 근방의 식당에서 조촐한 식사를 대접하고 환담함하면서 서로의 우의를 논녹히 했다. 그 후 한국에서 오는 이비인후과 의사들의 수가 매년 늘어갔고 급기야는 이곳에 있는 사람들의 수를 능가하기 시작했다. 그래도 우리는 우리의 주머니를 털어서라도 멀리 조국에서 온 동료들을 대접하기로 작정하고 마음들을 모아서 정성을 기울였다.

이 일을 추진할 때 말없이 꾸준히 그 책임을 다한 이가 있으니 그는 로마 린다(Loma Linda) 대학의 J 교수이다. J 교수는 내가 미네소타 대학에서 키운 수제자이다. 그는 신앙심이 깊고 인품이 단정하여 많은 사람의 존경을 받았고 다복한 가정을 거느리며 훌륭한 삶을 살아온 사람이다. 그 밑에서 많은 한국인 이비인후과 의사가 연수 생활을 마치고 돌아가서 활약하고 있다. 그 중에서도 D 대학의 R 교수는 미국서 임상의로서 좋은 기반을 닦은 사람이지만 조국의 후진을 위해서 심신을 바쳐 열심히 일한 사람이다. J 교수와 나는 언제나 합심해서 일했고 우리들이 주선한 모임은 언제나 성공적으로 끝났다. 최근에 와서는 한국에서 오는 사람들의 수가 100명을 넘어섰다. 다행히도 이 행사를 후원하는 제약회사가 생기고 그들은 우리의 간친회 뿐 아니라 젊은 이비인후과 학도들이 미국 학회에 참석하는데 필요한 여비를 보조하는 장학금까지 지급한다. 이 일을 위한 모든 교섭과 진행은 J 교수가 담당하고 이 사람은 회장으로 대접만 받도록 주선을 하니 훌륭한 제자를 둔 보람을 느끼며 늘 감사하며 지낸다.

이 모임에는 미국, 유럽, 일본 등의 유명한 이비인후과 교수들을 초대하고 한국서 온 후진들과 접촉할 기회를 만들어 준다. 이일을 위해서 로스앤젤레스(Los Angeles)의 L 교수가 적극적으로 협조한다. 그는 우리 한국 사람이 자랑으로 느끼는 대표적인 학자이다. 그는 지난 40년 동안 학문적인 것 뿐 아니라 미국 이비인후과 영역의 기초의학을 연구하는 사람들의 모임인 ARO(Association for Research in Oto-laryngology)를 창설하고, 중이염과 메니에르 병의 국제적인 모임을 주관해 왔고 이 분야에서의 그의 공헌은 찬란하기만 하다. 우리들의 모임에 초대된 외국인 교수들의 대부분은 한국서 열린 국제학회에 다녀온 사람들이다. 그들은 이구동성으로 한국서의 학회가 얼마나 훌륭했는가를 진심으로 칭찬한다. 그러한 칭찬을 듣게 된 것은 한국서 준비한 사람들의 정성이 그들의 마음을 감동시켰기 때문이라고 믿는다. 미네소타에 유학한 바 있는 S 대의 K 교수, 독일 유학을 한 S 대의 K 교수, Y 대학의 K 교수와 P 교수, P 대학의 C 교수, D대학의 K교수, K 대학의 L 교수, A 대학의 P 교수와 그 외의 많은 소장 교수들이 합심하여 한국서의 학회를 성공적으로 개최했다. 필자도 한국서 열리는 학회에 참석할 기회가 많았다. 그 때마다 나날이 세련되어 가는 학회의 운영 모습에 놀라고 자랑스러웠다. 현재 우리가 서있는 위치를 생각할 때 뒤에서 조용히 후배들이 힘을 내도록 격려해 주시는 선배님들, 특히 Y 대학의 K 교수님 그리고 S 대학의 N 교수님을 빼어 놓을 수 없다. 그분들이 계셨기에 한국의 이비인후과 학도들과 학회가 국제 무대에 진출하게 된 것이다.

최근에 와서는 미국서 자라서 수련의 생활을 마친 2세 이비인후과 학도들도 많아졌고 그들이 차츰 미국 이비인후과 학회에서 두각을 나타내고 있다. 우리는 그들을 우리의 모임에 빠짐없이 초대하려고 노력하고 그들이 한국서 열리는 한국 이비인후과 학회에 참석할 수 있도록 주선하는 일도 꾸준히 하고 있다. 한국 이비인후과 학회 학술이사 H 교수가 이 일을 적극적으로 추진하고 있음은 좋은 일이다. 1세와 2세의 중간에서 열심히 일하는 젊은 일꾼이 있으니 그는 켄터키(Kentucky)의 Y 회원이다. 그는 미네소타 의대를 다닐 때 나의 실험실에서 일한 사람이고, 이비인후과 수련의를 마치고 켄터키(Kentucky)에서 개업에 성공한 사람이다. 인품이 준수하고 예의가 바른 사람이다. 1세와 2세 모두에게서 신임을 받고 있다. 나의 자식들과 함께 자란 사람이라 그런지 친자식처럼 느껴진다. 재미 한인의사회 회장직을 맡았던 콜롬비아(Columbia)대학의 A 교수와 함께 앞으로 재미 한인 이비인후과학회를 이끌어 갈 것을 바라고 기대해 본다.

피는 물보다도 진하다는 말이 있고 학문에는 국경이 없지만 학자에게는 조국이 있다는 말은 노벨상을 받은 프랑스의 학자 루이 파스툴이 한 말이다. J 교수와 나는 조국을 떠나와서 이역만리에 살지만 한국을 잊지 않았고 앞으로도 잊지 않을 것이다. 그리고 조국에서 미국의 학회에 오는 후진들을 언제나 환영하고 따뜻하게 부둥켜안을 것이다. 이건 누구나 할 수 있는 일이기는 하다. 그러나 나는 J 교수와 함께 한국의 후진들을 환영하는 행사를 준비할 때마다 이것이 어쩌면 우리에게 맡겨진 이 땅에서의 큰 사명이 아닐까 하는 생각으로 서로를 격려하며 정성을 기울인다. 무슨 일을 할 때에 보람을 느낀다는 것은 소중한 것이다. 우리는 언젠가는 바톤을 후배들에게 넘겨주게 될 것이다. 그러나 그 때가 올 때까지는 열심히 그리고 정성을 모아서 이 일을 계속할 것이다. 올해의 행사가 끝났을 때 우리는 서로의 도움을 고마워하면서 악수하고 헤어졌다. 이제 우리에게 남은 것은 다음 해의 행사를 생각하고 준비하는 일이다. 멀리 조국에서 온 그리고 미국 각지에서 온 이비인후과 동료와 후배들의 손을 힘있게 잡고 환영할 수 있는 것은 복되고도 즐거운 일이다.

동료 아담스(Adams)교수의 갑작스런 서거

아담스(Adams) 교수는 30년을 함께 일한 동료이다. 그는 인품이 단정하고 순박하고 정직하며 인정이 많아서 모든 사람이 그를 좋아했다. 그는 유능한 외과(두경부) 의사였고 환자에게 늘 친절했기에 모두 그를 존경하고 따랐다. 그의 가정은 화목했고 세 아들을 잘 키워서 성가시켰고, 귀여운 손자 손녀들이 생겨 그들과 지낼 수 있는 시간이 모자람을 늘 안타까워했다.

만 65세가 되는 해에 그는 미네소타대학 이비인후과 과장직을 내어 놓고 일을 좀 적게 하며 가족과 함께 지내고, 그의 취미인 범선 타는 것(Sailing)을 즐기기로 작정했다고 발표하고 후임 과장 선임을 부탁했다. 우리 대학의 학장은 그의 청을 받아들여 새 과장 선임 위원회 구성을 서둘렀다. 그는 작년에 플로리다 주의 한 섬에 앞으로 겨울을 지날 저택을 짓고 은퇴 준비를 본격적으로 시작했다. 가족과 함께 조용히 범선을 타며 플로리다의 그 눈부신 태양을 즐기려고 마음먹고 있었다.

그러던 어느날 그는 다리와 어깨에 강한 통증을 느끼고 병원에 입원했다. 정밀 검사를 해 보았더니 폐암이라는 진단이고 벌써 암 세포가 전신으로 퍼졌다고 했다. 이런 것을 두고 청천벽력이라고 하는지 모르겠다. 두경부 암을 수술하며 평생을 지낸 의사가 자기 자신의 암은 조기에 진단할 수 없었던 것이다. 담배를 피우지 않는 사람이라 정기 검진에서도 흉부의 방사선 검사를 하지 않았고 특별한 증상이 없었기 때문이기도 했다.

진단을 받은 지 일주일 후에 방사선 치료와 항암제 주사를 받게 되었다. 치료를 시작한지 3일째 되던 날에 폐혈관이 갑자기 막혀서 심장이 멎어 홀연히 세상을 떠났다. 검사 받는 동안 면회도 못했기에 치료를 받고 병세가 좀 호전되면 문병을 가려고 계획하고 있었던 우리 모두는 갑작스러운 서거에 놀랐고 뜻밖의 일이라 믿을 수 없다고 하면서 마음 아파했다.

부활절 다음날, 그가 다니던 장로교회에서 장례 예배가 있었다. 프로그램 표지는 그의 사진과 함께 '조지 아담스의 삶을 축하하며(Celebrating the life of George Adams)'라고 적혀 있었다. 그의 65년간의 삶을 축하하는 모임이라는 뜻이겠다. 찬송가 40장 '주 하나님 지으신 이 모든 세계'를 부르며 예배가 시작되었다. 성경 말씀(잠언 32장, 고후 1:3-7) 봉독이 있었고, 둘째 며느리가 기타를 치며 부른 독창에 이어서 아들 셋의 조사가 있었다. 세 아들이 모두 그가 얼마나 좋은 아버지였는지를 추모하는 옛 이야기들을 하며 눈물지었다. 둘째가 말하기를 그의 아버지가 세상을 떠나기 며칠 전에 "나는 복되고도 충만한 삶(full life)을 살았다"고 감사의 술회를 하시던 것을 기억한다고 하면서 다시 한 번 울먹거렸다. 대학 동료 두 사람이 나와서 그가 얼마나 알뜰히 성심껏 환자를 보살폈으며 훌륭한 인품으로 이비인후과의 모든 직원들을 통솔했는가를 번갈아 가며 이야기 했다. 이어서 그의 수술을 받고 생명을 다시 찾았다는 환자 한 사람이 나와서 그를 주치의로 모셨던 것을 얼마나 큰 축복으로 여기고 감사했는지 모른다는 술회를, 25년간 고인의 간호사로 근무한 말린을 통해서 이야기 했다. 마지막으로는 30년간을 친구로서 지낸 이웃이 지난날에 겪었던, 여러 가지 재미나는 추억들을 털어 놓았고 고인의 그 활달하고도 순박한, 그리고 인정이 넘치는 삶을 재치있게 묘사해서 장내 분위기를 부드럽게 했다.

교회 담임 목사님은 시편 90편을 읽고 우리의 삶에는 죽음이 언제나 따르지만 무덤 옆에는 또한 영생으로 통하는 문이 열려 있고 이것이 우리가 믿는 자들의 소망이라는 짤막한 말씀으로 예배 순서를 마무리 지었다. 훌륭하게 그리고 참되게 여러 사람을 사랑하면서 산, 한 인간의 멋진 삶을 회고하면서 그의 충실했던 이 땅에서의 삶을 축하하는 감명깊은 예배였다.

우리는 죽음이 언제나 누구에게나 닥칠 수 있다는 것을 잘 알고 있다. 그러나 막상 가까운 사람이 불시에 당하는 것을 보고서야 실감을 한다. 그리고 언젠가는 우리에게도 이 일이 닥칠 것임을 확인하고 삶을 돌이켜 본다. 그는 신앙을 가지고 살았고 그의 가족들도 죽음이 마지막이 아님을 알고 있기에 오히려 밝고도 편안한 마음으로 그를 보내줄 수 있었다. 그의 죽음을 통해서 우리는 정말 멋있게 잘 사는 것이 어떤 것인가를 볼 수 있었다. 700명이 넘는 조객들이 예배당 밖으로 나올 때, 그의 삶이 모범적이고도 훌륭했다는 것을 확인하는 듯 표정들이 밝아서 흐뭇했다.

우리는 언젠가 죽는다는 것은 기정사실이지만 어떠한 삶을 조각해 나가느냐는 우리의 몫이다. 좋은 믿음을 가지고 서로를 사랑하면서 영원한 삶에 대한 소망을 가지고 남은 하루하루를 열심히 사는 것이 우리 잎에 놓여 있는 당면과제가 아닐까 하는 생각이 든다.

돌고 도는 인생

　독일에서 유학 생활을 한 1960년대에는 한인 유학생이 독일 전역에 250명 정도 밖에 되지 않았다. 북쪽의 큰 도시인 함부르크의 대학에서 지내고 있었는데 그곳에도 몇 사람의 유학생이 있었다. 주말이면 그들이 나의 하숙집으로 찾아왔고 나는 밥과 상추쌈 그리고 일품요리인 돼지고기 구운 것을 내어 놓았다. 그 당시의 독일 유학생은 생활비가 넉넉하지 못하였다. 나는 그래도 말단 연구원이니 얼마의 월급을 받고 있었고 그들에 비하면 좀 나은 형편에 있었다. 상추는 시장에서 신선한 것을 구할 수 있었지만 고추장은 없어서 중국집에 가서 된장을 사다가 한국서 보내온 고춧가루를 섞어서 만들었다. 그래도 가난한 유학생들은 맛있게 먹었다. 김치는 구경할 수도 없었고 한인 식당도 함부르크에는 없을 때였다. 그 당시 그 도시에 자리 잡고 사는 사람은 영사관 직원 그리고 상사직원들이었는데 그들의 유학생에 대한 관심은 적은 편이었다. 김치 생각이 날 때는 주말에 한인 가정에서 초대라도 해 주면 얼마나 좋을까 하는 부질없는 바램도 가져보았다. 김치만 먹고 싶은 것이 아니라 타향에서 사는 사람들의 애환을 잠시나마 나누고 싶기도 했다. 그래서 고춧가루를 섞은 된장과 상추쌈으로 배를 채운 학생들은 토요일 밤이 이슥하도록 외로운 하숙방이나 기숙사로 돌아가지 않았다. 그 후 가족이 한국서 오게 되어 집사람은 김치를 담그기 시작했고 주말에는 더 많은 학생들이 찾아와서 배불리 먹고 환담을 나누었다.

　미네소타 대학에 연구 조교수로 초빙을 받고 대서양을 건너왔다.

미네소타에 와서 얼마 되지 않아서 이곳에 유학 온 학생들이 제법 많다는 것을 알게 되었고 몇 사람과는 인사도 나누었다. 어느 토요일 오후였다. 주말이지만 실험실에 나와서 밀린 일들을 처리하고 집으로 가는 길에 대학내의 학생 기숙사 앞을 지나게 되었다. 한 동양인이 힘없는 발걸음으로 기숙사를 향하여 걸어가고 있었다. 차창을 통해 보니 보건대학원에 유학 와 있는 L 박사가 아닌가? 나는 그냥 지나칠 수 없어 창문을 열고 인사를 하였다. 어디 가는 길이냐고 물으니 기숙사에서 주는 저녁 먹으러 가는 길이라고 했다. 나는 문득 독일서 혼자 유학하던 시절의 주말이 생각났다. 아무도 관심을 가져주지 않는 주말에 기다리는 사람 없는 하숙으로 터벅터벅 걸어가던 일이 생각났다. 나는 집에 연락할 겨를도 없이 L 박사에게 차에 타라고 했다. 놀라는 아내에게 우리 먹는 대로 된장찌개와 김치로 손님을 대접하자고 했다. 차린 것 없어도 L 박사는 함께 저녁을 나누고 환담을 함으로 잠시나마 객고를 잊은 듯 고마워했다.

세월은 흘러 몇 해가 지나고 나는 오랜 만에 한국의 학회에 참석하게 되었다. 학회가 끝난 후 어느 날 보건복지부에 볼 일이 있어서 들르게 되었는데 복도 저 뒤에서 큰 소리로 나를 부르는 소리가 들렸다. 뒤돌아보니 옛날 미네소타대학에서 공부하던 L 박사가 아닌가? 반가이 만나서 서로의 안부를 물으며 인사를 나누었다. 그 때가 마침 점심시간이어서 L 박사는 나를 점심에 초대하고 싶다 흔쾌히 응하었다. 그 당시 중앙청 뒤 삼청동 언덕바지에 있는 일식집으로 안내하였다. 안주인은 단골 손님이 오셨다고 반기며 전망이 좋은 방으로 안내하였다. 한복을 얌전히 입은 여종업원이 와서 시원한 맥주를 따라 주고 그 뒤에는 푸짐한 일식 요리가 나왔는데 맛깔스럽고 흡족했다. 식사를 하면서 L 박사는 몇 해 전 미네소타에 있었을 때 어느 주말 된장찌개 대접 받은 일을 기억한다고 하며 잠시나마 혼자 사는 유학생의 외로움을 달랬다고 고마워했다. 나도 그 주말의 기숙사 앞에서 L 박사를 보고 준비 없이 대접한 것을 어렴풋이 기억했다. 작은 정성이었지만 그것을 기억하고 그 은혜를 갚겠다고 복도에서 나를 보고 달려온 L 박사에게 감사의 인사를 했다. 음식도 맛있고 분위기도 좋았기에 나오면서 그 집 주소가 적힌 성냥 하나를 포켓에 넣고 나왔다.

이튿날 나는 은사이신 서울의대 생화학교실의 이기녕 교수님께 귀국인사를 드리려 갔다. 오랜 만에 뵈오니 반기시며 근황을 물으시고 점심을 같이 하자고 하셨다. 존경하는 은사님의 초대를 기꺼이 받아들이며 의대 정문을 나서서 혜화동 쪽으로 향하였다. 몇 군데 식당을 들렀지만 점심시간이라 가는 곳 마다 손님이 꽉 차서 앉을 자리가 없었다. 난처해하시는 교수님께서 미안하게 생각하시기 시작하던 그 때 주머니에 손을 넣으니 어제 L 박사와 같이 갔던 식당의 성냥갑이 만져지는 게 아닌가? 이 교수님께 말씀드렸다. "교수님 오늘은 제가 점심을 대접해 드리고 싶습니다." "자네가 미국에서 나와 어디를 안다고?" 하시면서 좀 더 찾아보자고 하셨다. 나는 지나가는 택시를 잡고 교수님을 타시게 한 후 호주머니에 있던 성냥갑을 기사에게 내어 보였다. 그는 어딘지 안다고 하면서 그곳으로 직행했다. 그곳에 도착해서 안주인이 나왔을 때 어제 L 박사와 점심을 했던 그 방으로, 그리고 그 메뉴를 그대로 해달라고 부탁했다. 아름다운 한복을 입은 종업원이 맥주를 따랐고 그 전날과 같은 맛깔스런 일식 요리가 나왔다. 이 교수님께서 맛있게 드시는 걸 보고 마음이 흐뭇했다.

몇 해 전 미네소타에서 L 박사를 대접한 덕분에 귀한 은사님을 대접해 드릴 기회를 얻은 셈이다. 이 교수님은 대학원 시절에 지도 교수님으로 나를 극진히 아껴 주시고 따뜻하게 보살펴 주신 은사님이시다. 이 교수님의 지도 아래 석사 과정을 마치고 국제 원자력 기구 장학생으로 선발되어 유럽 유학의 길을 떠날 수 있었던 것이다. 은사님을 일부러라도 꼭 모셔야 했는데 그런 기회가 주어진 것이 참으로 감사했다.

어쩌면 이 세상의 일은 돌고 도는 것이 아닐까? 돌려받을 것을 기대하지 않고 외로운 이웃에게 나름대로의 따뜻한 마음을 주었을 때 기쁨이 온다. 그리고 그 일로 인해서 먼 후일에 뜻하지 않게 더 큰 기쁨을 맛보는 기회가 주어지는 것을 체험했다. 이 일은 늘 잊혀지지 않는 하나의 좋은 추억으로 남아있다.

미국의 대학 사회

미국의 대학사회에 몸을 담은 지 어느덧 30년이 넘었다. 미네소타 주립대학은 역사 150년에 학생수가 5만 명이나 되니 제법 큰 대학이다. 물론 5만 명의 학생이 한 캠퍼스에서 공부하는 것이 아니고 대여섯 군데의 지방 캠퍼스로 나누어져 있고 주요 캠퍼스는 미니애폴리스(Minneapolis), 세인트폴(St. Paul)에 있다. 의대, 치대, 공대, 수의대, 농대와 상경대학에는 칼슨 비즈니스 스쿨(Carlson School of Business)이 있다. 미네소타(Minnesota)의 의과대학은 심장개흉수술(open heart surgery)을 처음으로(1952) 성공시킨 것으로 이름나 있고, 골수이식술의 영역도 첨단에 서있고 최근에는 줄기세포센터가 각광을 받고 있다.

학생 사회는 파트타임으로 일하는 학생들을 통해서 그 면모를 단편적으로 파악할 수 있을 뿐이지만 한 가지 분명한 것은 그들이 열심히 공부하고 있다는 것이다. 한국에는 입시제도 때문인지 학생들이 너무 지쳐서 대학에 들어온 후에는 공부는 뒷전으로 미루고 대학 생활을 즐기는데 많은 시간을 소모한다는 풍문이 있지만 미국 학생들은 유치원, 초등학교 때에는 기본적인 학습 외에는 거의 놀다시피 하고 중학교, 고등학교, 대학으로 올라갈수록 공부를 더 열심히 하고 대학원에서 가장 많이 공부를 한다. 미국에서 박사과정(Ph. D.)을 마친 사람은 자기 전공 외에도 부전공으로 학점을 따게 되어 있어서 그 실력은 세계 어느 나라의 대학원생에 뒤지지 않는다. 필자가 공부한 유럽(특히 독일)에서는 연구가 특정 교수를 중심으로 진행되고 거기서 학위를 받게 되는데, 그 사람의 연구 분야에 한정되는 경향이 있지만 미국에서는 공부해야 하는 범위가 더욱 넓고 학위 논문에도 깊이를 요구하기에 어느 대학에서건 건성으로 공부할 수 없도록 철저한 제도가 마련되어 있다. 미국 대학의 표어는 거의 공통적으로 교육, 연구, 봉사이다. 이건 세계적으로 공통된 교육 목표가 아닌가 싶다.

미국에는 군소대학을 합하면 2,000개나 된다고 하는데 대학의 우열이 없을 수는 없지만 학력이 판을 치는 사회는 결코 아니다. 미국에 있는 500대 기업의 총수는 2/3가 별 이름없는 군소대학 출신이라는 통계를 본 일이 있다. 대학 선택 시에 부모와 학생은 학생의 적성이 맞는 전공을 생각하고 그것을 학습하는데 좋은 분위기를 가진 대학을 선택하고 원서를 보낸다. 우리의 둘째가 대학에 갈 무렵 그의 고교 동창 하나는 프린스턴 대학과 미네소타의 명문인 칼튼 대학에 동시에 합격했다. 경제적인 것을 포함한 여러 면으로 따져본 후 그와 그의 부모는 칼튼 대학으로 결정했다. 한국같으면 무조건 프린스턴으로 정했을 것이라는 생각이 든다. 이것은 어디까지나 의식구조의 차이라고 볼 수 있겠다. 자기가 원하는 전공 분야의 권위자도 있고 경제적으로도 유리하다면, 꼭 다른 대학을 가야하는가 반문하면서 현실적인 결정을 한 셈이다.

교수들에게는 연구를 장려하고 때로는 그 압력이 스트레스의 원인으로도 작용한다. 그 이유는 연구비가 없으면 연구를 수행하기 어렵고 연방 정부(의학의 경우에는 NIH: National Institute of Health)에서 연구비를 따오는 일이 연구 실적 향상에 큰 도움이 되기 때문이다. 필자도 NIH의 연구 자금 심사 위원으로 4년간(비상근) 봉직한 일이 있었기에 그 내용을 어느 정도 체득했다. NIH의 연구 자금은 연간 300억불이니 방대한 예산이다. 그러나 대학이나 연구 기관이 워낙 많기에 경쟁이 치열하다. 최근에 와서는 이라크 전쟁 때문에 예산이 동결되다시피 해서 100명 중 5~10명이 연구비를 타게 된다. 따라서 각 대학이나 자기가 속한 과에서는 연구비를 탄 자와 못탄 자는 확연히 구별되고 그 스트레스는 교수들, 특히 소장 교수에게는 자기의 장래 활동이나 승진과 관계되기 때문에 밤낮을 가리지 않고 연구계획서 작성에 매달린다. 필자도 2005년 말에 NIH에서 제법 큰 액수의 연구 자금을 받는 경사가 일어났다. 개인 뿐 아니라 이건 우리 팀의 경사였고 어깨를 좀 펴고 다닐 수 있는 계기가 되었다. 연구 자금을 받은 다음 해 봄에 학회에 갔더니 타 대학에 있는 미국인 동료가 달려와서 축하의 말을 하면서 들려준 농이 지금도 생각난다. 평생 대학에 몸담았던 Ph. D.(박사) 한 사람이 세상을 떠나서 저 위로 올라갔더니 성 베드로가 지옥과 천당을 구경하겠느냐고 해서 호기심이 생겨서 그러겠다고 하니 먼저 지옥으로 데려갔다.

그런데 지옥으로 가보니 모두 컴퓨터 앞에 매달려 열심히 교정을 보고 있었고 오자가 있다고 아우성치는 소리와 신경이 날카로워진 연구자들의 고함 소리만 사방에서 나오고 있었다. 이 Ph. D.는 베드로에게 "이 사람들은 무엇을 하고 있습니까?" 물었다. 이때 베드로는 "그 사람들은 연방 정부의 연구 자금 신청서를 쓰고 있는 중일세!"라고 하였다. 그러자 Ph. D.는 눈을 가리고 고개를 흔들며 "제발 나를 다른 곳으로 옮겨 주세요. 나는 평생 이 일을 하고 왔기에 몸서리나고 그것이 지옥인 걸 잘 압니다."라고 말했다. 이에 베드로는 "그럼 천당을 보여주겠네."라고 하며 따라오라고 했다.

Ph. D.와 베드로가 함께 천당에 가보니, 천당에서도 조금 전과 똑같은 일이 벌어지고 있었다. Ph. D.는 베드로에게 "여기는 지옥과 무엇이 다릅니까?"라고 물었다. 성 베드로는 말했다. "이쪽은 연구자금이 나올 것이네…."

이 이야기는 연구 자금이 나오고 안 나오는 것은 바로 지옥과 천당의 차이라고 비유한 우화이다. 따라서 대학 사회에는 늘 '천당'과 '지옥'에 사는 사람들이 섞여 살고 있다.

그 다음은 봉사이다. 근 20년전에 하버드 대학의 졸업식에 참석한 일이 있다. 이곳의 총장은 기념식사를 통해서 "미국은 지금 대내외 적으로 큰 도전을 받고 있으며 이것을 반드시 이겨내야 한다"고 강조하면서 "오늘 졸업하는 유능한 인재들이 사회에 나가서 많은 문제들(교육제도의 쇄신, 마약, 범죄, 빈곤의 퇴치, 생산 능력의 향진, 윤리의 향상 등)의 해결에 앞장서야 한다"고 간곡히 부탁하며 "여러분들이 유능하고 훌륭한 시민이 되는 것이 미국의 발전과 번영을 약속하는 큰 희망"이라고 덧붙였다. 이 말은 세계의 어느 대학의 졸업생에게도 해당되는 말이라는 생각이 들었다.

우리가 교육을 받는 목적은 결국 자기가 속한 사회, 나아가서는 전 인류를 위해서 봉사하기 위한 것이라고 해도 과언이 아니다. 필자의 연구실에 나와서 일하는 대학생들 중에도 노숙자를 위해서 봉사 활동을 열심히 하는 사람이 있다. 언젠가 충청도의 '꽃동네'를 방문했을 때 자원봉사자들이 나와 있는 것을 보고 흐뭇했었던 기억이 있다. 필자도 대학과 대학원 시절 무의촌 봉사를 열심히 하고 '생명경외' 클럽을 창립해서 지금까지 그 클럽 회원들이 가난한 이웃을 위해서 열심히 일하고 있는 것을 보고 감사한다. 한마디로 미국의 대학사회는 비교적 건전하고 대부분의 구성원이 학문과 연구에 몰두하고, 열심히 공부해 이웃을 위해서 봉사하겠다는 학생의 수가 많은 것이 든든하다. 이러한 일은 세계의 어느 대학에서나 정도의 차이는 있어도 실행되고 있는 일이기도 하다. 다만 대학의 구성원들이 얼마나 진지하게 이 정신에 투철한가에 따라서 그 대학 사회의 질이 결정되고 거기서 배출된 학생들이 얼마나 헌신적으로 사회를 위해서 봉사하는 시민이 되느냐에 따라서 우리의 장래가 얼마나 밝아질 수 있는가를 판가름하게 될 것이다.

미네소타 의대의 국제 교류 프로그램

필자가 미네소타 의대의 국제 교육연구 교환위원회의 위원이 된 것은 퍽 오래전 일이다. 노벨 의학상을 선정 수여하는 스웨덴의 카롤린스카 연구소의 객원 연구원으로 1982년도 노벨 의학상 수상자인 사무엘슨 교수를 사사한 것은 1986년도였고, 그 이듬해에 스웨덴 북부 우메아 대학에서 열리는 국제 학회에 참석차 다시 스웨덴의 수도 스톡홀름을 방문했다. 나와 함께 연제를 발표키로 한 연구원이 수 일 후에 합류하기로 했기에 그와 그의 가족이 투숙할 호텔을 예약하고 나서 스톡홀름 역 근방을 지나가는데, 시내로 향하는 골목길에서 낯익은 사람과 마주치게 되었다. 동양적인 예의가 몸에 아직도 배어 있었던 필자는 골목 저편에서 걸어오는 그에게 인사를 하였다. 그는 깜짝 놀라며 당신이 나를 어떻게 아느냐고 반문했다. 나는 서슴지 않고 나의 신분, 즉 미네소타 대학의 교수임을 밝혔고, 당신은 미네소타 주의 전 주지사였던 앤더슨 씨가 아니냐고 물었다. 그제야 그는 반가운 표정으로 악수를 청하고 자기 아버지의 고향인 스웨덴에 어머니와 딸을 데리고 휴가를 왔는데 친척집에 두고 잠시 시내 산보를 나왔다고 하며 나의 일정을 물었다. 나는 우메아의 국제 학회에 갈 사람인데 그 전 해에 일했던 카롤린스카 연구소를 방문하고 지금 숙소로 가는 길이라고 했다. 그는 혹 시간이 있으면 자기와 저녁을 먹을 수 있겠느냐고 물었다. 그 날은 다른 약속이 없다고 하니까 그럼 자기가 잘 아는 식당으로 안내하겠다고 했다. 나는 면식이 있는 사람에게 인사를 한 덕분에 저녁 초대를 받은 셈이다. 오랜 전통이 있는 100년 가까이 된 식당에서 우리는 즐거운 저녁 식사를 하며 환담했다. 그는 미네소타 주의 지사를 사임한 후 스웨덴 교민회 회장직을 맡고 있으며, 그 다음 해에 스웨덴 국왕 내외가 미네소타를 방문하게 되는데 교민회에서 내세울 수 있는 좋은 프로그램이 있으면 하고 찾고 있으며, 혹 좋은 생각이 있으면 말해달라고 했다. 나는 잠시 생각하다가 다음과 같은 제안을 했다. 즉 그 전 해에 카롤린스카 연구소에서 교환 교수로서 잘 지냈고, 미네소타의 나의 연구실에는 카롤린스카에서 온 박사 과정 학생 한 명이 연구하고 있다고 말하고, 이러한 교수와 학생의 교환연구 프로그램을 좀 더 구체화하면 좋을 것 같은데 당신 생각은 어떠냐고 했다. 앤더슨 전 주지사는 그건 정말 좋은 생각이라고 하며 당장 동의하였다. 나는 그 당시 카롤린스카 연구소장이었던 은사 사무엘슨 교수를 앤더슨 전 주지사에게 소개한 후 우메아의 학회에 참석하고 미네소타로 돌아왔다.

한달 후 대학의 부총장실에서 전화가 왔다. 미네소타 주 전지사인 앤더슨 씨가 당신을 찾고 있으니 빨리 부총장실로 오라는 것이다. 황급히 가보니 앤더슨 씨가 희색이 만면하여 악수를 청하며 지난번 만났던 후에 생긴 일을 이야기 해주었다. 자기가 사무엘슨 교수를 만난 후 미네소타로 돌아와서 스웨덴 교민회 총회에 참석해서 스톡홀름 역 근방 골목길에서 나를 만난 이야기와 내가 제안한 두 기관의 교수 학생 교환 계획을 이야기 했더니, 모두들 그 제안에 동의하였고 제일 앞자리에 앉아 있던 래디슨 호텔의 세계 본부 회장인 칼슨 씨가 너무 감격하여 그 자리에서 그 기금을 위하여 50만불을 내어놓겠다고 앤더슨 전주지사에게 약속했다는 것이다. 이러한 기부가 생기면 대학에서는 관례로 같은 액수를 얹어서 새로운 기금을 만들게 되어 있었으니 하루 아짐에 100만불의 기금이 이 일을 위해서 마련된 것이다. 우리는 즉시 사무엘슨 교수를 미네소타로 초빙해서 성대한 교환 사업 기금 발족식을 가지고 100만불에서 나오는 이자로 즉시 교수와 학생 교환을 후원하는 일을 시작했다. 어느덧 20년의 세월이 흘러 올해 가을에는 양쪽 대학 합동으로 20주년 기념 세미나를 미네소타에서 개최하기로 했다.

지난 20년간 교수와 학생 교환 외에도 10여 번이나 여러 가지 주제를 다루는 공동세미나를 가졌다. 언젠가 한 세미나의 만찬에서 총장의 환영사가 있었고, 나에게는 이 기금이 시작된 역사를 간략히 설명하라는 부탁이 있어 위의 이야기를 간추려서 말하고 다음과 같은 결론으로 마무리했다. 즉 이 일을 통해서 우리가 배울 수 있는 것은 누구든지 아는 사람을 만나면 인사하고 지나가는 것이 바람직하다는 것이다. 그러나 그 인사 때문에 항상 100만불이 생긴다는 보장은 없다는 것도 알아야 한다고 했더니 장내에는 한바탕의 즐거운 폭소가 터져 나왔다. 나는 이러한 계기로 이 위원회의 가장 큰 기금을 관리하는 중요한 멤버가 되어버린 것이다. 이 외에도 이 위원회에는 몇 개의 소위원회가 있는데 그것은 미네소타 의대와 서울의대와의 학생 교환 프로그램이다. 이것은 이곳 의대의 치료방사선과 교수로 재직한 김태환 교수가 기금을 마련했고, 매년 2명의 의대생이 쌍방에서 한 달간 실습하는 프로그램이다. 어느덧 10여 명의 학생이 다녀갔고 이곳에서도 서울대학병원에 몇 명의 의대생(주로 한국계 학생)이 다녀갔다. 서울대학과 미네소타 대학은 1950년도부터 교수 교환 제도가 설립되어 그간 의대, 공대, 농대의 많은 교수님들이 이곳에서 연구 생활을 하였고 이곳 의대의 전 학장인 골트 교수도 서울의대에서 2년간 교환교수로 가서 한국 의학교육 발전에 큰 기여를 한 바 있다. 한국 외에도 중국, 일본, 인도, 남미, 아일랜드, 이스라엘, 노르웨이의 의과대학과도 학생 교환 계획이 진행 중에 있다.

21세기는 국제 교류가 필수과제이니만큼 이러한 교환 프로그램은 더욱 활발히 진행되어 갈 것이다. 북유럽 스웨덴 스톡홀름에서 필자와

전 주지사와의 만남이 뜻하지 않은 큰 수확을 거두며 발전해온 것을
감사하게 생각하며, 우리 각자의 삶을 통해서 더 큰 일들이 실현될 수
있음을 깨닫게 한 좋은 실례가 된다고 믿는다.

제3부

삶의 의미와 신앙

삶의 의미

지난 가을에 책을 몇 권 읽었다. 프랑스의 문필가 앙드레 모루아의 『나이드는 기술』, 시로도리의 『철학이란 무엇인가』, 그리고 노먼 피텐저의 『하나님 안에서 사는 삶』이다. 모루아의 책은 '나이드는 기술은 곧 삶의 기술이다'라는 부제에 마음이 끌리어 한국 갔을때 사왔다. 모루아는 '능숙하게 나이를 먹는다는 것은 가능한가?'라는 질문을 되풀이 하면서 주제를 이끌어 갔다. 질문에 대한 답은두 가지인데, 그 하나는 나이를 먹지 않으면 되는 것이고, 또 하나는 나이를 먹는다는 것을 솔직히 인정하고 철학과 신앙으로 슬기롭게 이겨나가면 된다는 것이다. 얼마 전, 어느 친구가 한국 사람들의나이는 세 가지인데 먼저 남이 생각하는 자기 나이, 자기가 생각하고 싶은 자기 나이, 그리고 호적상의 나이라고 해서 한바탕 웃었다.물론 우리는 나이를 먹어가고 있는데도 나이를 먹지 않겠다고 고집

할 수는 있겠지만 거기에는 무리한 억지가 있다. 마음은 언제나 젊게 가지되 나이가 들어가는 것을 인정하고 철학과 신앙으로 슬기롭게 살아감이 마땅하리라.

오래 전에 의대 예과 다닐 때 철학 강의를 듣고 한때 철학하는 사람처럼 머리도 길러보고 인생에 대해서 제법 깊이 생각해 본 적이 있다. 『철학이란 무엇인가』라는 책을 다시 읽게 된 것은 삶의 근본 문제를 한 번 더 파헤치고 삶을 응시해 보고 싶어서였다. 철학이란 쉽게 말해서 세 가지 질문을 던지고 있다. 나는 누구인가? 인생은 무엇인가? 그리고 어떻게 사는 것이 현명한 삶인가? 이 문제를 깊이 생각한 수많은 철학자가 있다. 그 중에서 덴마크의 키에르케고르라는 실존주의 철학자의 생각을 좀 더 자세히 음미해 보았다. 그는 삶의 의미를 생각하다가 인간이 실제로 존재(실존)하는 데는 세 가지 단계가 있다고 했다. 그 첫째는 행동이나 선택의 이유가 감각적 생을 추구하는데 있다고 보는 것이다. 여기에는 아름다움에 이끌리는 것, 유명하게 되려는 노력, 그리고 그것을 추구하기 위해서 좋은 건강을 유지하는 것 등 우리가 흔히 말하는 이 세상의 행복을 추구하는 여러 단계를 말한다. 여기서의 문제점은 자기가 원하는 것을 모두 수중에 넣었을 때는 (실제로 그것이 가능한지 모르지만) 깊은 권태에 빠지고 자기가 원하는 것을 이루지 못했을 때에는 자기혐오에 빠지게 되어 여기서 오는 좌절감이 깊어지며 절망에 이른다고 했다. 다음 단계는 윤리적 실존의 단계인데, 이것은 인간성의 정신성에 눈뜨고 윤리적으로 살아 보려는 것이다. 즉, 높은 인격을 가지기 위해서는 어떻게 살아야 한다고 하는 윤리적인 인간상에 자기를 근접시키려는 행동을 말한다. 인간은 함께 모여 살아가기에 다른 실존과의 만남에서 오는 기쁨과 즐거움 즉, 인격적인 교제를 추구하고 서로 존경하며 알뜰하게 돌보는 사이가 되기를 희망한다. 그러나 자기 수양이 어느 경지에 도달하면 자기 완성의 한계를 절감하고 자기의 불완전함과 한계성에 절망하거나 아니면 자기가 거기 도달했다고 생각하는 완전한 윤리적인 삶에 도취되는 교만의 죄에 빠지게 된다고 했다. 따라서 삶의 보람을 윤리적인 자기 완성이나 세속적인 인간 관계 속에서 찾으려고 할 때 다시 한 번 우리는 절망하고 만다. 그는 인간 실존의 마지막 단계는 거듭되는 절망 끝에 자기를 하나님께 맡기는 단계라고 했다. 자기의 무력함과 부족함을 느끼고 자기 속에 신적 존재를 받아들이는 것이다. 죄 있는 자기가 깨끗하시고 완전하신 하나님의 실존 앞에 홀로 서는 것이다. 그것은 이성을 초월한 신앙 위에 발을 디디고 서는 단계라고 키에르케고르는 말하고 있다.

노먼 피텐저는『하나님 안에서 사는 삶』에서 인간 실존의 가치와 귀중함은 하나님과의 관계에서만 이루어진다고 강조했다. 기독교에서 말하는 하나님은, 살아 계시고 상처받은 인간의 치유를 위하여 일하시고, 삶의 새로움을 경험토록 하시며, 인간과의 사귐 속에 들어오시기를 간절히 원하시는 존재이시다. 하나님과 사람 그리고 사람들 사이에 관계 맺음을 가능케 하시고 하나님의 사랑을 알게 하신 분이 예수 그리스도이시다. 이러한 하나님과 인간의 관계에서 하나님 편에서는 회개한 인간을 받아 주시고 선한 것을 기억하시며 언제나 응답하시고, 인간 편에서는 항상 하나님의 실존에 의지함으로 삶의 무의미함에서 오는 절망에서 벗어나며 구원을 받는다는 확신을 가지기 위해 기도하면서 최선을 다하는 것이다. 사도 바울도 자기 자신의 무력함을 절망적으로 표현하고 하나님의 사랑 안에서의 소망을 고백하고 있다(로마서 6:15, 19, 24, 로마서 8:37-39). 하나님께서 보여주신 사랑은 사도 바울이 지적한 것처럼(고전 13:1) 오래 참는 것이고 용서하며 덮어주며 서로의 생명을 북돋우어 주는 사랑이다. 이러한 사랑을 우리의 인간관계에 적용할 때 우리는 피상적인 관계에서 벗어나 더욱 부드럽고 아름다운 관계를 이어갈 수 있는 것이라고 했다.

마지막으로 피텐저는 우리가 죽어가고 있다는 엄연한 사실을 외면하지 말고 솔직하게 그리고 용감하게 맞서야 한다고 했다. 시인 이해인 수녀님은 최근에 '부고를 접할 때마다 나는 조금씩 죽어가는 소리를 듣네.' 라고 읊었다. 이 세상에서 우리는 한정된 삶을 살고 있고 언젠가는 이 땅에서의 삶이 끝나는데 그 후의 삶에 대해서 생각하는 것은 절박하고도 자연스러운 일이라고 했다. 피텐저는 전능하시고 영원하신 하나님께서 예수 그리스도를 죽은 자 가운데서 살리시고 지금도 살아 계시기에 우리도 하나님께 믿음을 가지고 나아갈 때 영원히 살 수 있다고 했다. 즉, 하나님께서 영원하시기 때문에 하나님 안에서 사는 사람은 영원한 천국의 삶에 동참할 수 있다는 것이다.

철학자 키에르케고르가 지적한 것처럼 우리는 우리 자신과 주위를 돌아보고 이 세상에서의 삶에서 보는 엄청난 부조리 (뜻하지 아니한 재난, 질병, 격심한 빈부의 차이, 부당한 오해, 불신, 미움 등)와 삶의 무의미함에 한번 절망해 보아야 한다. 그리고 삶의 진정한 의미를 찾아서 몸부림쳐 보아야 한다. 이 몸부림이야 말로 신앙의 세계로 나아가는 첫 단계가 아닐까 하는 생각이 든다. 스위스의 사상가인 칼 힐티는 신앙이란 각자가 성령의 도우심을 받아 씨앗은 받았지만 스스로 획득해가야 자기 것이 되는 것이라고 했다. 부르신 분은 하나님이시지만 물을 주고 가꾸어서 신앙이 자라나게 하는 것은 우리 각자의 책임이라는 말이 되겠다.

우리의 삶에서 사는 의미를 발견한다는 것은 참으로 중요한 일이다. 우리는 흔히 이 땅에서의 성취나 거기서 오는 일시적인 쾌락이 우리 삶에 의미를 부여하는 것으로 착각하기 쉽다. 그러나 인생을 깊숙이 꿰뚫어 보고 영혼의 문제를 깊이 생각해 본 사람은 하나님 안에서 사는 삶, 하나님의 귀한 뜻을 이 땅 위에서 이루어 가는데 동참하는 삶에서 삶의 의미를 찾고 그 길을 열심히 달려간다. 그리고 그 의미를 찾은 자는 그들의 복되고 평안한 마음을 이웃에게 전할 수 있는 성숙한 믿음을 소유하기 위해서 최선의 노력을 다하는 것이다. 이번 가을에도 바쁜 생활 속에서 영혼을 살찌게 하는 몇 권의 책을 읽을 수 있었던 건 참으로 좋은 일이었다.

절망이냐 신앙이냐

에밀 부르너 교수는 스위스 쮜리히 대학 신학부 교수로서 20세기에 큰 명성을 날리신 분이다. 그의 저서인 『우리들의 신앙』이 한국어로 번역되었는데, 이 책의 한국어 제목은 『신앙이냐 절망이냐』이다. 나는 거기서 힌트를 얻어서 '절망이냐 신앙이냐'라는 제목으로 바꾸어서 생각해 보기로 했다. 많은 사람은 이 세상에서 행복을 추구하며 살아간다. 그러나 우리가 잘 알다시피 행복은 추구한다고 얻어지는 것이라기보다는 결과로서 얻어지는 것이다. 즉 행복해질 이유나 조건이 구비되면 자연히 행복해지는 것이다. 빅터 프랑클 박사는 '행복해 질 수 있는 중요한 조건의 하나는 삶의 의미를 발견하는 것'이라고 했다. 흔히들 삶의 의미를 인생에서의 성공, 부의 축적, 좋은 가정을 이루는 것 등에서 찾으려고 한다. 그러나 이 모든 것을 가진다는 것이 쉽지도 않지만 그것들 모두를 누린다고 해서 삶의 의미를 찾았다고 할 수 있을지 모르겠다. 어떤 이는 삶의 재미, 골프나 오락을 즐기는 것, 새로운 자연이나 가보지 못한 곳을 방문하는데서 삶의 기쁨이나 즐거움을 느끼기도 한다. 그러나 이 세상의 그 무엇으로도 영속적인 즐거움이나 기쁨 그리고 재미를 누릴 수 없고 그것들이 삶의 의미일 수는 없을 것이다. 우리가 일상에서 당하는 여러 일들을 살펴보면서 삶의 현상을 분석해 볼 때 거기에는 설명할 수 없는 엄청난 일들이 자리 잡고 있는 것을 알게 된다.

인간에게 불시에 엄습하는 병마로 인한 아픔이나 괴로움은 상상을 초월할 때가 많다. 특히 불치병이나 선천성 질환에 걸려 고생하는 사람들이 당하는 아픔은 매일 우리 주변에서 목격하는 일이다. 병에 걸리면 일단 육체적인 삶의 마지막인 죽음을 생각하게 된다. 나이가 늘어가면서 여러 가지 질병에 걸릴 확률이 커지고 생체의 모든 기관이 서서히 그 기능을 잃기 시작할 때 육신의 종말이 다가오는 것을 실감할 수 있다. 심지어 다리 근육의 경련이 흔히 올 수 있는데 그 아픔이 서서히 위로 올라가면 심장이 마비되는 것은 아닐까 하는 걱정까지도 하게 된다. 이처럼 우리의 육신은 아무런 보장이 없이 서서히 늙어 가고 죽음을 향해서 걸어가고 있는 것이다. 육신뿐 아니라 우리의 마음도 여러 가지 상처를 입으며 괴로움이나 아픔을 겪는다. 이것은 주로 인간이 불완전하기 때문에 일어나는 갈등이다. 이것은 누구도 피할 수 없이 당하는 괴로움에 속한다. 왜 우리가 원하는 선은 행하지 못하고 원하지 않는 악을 행하느냐는 한탄은 사도바울도 통감한 일이다(로마서 7:14-19). 우리는 실수와 잘 못으로 인한 회한 속에서 가슴을 치며 살아간다. 불완전한 인간끼리 관계를 맺으며 살아갈 때 거기에도 엄청난 아픔이 따른다. 가깝다고 생각하고 존경까지 하던 사람이 정직하지 못하고 배반할 때 우리는 마음 아파한다. 서로가 사랑하며 좋은 우정을 나누며 살고 싶은데 사소한 오해로 인해서 관계가 서먹해지는 일도 많다. 심지어 혈육의 정을 나누는 사이에도 반목이 있을 수 있다. 우리가 서로의 마음을 꿰뚫어 볼 수 없기 때문에 생기는 일이다. 성공적인 인간 관계를 유지한다는 것은 참으로 어려운 일이다.

육신적인 면으로 볼 때 위에서 이야기한 모든 비극적인 요소는 결국 죽음으로 마무리 되고 만다. 부르너 교수는 "죽음과 함께 모든 것이 사라져 버리고 죽음 뒤에 오는 불안함, 즉 언젠가는 자신이 한 일에 대한 청산과 징벌이 있을 것이라는 생각에 사로잡힐 때 인간은 절망의 늪으로 기어들어가는 것"이라고 했다.

명문 의대를 나온 한 젊은이와 우연히 신앙에 대한 대화를 나누었다. 이성적인 인생관에 토대를 두고 살아온 그 젊은이는 삶에 대한 이러한 절망적인 분석에 대해서 반기를 들었고 직업을 통해서 자신감을 가지고 살아가는데서 삶의 보람을 찾아갈 것이라고 했다. 그 후에 신앙에 관한 글들을 보내었을 때 답장이 없었다. 자기 자신의 능력을 믿고 이 세상을 이성적으로 받아들이고 살아가겠다는데 무슨 참견이냐는 태도이다. 나는 그와 같은 입장에 서서 삶을 개척해 나가는 많은 젊은이가 있음을 알기에 그들을 이해하려고 노력했다.

이제 남은 문제는 죽음이라는 종착역으로 달리는 삶의 현실을 시인하고 거기에 머무느냐, 아니면 새로운 세계, 즉 영적인 생명이 지배하는 세계로 방향을 바꾸어 거기서 새 생명과 새로운 용기를 얻고 새 소망 가운데 사느냐를 결단하는데 있다. 신구약 성경은 우리에게 이러한 영적인 삶을 제시하고 우리가 이 절망에서 헤어 나오기를 강하게 권하고 있다(로마서8:5-14). 여기서 사도 바울은 영에 속한 사람의 특징을 생명과 평안이라고 했다. 우리는 이 세상에 태어날 때 생명을 얻었다. 그러나 바울 사도가 말하는 생명은 육적 생명만을 의미하는 것이 아니다. 예수 그리스도께서는 그가 이 땅에 오신 것은 양으로 생명을 얻게 하고 더 풍성히 얻게 하려는 것이라 하셨다(요한복음 10:10). 따라서 예수 그리스도를 영접하는 것은 이 세상을 이기시고 죽음을 이기신 예수님의 생명, 그분의 능력이 우리 속에 들어와서 삶의 힘이 되어 주시고 계시다는 것을 의미하는 것이다.

이와 같은 새로운 생명의 세계에 들어온 사람은 이 땅에서 일어나는 모든 육신적인 일에 대해서 새로운 견해를 갖게 된다. 즉 이 세상에서의 성공이나 성취를 초개같이 여길 수 있다. 질병이나 고통도 그 속에 담겨 있는 하나님의 뜻을 발견하려고 노력하며 견딘다. 대인관계는 오래 참음과 관용으로, 그리고 상대방이 오해하더라도 우리를 인도하시는 하나님께서 아시니 담담히 때가 오기를 기다리며 사랑으로 일관하면서 살아가면 된다. 자기의 모자람이나 알게 모르게 범하는 모든 잘못도 진심으로 뉘우치고 용서를 구하면 사해 주신다고 하는 확신에서 마음의 평안을 얻을 수 있는 것이다. 무엇보다도 중요한 것은 이 세상에서 육적인 모든 것을 잃어버린다고 해도 내 속에 그리스도의 생명이 있으면 이 세상을 이기게 하실 것이요, 결국에는 육신의 죽음을 넘어서 하늘나라에 들어갈 수 있다고 믿는 참된 신앙의 경지로 진입하는 것이다. 이러한 새 경지에 들어갈 때 우리는 참된 마음의 평안을 누릴 수 있다. 만일 이러한 새 경지로 들어가지 못하면 우리는 절망의 늪에서 헤어나지 못하고 육체적인 죽음을 맞이하게 된다.

이성으로 모든 것을 해결하려고 깊이 고민하다가 이 땅에서의 육체적인 삶의 의미를 발견하지 못한 프랑스의 철학자 사르트르는 노벨 문학상 수상을 거절하였고, 그의 대작 『존재와 무』로 결국 인본주의자로 낙인찍히고 말았다. 같은 실존주의 철학자인 덴마크의 키에르케고르는 절망의 늪에 빠져 헤매다가 결국 믿음 안에서의 구원, 그리고 새로운 소망을 발견하고 자기와 비슷한 처지에 있는 사람에게 새로운 세계를 소개하며 많은 이의 삶을 윤택하게 하였다.

대학과 대학원 시절 나는 함석헌 선생님의 모임에 자주 참석하여 가르침을 받았다. 오랜 세월이 지났지만 세 가지 메시지는 기억한다. 첫째는 생각하는 사람이 되어야 한다는 말씀이다. 우리에게 주어진 삶을 자세히 들여다보고 삶의 의미를 깊이 생각하며 살라는 말씀으로 받아들였다. 우리의 육적인 삶을 들여다 볼 때 죽음이 언제 닥칠지 모르고 그것으로 모든 것이 끝나 버린다면 우리의 삶은 허무하기 짝이 없다. 명문 의대를 나와서 모든 일이 자기가 원하는 대로 순조로이 진행되어 소위 성공이라는 걸 얻었다 해도 절망의 늪으로 빠져들기가 쉽다. 그러나 만일 신앙의 길로 들어서기로 결단하고 뛰어들면 이 세상에서의 성취의 정도에 관계없이 우리는 승리할 수 있고 우리를 이 땅에 보내신 분의 뜻을 이루어 간다고 하는 데서 우리 삶의 의미를 발견하는 기쁨과 평안 속에서 영생을 바라보면서 보람 있는 삶을 이어갈 수 있다고 믿는다. 두 번째 말씀은 믿음은 떡 덩어리가 아니라 불덩어리라고 하셨다. 떡은 입에 넣고 씹기만 하면 넘길 수 있다. 그러나 불덩어리는 뜨거워서 이리저리 입 속에서 굴려야 한다는 말씀이다. 자기가 얻은 믿음의 씨를 잘 가꾸기 위해 노력하고 주야로 노력해서 신앙을 자기의 가장 중요한 것으로 만들어가야 한다는 말씀이겠다. 창조적인 신앙심을 확립하기 위해서 부단히 애써야 한다는 것이다. 마지막으로 기억나는 것은 청소를 할 때 빗자루로 더러운 곳을 깨끗이 쓸어 갈 때는 자기 마음의 지저분한 것들을 몰아내는 마음으로 하라는 말씀이다. 이따금 차고나 바깥을 비질 할 때 이 말씀을 기억하고 내 마음을 청소하는 기분으로 회개하고 나면 마음이 가볍다.

우리는 언제나 절망이냐 신앙이냐의 기로에 서 있다. 우선 깊이 삶을 생각해 보고 한 번 육적인 삶에 대한 절망을 해보자. 그리고는 믿음의 세계를 붙잡고 은혜를 감사하며 주님의 뜻을 이 땅에서 이루어 사는네 삶의 의미를 발견하고 소망 가운데 열심히 살아가자. 그리하면 우리는 생명의 면류관을 얻는 승리자가 될 것이다.

인생과 신앙

몇 년 전 미국에서 일어난 일이다. 장래가 촉망되는 한 젊은 의사가 백혈병으로 갑작스런 죽음을 당했다. 그의 죽음은 우리가 모두 공통적으로 지니고 있는 문제를 들추어 내주고 있다. 즉 물질과 육신적 세계의 허무, 아무런 보장도 없는 이 땅에서의 삶 등에 대한 절박한 현실을 한 번 더 생각하게 한다. "너희가 온 천하를 얻고도 네 생명을 잃으면 무슨 유익이 있으리오." 라는 예수님의 말씀과 일맥상통하는 이야기이다.

우리는 자칫하면 이 세상의 행복, 평화, 그리고 성공에 도취되어 살기 쉽다. 마치 그것이 인생의 유일한 보람인 것처럼 착각하며 살 때가 많다. 그러나 이러한 세속적인 행복이나 성공의 척도는 항상 상대적이라는 것을 잊어서는 안 된다. 즉 우리 주위에는 항상 자신보다도 더 유능하고 윤택하며, 더 행복해 보이는 사람들이 있기 때문에 자기의 행복의 척도를 세상적인 성공이나 물질적인 풍요함에 둔다면 많은 수의 사람이 자신을 인생의 실패자로 생각하기 쉬울 것이다.

또한 세상이 주는 향락을 조금이라도 맛본 사람이라면 그러한 것들이 주는 즐거움이나 행복감에는 한계가 있다는 것을 시인할 것이다. 그러므로 이런 것들은 우리에게 영속적인 기쁨을 줄 수 없다. 또한 이런 것들로 인생의 보람이나 의미를 찾을 수도 없는 것이다.

그 젊은 의사는 장래가 촉망되는 엘리트였다. 아름답고 착한 아내와 귀여운 아이들이 있었다. 그는 지긋지긋한 수련의 코스를 마치고 머지않아 개업해서 단란하고 행복한 보금자리를 마련할 사람이었다. 바로 그러한 때에 그는 생명의 단절을 맛보게 되었다. 그가 이 땅 위에 쌓아 올렸던 모든 꿈과 탑이 순식간에 무너져 버리고 만 것이다. 많은 사람이 그의 죽음을 지켜보며 슬퍼했다.

우리는 이와 비슷한 사건을 주위에서 자주 목격한다. 그리고 곧잘 인생의 허무를 생각한다. 나는 왜 살며, 어디서 와서 어디로 가는지 생각해 본다. 그러나 진정한 해답을 찾을 길은 묘연하다. 그러면 과연 이 땅 위에서 어떻게 사는 것이 옳은가. 어떻게 하면 영적인 안위와 영속적인 기쁨과 삶의 보람을 느끼며 살아갈 수 있을까 하는 질문이 생긴다. 여기에서부터 인생과 신앙이 대립하는 문제가 생긴다.

신앙은 한 마디로 말해서 인격적인 결단이다. 믿음은 우리가 일상생활에서 늘 경험하는 행위이다. 우리는 자신이 실제로 잘 알지 못하는 것도 무의식적으로 믿고 사는 경우가 많다. 그 중에는 과학적인 실증으로 확실히 인식하고 믿는 것도 있다. 또 사람의 마음 같은 것은 볼 수도 없고 만져볼 수 없지만 우리는 서로를 믿고 산다. 서로 믿고 신뢰할 때에 사회적 존재의 의미가 있는 것이다. 기독교 신앙은 내 생명의 근원이 하나님이시며 내가 사는 것은 그 생명의 근원이 되시는 분의 뜻을 이 땅에 실현시키기 위함이요, 또 그것이 내 삶의 보람임을 확신하는 데서 시작된다. 그리고 그 분 앞에 경건히 꿇어 엎드리어 오직 그 분의 뜻만을 우리의 제한되고 불완전한 삶을 통해서 이루어 달라고 겸손하게 기도하는 것이 바로 신앙이다. 이는 생의 보람을 찾아서 미지의 절벽을 뛰어내리는 결단이다. 그러나 뛰어내리고 나면 새로운 눈이 밝아진다. 거기에는 삶의 진정한 의미와 보람을 찾는 기쁨이 있다. 이 결단은 미지의 세계를 탐험할 때 내리는 결단처럼 꿈과 동경의 마음이 있어야 한다. 삶의 의미와 보람을 찾으려는 갈급한 마음과 과감하게 뛰어내리려는 용기가 필요하다. 뛰어내리고 보면 인생을 보는 눈이 달라지고 세상에 붙은 모든 것을 초월할 수 있는 마음의 자세가 생긴다. 세상에 대한 집착을 버릴 수 있는 초자연적인 힘이 생긴다. 동시에 강한 책임 의식에 사로잡힌다. 그 분께서 이 땅에 사는 동안 맡겨주신 일을 최선을 다해 완수해야겠다는 생각으로 삶에 충실해진다.

성경 말씀의 의미가 새롭게 마음 판에 부각되어진다. 과거의 이치나 이성으로 이해되지 않던 일들이 돌연 이해되고 이들이 자신의 삶을 좌우하는 중요한 원칙과 기준이 된다. 이 신앙이라는 것은 우리에게 겸손과 관용의 마음을 가져다준다. 우리 인간의 관점이 아닌 하나님의 꿰뚫어 보시는 관점에서 만사를 바라보게 한다. 이러한 관점에서 나 자신을 바라보면 나는 죄를 피할 수 없는 약하고 불완전한 존재임을 깨닫게 된다. 이 죄에 대한 해결책이 오직 예수 그리스도에게만 있고 그의 속죄만이 우리를 깨끗하게 한다는 사실을 믿게 된다. 이러한 신앙이야말로 기독교 신앙의 정수인 것이다. 알면서, 혹은 모르는 사이에 저지른 죄를 회개하고 죄 사함을 받았다는 확신 속에서 새 출발하는 생활이야말로 신앙 생활에서 가장 중요한 것이다. 양심에 의지하여 인간적인 후회만으로 끝나는 것이 아니라 전인격적으로 회개하고 지난 죄를 청산하여 새로운 앞날을 바라보는 자세가 필요하다. 이 때 얻는 가뿐한 마음, 날아갈 듯한 기쁨이야말로 그리스도를 믿는 신앙만이 줄 수 있는 것이다.

기독교 신앙의 또 하나의 특징은 이 세상의 물질적인 행복이나 이 세상에서의 목적 추구와 성취를 부정하지 않는 데 있다. 기독교는 세상을 멀리하여 산 속에 들어가 고행과 수도를 해야만 구원받는 종교가 아니다. 이 땅에서 살면서 하나님이 우리에게 누리라고 주신 물질과 육의 세계를 정당한 삶의 태도로 받아들여 그것을 감사하며 받아 누리는 것이 신앙인의 자세이다. 다만 순서가 바뀌어져서 물질이나 향락을 앞세울 때 잘못된 길로 접어들게 된다. 우리는 이 세상에 살고 있지만 이 세상에 속한 존재는 아니다. 따라서 우리는 이 세상에 살면서도 이 세상을 초월할 수 있는 것이다. 기독교 신앙은 다른 사람과의 사교와 만남에 큰 지침을 제시해 주고 있다. 대개 지나치게 사람을 믿거나 기대하는 사람들이 실망하기 쉽다. 그러나 믿음 안에서 신앙을 앞세우고 이웃과 사귈 때는 사람들에게 기대 이상의 무엇을 요구하지 않는다. 그렇기 때문에 우리는 단지 사랑 안에서 담담히 서로를 이해하면서 돕고 도움을 받으며 살게 된다.

주위에서 나날이 일어나는 너무도 억울한 일들, 하루 아침에 삶의 기반이 무너지는 일들을 목격할 때마다 이 세상에는 완전한 평화나 영속적인 기쁨이 결코 존재할 수 없다는 것을 깨닫게 된다. 그리고 신앙이야말로 우리 인생에서 누릴 수 있는 가장 귀한 보배라는 것을 절실히 느끼게 된다. 우리의 소망을 이 세상에서 잠시 있다가 없어질 것에 둘 때 우리는 어느 때엔가 낙망하게 될 것이다. 우리의 생명이 되시는 그 분에게 우리의 모든 삶을 바치고 오직 그 분의 뜻만이 이루어지기를 바라면서 영원한 세계를 바라볼 때 우리에게는 소망과 기쁨에 찬 보람된 나날이 펼쳐지게 될 것이다. 우리가 이 세상에 살지만 이 세상에 속한 것이 아니라는 확신을 가질 때 우리는 동요하지 않고 생명이라도 바쳐 이 신앙을 지키겠다는 각오가 생기게 된다. 그리고 이 각오는 우리를 자유롭게 하며 영원한 "보험"에 들게 한다. 그때야 비로소 우리는 죽음을 두려워하지 않게 되고 어려운 세상을 담대히 살아갈 수 있는 용기를 얻게 된다.

우리의 세계는 점점 어두워져 가고 있다. 이럴 때일수록 우리에게는 굳건한 믿음, 어떤 고난이라도 이기겠다는 각오, 그리고 그분 원하시는 뜻을 이 땅 위에 이루어 보겠다는 신앙이 필요하다. "담대하라, 내가 세상을 이기었노라(요16:33)."는 주님의 말씀은 이 어두운 시대에 사는 우리에게 용기와 소망을 주는 말씀이다.

믿음에 이르는 단계

지난 30년 동안 한 교회에 다니면서 겨우 한 사람 전도했다고 하면 그것은 결코 자랑할 것이 못된다는 것을 잘 안다. 경상도 지방의 명문고 선배이신 K 선배가 이 고장에 이주 오셔서 인사를 하게 되었고, 그 당시 구역 예배에서 신앙생활을 소개하는 기회를 얻게 되었다. 경상도의 반촌 양반집에서 자라나신 K 선배님은 그간 신앙생활을 접할 기회가 많지 않으셨지만 누구보다도 진지하고 성실하셨다. 신앙생활을 접할 기회를 얻지 못했던 많은 사람처럼 자기 나름대로 인생관을 가지고 열심히 살아오신 분이다. 교회 생활을 시작하시면서 차츰 의문을 갖기 시작하셨고 그것을 서슴지 않고 말씀해 주셨다. 비록 믿는 가정에서 태어나 교회 생활을 이어온 나도 신앙

을 정말 자신이 누릴 수 있는 것으로 체득하려고 노력하며 틈나는
대로 신앙 서적을 읽으면서 교리 하나하나를 다짐하면서 살아왔기
에 선배님의 질문은 큰 자극이 되었다. 따라서 선배님이 주신 질문
들을 소화하고 거기에 해답을 줄만한 책을 구해서 소개해 드렸다.
마침 일본어를 아시는 선배님께 일본 책들을 구해 드리기도 했다.
　부흥회에 가서 성령의 도우심으로 갑작스러운 심령의 변화가 일
어나서 통곡하며 죄를 회개하고 주님을 구주로 받아들였다는 간증
을 우리는 자주 듣는다. 그러나 K 선배님은 입신의 결심을 하시기
전에 인생에 대한 일반적인 질문을 자주 던지셨고 그런 것에 관한
토의가 있을 때도 적극적으로 참여하셨고 특히 삶의 의미나 목적에
대한 토의에 관심이 많으셨다. 어느 선각자가 "삶의 목적은 삶의 목
적이 무엇인지를 추구하는 데 있다"라고 술회한 것을 기억한다. 선
배님에게 삶의 목적을 정의하기 전에 인간으로서의 우리 자신을 먼
저 정의해 보아야 하지 않겠느냐고 토의를 유도했다. 우리 인간이
얼마나 유한하고 부족하고 죄성(罪性)이 많은지는 자신을 자세히 들
여다보면 누구나 알 수 있는 일이다. 하지만 우리가 구원을 받아야
할 죄인이라는 걸 선배님이 인정하시기까지는 제법 시간이 걸렸다.
　자연 과학자로서 신앙을 가지는 어려움에 대해서 나는 다음과 같
이 믿음을 설명한다. 과학이란 관찰과 실험, 그리고 관찰한 사실에
서 유도되는 합리적 추론에 시 있다. 즉 눈에 보이는 물질의 세계에
한정되어 있다. 그러나 눈에 보이지 않는 세계가 분명히 우리 속에
있는 것을 알기에 그것을 외면할 수 없다. 즉, 물질세계의 내면, 그
뒤에, 아니 그 위에 있는 또 하나의 영의 세계, 그리고 그 세계의
중심에 존재하는 존재, 인간의 의식의 중심에 존재하는 그 영적 존

재를 수많은 과학자도 인정하고 있다. 우리는 눈에 보이는 이 세상을 초월해서 이 세상의 근원을 탐구할 때 영의 세계에 들어간다. 그영의 세계에 들어가면 과학자는 하나님 앞에서는 하나의 불완전한 인간임을 깨닫고 겸손히 꿇어 엎드린다. 과학자가 과학에 가장 충실한 자가 되는 길은 자기가 과학자 이상인 것, 즉, 한 인간임을 깨달을 때이다. 이처럼 과학자의 마음은 외적인 우주를 관찰하는 데서 내적인 빛, 즉 만물에게 의미를 부여하는 하나님의 말씀을 받아들이는 데로 옮겨간다. 그리하여 우리는 하나님께로부터 나와서 하나님 안에서 살다가 하나님께로 돌아가는 것을 인정하는 영적인 존재로 살아가야 하는 것을 깨닫게 되는 것이다.

이처럼 하나님의 존재를 인정한 후 특별 계시로서 보내신 예수 그리스도를 구주로 영접하고 그가 대속하심으로 우리의 죄가 사해지는 것을 믿는 단계에 이른다. 이 모든 과정을 겪으면서 우리는 참으로 신앙을 가지고 사는 사람이 되는 것이 아니겠는가.

우리 자신의 삶에 대한 토의는 계속되었다. 사람은 태어나면 어느 시기에 반드시 죽음을 맞이한다는 사실, 그리고 우리 삶이 반드시 우리 마음대로 되지 않는다는 사실, 그리고 어떤 일들은 인간이 생각할 수 있는 이치로는 설명이 되지 않는다는 사실 등, 우리의 삶에 진정한 의미를 부여하기 어렵다는 것을 깨달으면서 우리는 삶의 목적과 의미를 찾아서 심각한 고민을 할 필요가 있다는 것에 동의하고 계속 삶의 목적과 의미를 추구하는 토의를 계속하게 되었다.

어느 날은 선배님과 이 세상이 주는 행복에 대한 토의도 나누었다. 사람들이 추구하는 이 세상에서의 행복이라는 것이 얼마나 덧없는 것인지를 우리는 인정했다. 이 세상이 줄 수 있는 모든 행복을 마음껏 누려 본 사람들도 마침내 여기에 참된 의미에서의 만족이나 기쁨, 영속적인 평안이 없다는 것을 깨달아 허무를 느끼고, 이따금은 스스로 목숨을 끊는 일이 있음을 우리는 안다. 여기서 우리가 깨달은 것은 참된 복락이 물질적인 풍요나 세상적인 의미에서의 성공을 거두는 것에 있지 않다는 것이다.

우리는 다시 내면세계, 영적인 세계로 초점을 맞추고 예수 그리스도와 그의 삶을 통해서 보여주신 하나님의 뜻을 깨닫고, 우리 자신의 벌거벗은 모습을 인정하고 꿇어 엎드려 죄 사함을 구하고 새로운 피조물로 구원받는 일의 중요성을 깨닫고 이 땅에서의 삶을 초월한 하늘나라의 소망을 하는 경지에 이르는 것만이 삶을 보람 있게 하는 것이라는 결론에 도달했다. 이와 같은 결단에서 오는 평안은 이 세상이 주는 평안과는 질적으로 다른 것을 깨닫고, 우리의 삶을 통해서 하나님의 귀한 뜻이 이루어지시기를 간절히 기도하면서 두 손을 모았다.

삶의 목적이나 의미에 대해서 깊이 생각하고 자신의 불완전함과 죄성(罪性)을 깨달아 구원의 필요성을 통감하며 하나님께서 주신 말씀에 의지하여 예수 그리스도를 구주로 받아들이기까지, 선배님의 신앙 여정에 동참함으로써 나 자신의 믿음을 재확립하는데 큰 도움이 되었다. 그의 진지하고 순전한 모습은 초신자가 참된 믿음에 이르는 단계를 잘 보여주었다고 생각한다.

K 선배님은 마침내 세례를 받으셨다. 그리고 누구보다도 교회 생활을 열심히 하셨다. 몇 해 후 집사 안수를 받으시고 교회의 궂은 일들을 숨어서 도맡아 하셨다. 그보다도 더 중요한 것은 언제나 성경 공부를 게을리하지 않으셨고 주석을 공부하며 말씀과 믿음을 늘

새롭게 정의하시면서 살아가시는 것이었다. 이 고장을 떠나 잘 지내시다가 최근에 큰 수술을 받으셨지만 완쾌하시어 여전히 참된 믿음의 삶을 살고 계심을 보고 감사한 마음 그지없다.

믿음으로 이어가는 우리의 삶

한국을 다녀왔다. 믿음이 돈독한 제수(弟嫂)씨는 사람의 생각으로는 잘 이해가 되지 않는 남편의 죽음을 담담히 받아들여서 고마웠다. 장례의 제반 절차를 무사히 마치고 우리는 제수씨와 조용히 저녁 식사를 함께 하며 장래 계획을 세웠다. 아직도 대학에 다니는 두 아이의 교육 문제와 앞으로의 생활을 꾸려나가는 데 있어 여러 가지 어려움이 있겠지만, 기도하면서 열심히 최선을 다 하겠다는 제수씨의 결의에 격려의 말을 더해 주고 위로하였다. 아무튼 이번 기회에 많은 형제가 모였고 처음으로 당하는 친형제의 죽음을 지켜보는 아픔이 있었지만 동생 내외가 다니던 교회 식구들, 특히 찬양대원들의 정성어린 도움으로 영결예배, 묘지에서의 하관예배 등을 아름다운 찬양 가운데 마칠 수 있었던 것은 오로지 하나님의 크신 은혜로 믿고 모두들 감사드렸다.

한국을 떠나 미국으로 오기 전날에 간암 말기로 고생하시는 B 선배님에게 문병을 갔었다. 한국 의학계의 거두로서 대학 부총장, 의료원장을 역임하시어 가장 성공적인 삶을 사신 분이다. 믿음이 돈독한 부인의 알뜰한 간호를 받으면서 투병을 하고 계셨다. 그는 충청도 양반으로 이 땅에서 누릴 수 있는 거의 모든 복을 누린 분이다. 입신은 한 분이지만 다른 사람은 아직 건강히 잘 살고 뛰어다니는데 하필이면 왜 나는 이렇게 누워 있어야 하는지 모르겠다며 갑갑해하셨다. 인간이면 누구나 느낄 수 있는 감정을 솔직히 말해 주시어 우리를 가깝게 여기시는 증거로 받아들이고 위로의 말씀 대신 최근의 교회의 회지에 실은 '고난을 받아들이는 믿음'이라는 글을 부인에게 전해 드리고 기도하면서 그 자리를 떠났다.

이곳에서 오랜 세월을 함께 가까이 지낸 A 장로님은 최근에 백혈병의 진단을 받고 모든 것을 신앙으로 받아들이고 '삶의 마지막을 아름답게'라는 표어를 걸고 준비에 몰두하고 계신다. 주변에서 일어나는 삶의 마지막이나 그 준비에 서두르는 모습을 목격할 때마다 나 자신의 삶이나 죽음을 생각해 보지 않을 수 없다.

우리의 삶이 순식간에 종말을 고한다고 하는 일은 육적(肉的)으로 생각하면 비참한 일이 아닐 수 없다. 죽음은 그동안에 이루어 왔던 모든 것, 가까운 가족에서부터 시작해서 자기와 인연을 맺어온 모든 사람과의 육적인 단절을 가져온다. 장래에 성취하려던 이 땅에서의 모든 꿈이 하루아침에 물거품처럼 흩어져 버리는 일이다. 성취를 많이 한 삶도 따지고 보면 그 성공이나 업적이 얼마나 상대적인가를 알 수 있다. 학문의 세계에 있어서도 항상 뛰는 자 위에 나는 자가 있고 경제적인 성취에도 언제나 더 많이 소유한 사람이 있게 마련이다. 따라서 이 세상에서의 성취, 즉 명예나 부귀는 뜬구름과 같은 것이다. 삶에 대해서 좀 깊이 생각해 본 사람이면 이 세상에 희망이 없다는 것, 즉, 절망할 수밖에 없다는 것을 깨닫는다. 신앙은 이러한 인생의 무의미함과 절망에서 출발한다. 기독교에서는 우리와는 차원이 다른 신, 즉 영원하시고 전능하시고 창조자이신 하나님께서 예수 그리스도를 통하여 사기 자신을 계시하셨다고 믿는다. 그를 통해서 계시된 하나님의 말씀을 믿고 따르며 그의 삶을 통해서 계시된 사랑의 삶을 살 때 영생의 소망이 약속된다는 것이다. 우리는 이 땅에 보내심을 받은 생명이니 그분의 뜻을 이루기 위해서 이 땅에서 열심히 사는 것이 우리 삶의 의미요 보람이요 소망의 근원이 된다는 것을 믿고 살아야 한다는 것이다. 우리가 잘 외우는 요절인 요한복음 3장 16절 속에 우리 믿음의 기초가 되는 교리가 모두 담겨 있다. 위에서 말한 것처럼 죽음은 이 땅에서 언젠가는 맞이하게 될 현실이며 아무런 순서도 기약도 없는 것이다.

며칠 전에는 지난 30년간 함께 일한 미국인 동료 교수인 P 박사가 세례를 받겠으니 세례식에 참석하겠느냐는 초대장을 갑자기 보내왔다. 그가 미네소타 대학의 이비인후과 과장으로 선임되었을 때 당시 독일에 유학 중이던 필자에게 기초 의학 연구실을 맡아 줄 수 있겠느냐는 초청을 했고 그 초청에 응해 우리가 미네소타로 오게 된 것이다. 그의 부친은 이탈리아 사람으로 개신교의 목사님이셨다. 인구의 90% 이상이 가톨릭 신자인 이탈리아에서 개신교 목사님은 드물었다고 한다. 디트로이트로에 이민 와서 이탈리아인 밀집 구역에서 개신교 교회를 인도했지만 교인 수가 적어서 무척 가난한 생활을 했다고 P 교수가 회상하는 것을 들은 적이 있다, 목사님 집 안에서 태어났기에 자신을 늘 기독교인이라고 말했고 이따금 만나서 전공분야 외의 이야기를 할 때면 우리에게는 신앙이라는 공통분모가 있어서 서로 마음이 편했다. 그런데 70이 넘은 그가 갑자기 세례를 받겠다니 어찌 된 일인가 해서 물어보았다. 그는 등잔 밑이

어둡다는 속담이 들어맞는다고 했다. 즉 아버지께서 목사님이셨지만 너무 바쁘셔서 자기는 그만 세례받을 기회를 놓친 채 평생을 지냈는데 이제 얼마를 살지 모르는 이 마당에서 세례를 받고 준비하며 삶을 살아야겠다는 것이었다.

누구에게나 죽음은 도둑과 같이 다가온다. 어쩌면 오늘 당장 도둑이 들 수도 있다. 그렇다면 오늘은 우리에게 정말 소중한 날이 아닐 수 없다. 아침에 일어나서 "오늘 하루도 주님의 뜻을 이루어 가는 삶이 되게 하소서."라는 기도를 드리고 잠시 성경 말씀을 읽고 조반을 들고 집을 나선다. 출근길 자동차를 몰면서 유명한 K 목사님의 설교를 듣는다. 이어서 찬송가 CD를 듣는다. 몰몬 태버내클 합창단, 그리고 한국 사람이 좋아하는 찬송가 CD를 번갈아가며 듣고 은혜를 받는다. 함께 따라 부르기도 한다. 어느덧 반세기도 더 지난 그 옛날, 중학교에 다닐 때 나도 합창 단원이었다는 사실을 아는 사람은 거의 없다. 그때 그 지방 콩쿠르에 나가서 '탄호이저'의 '사냥꾼의 합창'을 불렀던 기억이 어렴풋이 남아 있다. 음악을 즐겨서 나갔을 뿐 목소리가 좋은 것은 아니었다. 신호등 앞에서 잠시 멈출 때 옆의 차를 보니 젊은이가 입을 벌리며 신나게 노래하는 모습이 보인다. 들리지는 않지만 그 표정을 보아 요즈음 젊은이들이 부르는 현대 음악 같았다. 나는 다시 찬송가를 들으며 신앙이 돈독한 작사가늘 가사의 의미를 되씹으며 따라서 부른다.

출근길 찬송가와 설교로 무장한 나는, 좀 벅차기도 한 첨단 과학 연구를 계획하고 지도하는 일에 온종일 몰두한다. 학문이라고 하는 외길을 달려왔을 뿐 나는 특별한 재주가 없는 사람이다. 하나님이 맡겨주신 일을 그저 열심히 해 나갈 뿐이다. 새로운 기술, 특히 줄

기세포를 이용한 연구가 전세계에서 활발히 진행되고 있고 우수한 젊은이들 틈에서 자신도 난청의 치료에 응용될 수 있는가를 탐구하는 연구에 전념해본다.

우리의 삶은 우리의 것이 아니다. 우리 각자에게 맡겨 주신 하나님의 섭리를 이루어 가는 삶일 뿐이다. 따라서 우리의 삶을 이 땅 위에 있게 하시는 분의 뜻을 이루어 가는데 전력을 기울이다가 부르실 때 가면 되는 것이다. 주위에서 끊임없이 일어나는 삶의 마지막을 목격할 때마다 이 땅에 붙어 있는 눈에 보이는 것들이 아무런 소용이 없다는 것을 절실히 느낀다. 이 땅 위에서의 삶의 종말을 고할 때 굳건한 믿음으로 하늘나라에 가는 소망을 하는 사람은 복 있는 사람이다.

삶의 근본적인 문제, 즉 죽음에 대해 준비를 하고 사는 사람에게는 이 세상에서 받는 모든 축복이 은혜로서 그저 감사할 뿐이다. 눈부신 햇볕 아래 출렁이는 물결, 싱싱하게 자란 나뭇잎들, 색색의 아름다운 꽃들, 자연의 아름다움은 그저 황홀할 따름이다. 천사와 같이 다가와서 꼭 안기며 미소 짓는 어린 아이들, 왜 끌리는지 모르지만 그 사람만 보면 마음이 동하고 사랑하고 싶은 존재들, 그 친구라면 내가 희생을 하더라고 돌보고 싶은 우정이 솟아나는 친구들, 세상에는 복되고 아름다운 일도 가지각색이다. 그러나 한 가지 우리가 아는 것은 이 아름다운 자연들, 정다웠던 관계들이 영속적이지 못하다고 하는 것이다. 들의 꽃이나 풀같이 사라져 버리는 것이 이 세상에서 누리는 복락(福樂)이 아닐까? 굳건한 믿음을 가지고 영원을 바라보며 살아갈 때 이러한 축복을 감사함으로 누릴 뿐이지 결코 거기에 연연해서는 안 된다. 언젠가는 우리 곁을 떠나 버릴 아름다움이기는 하지만 그것이 곁에 있을 때 즐기고 감사하자. 그리고 다시 영원을 바라보며 삶의 마지막을 준비하자.

사도 바울이 겪은 회심

하나님의 경륜은 원대하시어 인간이 이해하기가 어렵지만 완벽하신 것으로 믿어진다. 기독교 역사 가운데서 바울 사도의 회심은 큰 획을 그은 사건이 아닐 수 없다. 그는 유대인 중의 유대인이요, 율법을 지키며 살았고, 학문의 깊이로는 그 당시에 유명했던 학자 가말리엘의 제자였다. 무엇보다도 그는 기독교인을 박해하는데 앞장선 사람이었다. 그가 기독교인을 박해하려 다메섹이라고 하는 곳으로 가는 도중 홀연히 하늘에서 빛이 비쳐 땅에 엎드러졌을 때 그는 "사울아(사도 바울의 입신하기 전 이름) 사울아 네가 어찌하여 나를 핍박하느냐."라는 예수님의 음성을 듣고 사흘 동안 식음을 전폐하고 앞을 보지 못하였다고 성경은 기록하고 있다(사도행전 9:1-22). 그 후 다메섹에서 아나니아라고 하는 제자를 통해서 안수를 받고 눈에서 비늘 같은 것이 벗어져 다시 보게 된 후 예수님은 하나님의 아들이시고 그분을 통해서 우리가 구원을 받을 수 있다고 전파하고 다니니 사람들이 놀랐다고 했다. 기독교인을 박해하면서 유대교를 열심히 믿던 사울이 열렬한 기독교인이 되었으니 사람들이 놀랄 수밖에 없었을 것이다. 그는 자신의 방대한 학문적 배경을 토대로 기독교의 교리를 정리하고 전도 여행을 하며 특히 이방인들의 전도에 힘쓰는 사람이 되었다. 그는 여러 지방으로 다니면서 교회를 세웠고 그 교회들에 보낸 서신이 신약 성경의 많은 부분을 차지하게 되었음은 우리가 익히 아는 사실이다. 그는 기독교를 박해하던 자리에서 180도로 전환하여 기독교 신앙의 전파에 가장 큰 공헌을 한 사람이 되었다. 그는 예수 그리스도를 영접함으로 완전히 변하여 새 사람이 되었던 것이다.

부흥 집회를 열 때마다 많은 사람이 손을 들고 나와서 회심하고 성령님의 역사로 새 신자가 되는 광경을 목격한다. 우리 인간은 언제든지 우리의 삶을 새 방향으로 전환할 수 있는 능력을 갖춘 존재이다. 우리에게는 선택의 자유가 부여되어 있고 자기가 마음먹은 대로 결단할 수 있다. 신앙생활에 들어간다는 것은 자기의 영혼을 사랑하는데서 시작된다. 육적으로나 물질적으로 부족함이 없는 사람도 영적인 감각이 있는 사람은 무엇인가 모자라는 것을 느끼고 갈급한 마음으로 삶의 의미를 찾아서 헤매게 된다. 이때에 가까이 있는 사람이 인도하고 교회에 출석하여 기독교 신앙의 기본 교리를 조금씩 깨달아 알게 하면 거기서 삶의 의미와 기쁨과 보람을 찾게 되고 신앙 없이는 살 수 없는 경지에까지 이르게 된다. 이러한 사람들은 사도 바울의 눈에서 비늘 같은 것이 벗어져 영의 눈이 뜨인 것처럼 영안이 밝아져서 하나님의 아들 딸, 하늘나라의 시민이 되는 것이다. 이러한 과정에서 성령님의 역사 하심이 절대적인 역할을 함을 우리는 잘 안다.

사도 바울의 말씀 가운데서 나는 '항상 기뻐하라 쉬지 말고 기도하라, 범사에 감사하라, 이는 그리스도 예수 안에서 너희를 향하신 하나님의 뜻이니라(데살로니가 전서 5:16-18).'를 좋아한다. 이와 상통하는 말씀이 빌립보 4:4-6에도 기록되어 있다. '우리의 삶과 죽음의 문제를 예수 그리스도를 통하여 해결해 주신 하나님께 감사드리며, 어려운 문제와 거기서 오는 아픔과 슬픔 가운데서도 우리를 사랑으로 인도하시는 하나님의 뜻에 모든 것을 맡길 수 있는 믿음을 가질 수 있다는 것을 기뻐하라'는 말씀으로 여겨진다.

쉬지 말고 기도하라는 말씀은 우리의 삶이 전적으로 기도 가운데서 이어져 가야 한다는 뜻이다. 일하면서 기도하고 기도하면서 일하라는 말씀으로 받아들인다. 평안을 어지럽히고 마음을 아프게 하는 일들이 수없이 닥쳐와 괴로울 때도 모든 문제들을 하나님께 아뢰고 자비로우신 품에 풀어놓을 때 다시 평안함을 되찾을 수 있다는 말씀이다. 쉬지 말고 기도하라는 말씀을 강해하시던 L 목사님의 예화가 생각난다. 중세기의 어느 수도사에게 물었다. "어떻게 잠도 자지 않고 늘 기도할 수 있습니까?" 그는 말했다. "내가 온종일 땀 흘려 버는 돈이 13푼인데 11푼은 내 생활비에 쓰고 두 푼 남는 것은 문밖에 내어놓으면 끼니를 겨우 이어가는 가난한 이웃들이 그것을 집어가고 내가 자는 동안에는 그 사람들이 나를 위해서 기도해 주기에 나는 늘 기도하고 사는 사람이 될 수 있습니다."

마지막으로 범사에 감사하라는 말씀은 좋은 일이나 궂은일이나 모두 감사하라는 뜻이다. 좋은 일이 생겼을 때 감사하기는 자연스럽다. 그러나 어려운 일이 생겼을 때나 소원이 당장 이루어지지 않을 때도 불평하거나 원망하지 않고 때를 기다리며 궂은 일에도 하나님의 뜻이 함께하시리라 믿고 현재 받는 축복을 감사드려야 한다는 말씀이다.

이러한 가르침을 실천해 갈 때 우리를 지켜보는 믿지 않는 사람들이 참 좋은 삶을 살고 있구나, 나도 그러한 삶을 살 수 있으면 좋겠다는 생각을 하고 그 비결을 물어올 수도 있겠다. 이때에 우리는 성경 말씀을 소개하고 교회로 인도하면 그들이 믿음 안에서 새 삶을 발견할 수 있는 계기가 마련되는 것이 아닐까 싶다.

우리 주위에는 착하고 반듯하고 착실하여 여러 사람의 존경도 받고 기독교 신앙을 반대하지도 않는 좋은 사람들이 많이 있다. 다만 그들은 결단의 경지에 달할 수 있는 계기가 마련되지 못했기 때문에 망설이고 문밖에서 서성거리고 있는지 모른다. 기독교인을 모질게 핍박하던 사도 바울이 주님의 음성을 듣고 회심하여 기독교 역사상 가장 위대한 전도자가 된 것을 생각할 때마다 누구에게나 이러한 회심의 기회는 주어져 있고, 이미 믿고 구원받은 우리가 참된 본을 보이고 하나님의 뜻이 함께하면 전도의 계기가 마련될 수 있으리라고 확신한다. 이와 같은 아름다운 회심의 사건이 우리 주위에서도 자주 일어날 수 있기를 간절히 바라면서 이 일을 위하여 우리 모두 열심히 기도해야겠다.

마음에 남는 영상

세계에서 일본 사람들이 사진 찍기를 제일 좋아한다는 말이 있다. 키가 그리 크지 않은 동양인이 고급 카메라를 메고 다니면 영락없이 일본 사람이라고들 했다. 그러나 요즈음은 한국 사람도 일본 사람 못지않게 사진 찍기를 좋아한다. 나이가 들면서 주름이 많아진 얼굴이 사진에 남는 것이 창피하다고 아내는 사진 찍을 기회가 있을 때마다 사양할 이유를 찾는다. 나도 덩달아 사진 찍는 일이 별로 달갑지 않다는 표정을 지으며 피하려고 했다. 그런데 어느 날 후배 한 사람이 카메라를 피하려는 나에게 "선배님, 기억해도 좋을 만한 일이 있을 때 그래도 나중에 남는 것은 사진밖에 없습니다." 하면서 찰칵 셔터를 눌렀다. 그 후 그 후배가 보낸 사진을 보며 그 말이 맞는다는 생각을 해본 적이 있다. 기억하고 싶은 삶의 한순간이 잘 포착되었기 때문이다.

눈으로 찍고 마음에 담아두는 사진도 있다. 우리 주위의 사람들이 그들의 눈으로 우리의 모습을 찍고 마음에 간직한다. 우리도 우리 주위 사람들의 사진을 늘 찍고 있다. 그래서 그 사람 하면 그의 영상이 마음에 접어둔 사진첩에서 조용히 고개를 내민다. 좀 투박스럽게 생겼어도 인정이 많던 친구, 빈약하게 생겼는데 마음마저도 훈훈하지 못하던 사람, 외모는 말끔한데 이기적인 사람들 등 다양한 영상들이 떠오른다. 대부분은 '그 사람' 할 때 떠오르는 그 영상이 곧 그 사람이다.

이 고장에 나이 들어 유학 왔다가 골수암으로 고생을 하고 끝내 세상을 떠난 유 장로의 얼굴이 떠오른다. 그는 언제나 믿음에서 오는 평안함이 자연스럽게 얼굴에 나타나 있었고, 조용한 미소를 품고 있었다. 우리가 병문안을 가면 반기이 맞이히면서 그 특유한 얼굴로 오히려 우리의 딱한 사정들을 묻고 따뜻하게 위로해 주었다. 앞으로 닥칠 일에 대해서 잘 알고 있으면서도 그는 전혀 불안하거나 불평하는 기색이 없었다. 모든 것을 하나님께 맡긴 편안한 표정으로 우리와 조용히 대화를 나누었다. 유 장로의 사진을 나는 그를 방문할 때마다 내 눈으로 찍고 내 마음의 사진첩 속에 간직했다. 죽음을 앞둔 그가 품었던 믿음에서 나오는 조용한 미소를 짓는 그의 얼굴을 나는 원할 때마다 떠올리며 그와 다시 만난다. 그는 언제나 옛날의 그 인자한 모습으로 나타나서 정중하게 인사를 한다. 20년이 지난 지금도 나는 그를 잘 기억하며, 기억할 때마다 존경한다고 말하고 싶다.

내 마음속에 새겨지고 살아 있는 여러 사람의 모습을 그들의 인품과 함께 나의 사진첩에서 골라내어 떠올릴 수가 있다. 멀리 떠나보낸 뒤에도 그리워지는 얼굴들이 몇이나 될까? 많은 사람이 오늘도 그들의 눈으로 우리의 사진을 찍고 있으리라 생각하면 사뭇 긴장이 된다. 부족한 것이 많기도 한 우리가 형제의 잘못을 너그러이 받아줄 수 있는 모습으로 사진이 찍혔으면 좋겠다는 생각이 든다.

믿음이 돈독하고 마음이 단정하고 온유하여 하나님과 사람들에게 사랑받을 만한 좋은 모습으로 잘 찍혀져서 떠올리기를 즐기는 사진이 되었으면 하는 바람은 우리 모두에게 있는 것이 아닐까. 오늘도 나는 유 장로의 '사진'을 떠올리며 반가운 인사를 나누는 환상의 기쁨을 맛본다. 앞으로도 오랜 세월 이 사진을 내 마음속 깊은 곳에 간직할 작정이다.

여름 수양회를 마치고

언덕 위에 아담하게 자리 잡은 센트 올라프(St. Olaf) 대학 캠퍼스는 올해도 우리를 포근히 맞아 주었다. 트윈시티에서 적당한 거리에 있는 이곳은 수양회 장소로는 이상적인 곳이라고 할 수 있다. 숙박이나 집회 장소가 편리할 뿐 아니라 주위의 경관이 마음을 가라앉게 하고 잠시 속세를 떠나 영적인 삶에 전념할 수 있는 분위기를 자연스럽게 제공해 주기에 우리는 매년 이곳에서 모이는 것이 아닐까 하는 생각이 든다. 이번에 오신 강사 이 영길 목사님은 의학과 신학을 공부하신 독특한 분이어서 교인들이 처음부터 큰 기대를 했고 목사님은 그 기대 이상으로 훌륭하고 알찬 말씀으로 우리 모두를 깨우쳐 주셨다.

첫날 집회에서는 '지극히 작은 자'라는 제목으로 말씀하셨는데, 자기를 키워준 교회들이 자기의 세상적 이력서보다도 더 중요하다는 것과 자기 죄를 회개하고 지극히 작은 자로서 헌신한 위대한 신앙의 선배님들 이야기, 사람에게 숨겨지고 하나님만이 보실 수 있는 원자가 되게 해주십사고 기도한 수녀님의 시를 소개하셨다. 신앙인의 겸손한 모습을 강조하신 좋은 말씀으로 수양회 첫 모임을 시작하셨다. 장로님들이 준비한 떡과 과일로 친교 시간을 가졌고 다음날을 위해서 일찍 취침하였다.

둘째 날 새벽기도 시간에는 '죄 없는 자가 먼저'라는 제목으로 간음한 여인의 사건을 다루셨다. 세상에는 간음한 여인과 같은 사람들, 즉 자신이 죄를 짓고 있나는 것을 알고 양심의 소리를 듣고 있는 부류와 스스로를 의롭다고 생각하는 서기관과 바리새인에 속한 사람들로 구분할 수 있다고 하셨다. 좋은 면만을 앞세우는 강자와 삶의 도전에 약한 약자로도 구분할 수 있는데 우리는 모두 양심의 소리를 듣는 무리가 되어야 한다고 강조하셨다.

이날 오전 집회에서는 '죄인들의 믿음을 보시고'라는 제목으로 강해하셨다. 중풍병자를 지붕을 뚫고 예수님 앞으로 데려간 네 사람의 이야기(마가 2:1-12)를 중심으로 '성도들이 뭉치면 놀라운 능력의 역사가 일어남'을 강조하셨다. 그러기 위해서는 성도들이 서로 너그럽게 받아들여 괴테가 말한 '그 사람보다 더 나은 사람을 그 사람 속에서 보라'를 인용하시며 어지간하면 "You are O. K."라고 해주어 이웃을 아름답게 보는 눈을 길러 갈 때 우리는 힘을 합칠 수 있다고 하셨다. 우리는 'crowd(무리)'가 되지 말고 믿음으로 뭉친 "community(공동체)"가 되어야 한다고 강조하셨다. 자기 죄를 고백하며 용서를 받는 기쁨을 참마음으로 조용히 표현하는 찬양의 중요함도 덧붙여 말씀하셨다.

저녁 예배에서는 마가복음 2장 13-17절 말씀을 중심으로 '아름다운 사람들'이란 제목으로 강해하셨다. 영국의 유명한 신학자 도널드 목사님이 위대한 신학자가 되는 비결에 대해 질문한 사람에게 신앙, 가정, 친구가 중요한 역할을 한다고 대답한 것을 인용하시며, 당신에게 문제가 생겼을 때 자기의 일정을 보지 않고 달려올 수 있는 친구가 몇이나 되며, 내가 나의 일정을 보지 않고 달려갈 친구가 몇 명이나 될까를 물으시며 이러한 친구의 수만큼 내 삶이 풍요로울 수 있다고 하셨다. 예수님께서 세리나 죄인들과 함께하시는 것을 보고 바리새인과 서기관이 의아해 할 때 "나는 의인을 부르러 온 것이 아니요 죄인을 부르러 왔노라."라고 하신 말씀으로 예수님께서는 자기밖에 모르는 이기적인 집단이 아니라 세리와 죄인의 공동체를 찾아가시어 그들과 함께 하셨음을 상기시키며, 우리는 과연 어느 그룹에 속하느냐를 반문해야 한다고 하셨다.

하나님은 우리 인간을 'touch' 하는 존재로 만드셨기에 우리는 가능한 대로 자주 따뜻하게 손을 잡아주는 습관을 길러야 한다고 하셨다. 이러한 일은 사랑받는 자임을 확인하는 절차이며, 교회 안에서 많은 친구를 얻는 길이기도 하기에 'touch'의 중요성을 강조하셨다. 각자의 과거 이야기는 '자음'인데 거기다가 은혜의 '모음'을 갖다 붙이면, 아름다울 수 있다고 하셨다. 이 목사님께서 의학을 공부하신 후 신학을 하시게 된 경위도 이날 잠깐 소개하셨다. 의학을 계속하시어 육체의 병에 걸린 자를 고치는 좋은 의사가 될 수도 있었겠지만 우리에게 갈급한 영의 양식을 공급하는 좋은 목자가 되신 것에 하나님의 크신 뜻이 담겨 있는 것이 아닐까 하는 생각을 해보고 감사하였다.

셋째 날 새벽 시간에는 '아름다운 교회'라는 제목으로 에베소서 4장 1-12절 말씀으로 강해하셨다. 고려 말기 이성계 장군이 집정하기 전에 지어진 두 시조, 즉 이방원의 하여가(何如歌) '이런들 어떠하리, 저런들 어떠하리'와 정몽주의 단심가(丹心歌) '이 몸이 죽고 죽어, 일백 번 고쳐 죽어'를 소개하시며 우리나라나 우리 교회가 이만큼 된 것은 정몽주의 시를 따르는 사람들이 시대마다 있었기 때문 아닌가 하는 이야기를 하셨다.

예수님을 태어나게 하려고 많은 어린이를 희생하신 것은 하나님께서 인류 역사에 닥쳐올 많은 아픔과 고통, 그리고 대학살의 슬픔을 예측하신 예언적 사건이었다고 해석하셨다. 교회는 21세기에 세상에서 되어 가는 일을 좇아갈 것이 아니라 바울 사도께서 당부하신 대로 성령이 하나 되게 하는 노래를 세상을 향하여 불러야 한다고 강조하셨다. 세상에 완전한 교회는 없다. 그러나 각자가 자기에게 주어진 은사를 발견하고 주위에 있는 성도의 은사를 계발시키며, 혹 이웃이 실수하더라도 관용으로 포용하고, 하나님의 은혜와 자비하심과 용서를 구하는 공동체로 설 때 아름다운 교회가 될 수 있다고 하셨다.

이날 아침 성경 공부 시간에는 '세계를 향한 교회'라는 제목으로 강해를 계속하셨다. 위대한 사도 바울을 파송한 교회는 위대한 예루살렘 교회가 아니라 그 당시 이민 교회의 하나로 볼 수 있는 안티옥 교회였음을 상기시키고 이민 교회의 중요성을 말씀하셨다. 안티옥 교회의 특성은 인종의 벽을 무너뜨리고 전도한 것이고 성령께서 크게 역사 하신 교회였음을 강조하셨다. 세계를 향한 교회의 다른 특성은 지도자를 중심으로 잘 뭉칠 뿐 아니라 구제하는 교회가 되어 세계 속에서 이웃을 섬기는 사람들이 모인 교회라는 것이다.

마지막 설교는 '독수리의 마음'이라는 제목으로 디모데후서 1장 7-14절 말씀을 강해하셨다. 우리는 목표 없이 다니는 피난민이 아니고, 뚜렷한 목적을 가지고 살아가는 순례자임을 상기시키시고, 하나님이 우리에게 주신 것은 능력과 사랑과 근신하는 마음이라고 7절 말씀을 인용하셨다. 우리는 모두 이웃으로부터 인정받고 사랑받고 있다는 것을 알 때 능력이 더욱 개발될 수 있고, 언제나 어떤 상황에서도 하나님께서 우리를 사랑하고 계심을 믿을 때 모든 어려움을 이길 수 있다고 하셨다. 뇌성마비와 암을 앓는 슈나이더씨에게 자기가 가진 가장 큰 문제점은 무엇이냐고 묻자 그것은 뇌성마비도 암도 아니요 나의 죄성이라고 했다는 이야기를 인용하셨다. 자기 안에 있는 죄성으로 괴로워하고 씨름하고 있는 자에게 하나님께서는 독수리의 마음을 허락하신다고 하셨다.

이상 말씀의 요약을 적어 보았다. 이 목사님의 설교 테이프가 나왔으니 보충하여 다시 한 번 말씀의 뜻을 되새길 수 있겠다. 토요일 오후에 있었던 건강 세미나도 올해에는 '암의 진단과 예방', '건강상담(한의학 관점에서)', '난청과 보청기', '노화 예방과 장수' 등 다양한 프로그램이 있었고 예년처럼 골프 강좌도 성황이었다. 주일 오전에 있었던 장기 자랑은 어린이, 2세 젊은이, 어른들이 함께 모여 마음을 열고 웃으며 즐긴 좋은 시간이었다.

이번 수양회는 예년과 같은 장소에서 모였지만 신앙인과 교회의 기본자세에 관하여 폭넓은 예화로서 많은 것을 생각하게끔 하신 좋은 강사님을 모신 훌륭한 영의 잔치였다. 우리는 이러한 기회를 통하여 다시 한 번 자신의 믿음을 점검하고 깊은 명상에 잠겨보고 성령님의 도우심으로 새로운 깨달음을 얻는 좋은 계기로 삼는 은혜를 누리게 되는 것이다.

제4부

인생의 고난과 소망

인생과 고난
어두운 슬픔의 덩어리
고난을 받아들이는 믿음
삶과 믿음, 그리고 소망
새해, 새봄, 새 마음
참행복의 근원

인생과 고난

우리 인생에서 고난(苦難)을 피할 수는 없다. 인간이면 누구나 어떤 형태로든 고난을 받으며 살아간다. 물론 물질적인 빈궁(貧窮)이나 육체적인 고통만이 고난이 아니다. 심령의 괴로움에서 오는 고난이 때로는 더 견디기 어렵다. 그 괴로움은 특정한 인간이 특정한 상황 속에서 맛보는 것이기에 다른 사람들이 이해하기 어렵다. 자기 나름대로 고민과 괴로움을 안고 사람들은 괴로워한다. 구약 성서의 욥의 이야기는 고난을 당한 사람의 대표적인 예일 것이다. 그는 하나님을 의지하는 선하고 착한 사람이었다(욥기 1:1). 갑작스레 닥친 고난 속에서 그는 괴로워한다. 그는 친구들의 위로나 변론에서 해결을 찾을 수 없었고 자기의 결백을 주장하면서 하나님과 대결한다. 그러나 자기 속에 있는 불평, 불만, 교만, 불순종과 같은 죄의 모습을 깨닫고 회개하며 하나님께 매달린다(욥 42:1-6). 욥이 참으로 간절한 마음으로 꿇어 엎드려 하나님께 순종할 때 하나님께서는 그에게 안위를 주셨고 더 많은 것으로 축복하셨다. 따라서 우리가 고난을 당할 때 이것을 설명하거나 해석하려고 하지 말고 영이신 하나님께 모든 것을 고하고 주님께서 함께하시고 이것을 이길 힘과 용기를 주시기를 간절한 믿음으로 구해야 한다. 한편 옆에서 고난을 당하는 사람을 대할 때 피상적인 동정이나 훈계를 일삼지 말고 오직 그에게 하나님께서 힘주시기를 함께 기도해야 할 것이다.

최근 이 땅 위에는 갑작스런 불상사가 계속 일어나고 있고, 우리 주위에서도 뼈저린 고난 속에서 안타까운 날들을 보내는 이들이 많아졌다. 이 세상에 사는 인간이면 누구나가 언제라도 이와 같은 고난을 당할 가능성을 지니고 있다. 어떤 이는 자기에게 주어진 고난이 상대적으로 가볍다는 것을 감사한 나머지 남이 당하는 심한 고난에 대해서는 무관심하기 쉽다. 그러나 심한 고난을 직접 당한 사람에게는 이것이 참으로 견디기 어려운 일이라는 것을 늘 기억하고, 그들과 고난에 동참하는 마음으로 함께 기도하며 그들이 힘을 내도록 북돋우어 주어야겠다. 그렇지만 사람의 도움은 한계가 있음을 또한 부인할 수 없다. 결국 고난을 이기는 길은 살아 계셔서 우리의 영을 주관하시며 우리와 영적인 교통을 하기를 원하시는 하나님께 모든 것을 고하고 성령으로 인도하시어 우리를 강건케 해 주실 것을 간구하면서 상철 같은 믿음으로 이겨나갈 길밖에 없다. '너희가 환난 중에도 즐거워하라(로마서 5 : 3-4).'고 하신 말씀은 환난을 통하여 우리가 연단되며 몸과 마음의 고통이 더 할수록 영의 눈이 더 활짝 열리어 참으로 철저한 믿음의 열매를 맺을 기회가 되기 때문이리라.

비록 신앙이 돈독한 삶일지라도 심한 고난을 당할 때 마음이 쓰리고 아프다. 필립 얀시는 『삶이 고통스러울 때』라는 책에서 사람들이 고통을 당할 때 던지는 질문들을 열거하고 있다. 하나님은 왜 고통을 만드셨는가, 하나님은 공평하신가, 하나님은 과연 우리를 사랑하시고 돌보시는가 등이 그 질문이다. 얀시는 이러한 질문들에 대해서 간략한 해답을 제공하고 있다. 즉, 우리에게 고통을 전달하는 세포가 있기에 우리 몸의 이상을 알고 적절히 치료할 수 있으며, 더 깊이 있는 예술과 문화도 고통을 통하여 창조된다는 것이다. 고통은 우리의 삶을 더 깊이 있게 살게 하기 위한 장치라고 했다. 하나님은 그 원대한 창조의 계획 속에 고통이나 죄악이 없는 세상을 약속하신다. 사도 바울은 로마서에서 이 일에 대하여 기술하고 있다(로마서 8:18, 24, 25). 하나님은 예수 그리스도를 통해서 고통에 대한 하나님의 관심을 보여 주셨다. 예수님은 생애의 많은 부분을 고통받는 사람들 속에서 보내셨다. 예수님은 슬픔과 고통을 당하는 사람들에게 반응하셨고 초자연적인 능력으로 고통의 근원을 고쳐 주셨다. 예수님께서는 고통에 대해 긍휼로 대하셨을 뿐 아니라 직접 고통을 담당하셨다. 예수님은 이 땅에서 우리가 견딜 수 있는 것보다 훨씬 더 많은 고통을 견디셨다. 그렇게 하심으로 그분은 고통 없는 미래의 세상을 가능케 하시는 부활의 승리를 이루셨다. 삶이 고통스러울 때 제기하는 질문들에 대한 최선의 대답은 예수 그리스도이시다. 그리스도의 몸 되신 교회는 고통받는 사람들을 돌보면서 하나님의 사랑과 위로를 보여 주어야 한다(고린도 후서 1:4-5).

우리는 인생에서 어떤 형태로서나 고난에서 벗어날 수는 없다. 다만 우리에게 중요한 것은 이 고난을 어떻게 받아들이느냐 하는 믿음의 자세이다. 고난을 깊이 맛본 사람은 깊은 믿음의 경지에 들어가기 쉽다. 왜냐하면 그는 믿음을 통한 인도하심만이 해결책이라는 것을 깊이 체험한 사람이기 때문이다. 우리는 고난에 대해서 깊이 생각하며 살아야 한다. 엄청난 고난이 갑자기 닥쳤을 때 자기의 믿음이 과연 이기고 나갈 수 있는가를 항상 검토하면서, 믿음이 더욱 자라고 영의 세계에서 장성한 사람이 되도록 끊임없는 노력을 계속하며 성령께서 인도해 주심을 믿는 바른 신앙의 길에 들어서도록 쉬지 않고 기도해야 할 것이다.

암이 자기 몸을 휩쓸고 있을 때 태연한 모습으로 병문안 온 사람들을 오히려 위로하던 유준학 장로님의 모습에서 고난을 통해서 깊은 믿음의 세계에 들어간다는 것이 무엇인지 볼 수 있었다. 영적인 소망으로 인생을 끝맺는 참 신앙인의 모습을 보았다. 그는 이미 이 땅에서 떠났지만 믿음으로 산 그의 모습은 늘 나의 마음에 살아 있다. 내일 만일 이 세상을 떠나야 한다고 하면 내 눈의 대들보는 보지 않고 남의 눈의 티를 보고 교만하게 살 수 있겠는가. 내일 만일 우리가 가야 한다면 이 땅에 속한 눈에 보이는 것, 잠깐 있다가 없어질 물질이나 명예나 지위나 사람들의 칭찬이 문제가 되겠는가. 내일 만일 하나님께서 우리를 부르신다면 오늘 나는 나 스스로를 살피고 참으로 내가 아버지 앞에 바로 설 수 있는가를 검토하고 회개해야 할 것이다. 그리고는 자기와 가장 가까운 가족들이나 이웃과의 관계를 바로잡고 아버지 앞에 설 준비를 해야 할 것이다. 우리 누구에게나 내일이 바로 그날이 아니리라는 보장은 없다. 아니 그날이 바로 오늘 일 수도 있다. 따라서 우리의 믿음과 삶의 재검토는 절박한 과제이다. 우리는 이웃의 고난에 동참하며 자기의 고난을

믿음으로 극복해 가는 가운데 참된 신앙인으로 무럭무럭 자라나야
하며, 그날을 맞이할 준비를 게을리하지 않아야겠다.

하나님께서 우리를 사랑하시어 우리에게 영을 불어 넣어주시어
이와 같은 믿음의 세계에서 살 수 있는 길을 주시고 우리의 부족한
삶이 예수 그리스도의 피 공로로 사함을 얻고 영원한 세계로 갈 수
있는 은혜의 길로 인도하신 것을 감사한다. 어떤 고난을 당해도 태
연히 아버지를 바라보며 모든 것을 참으며 환난 중에서도 믿음이
자라나는 기쁨을 체험하며 소망 가운데 눈물을 거두는 우리가 될
때 우리는 비로소 참된 의미에서 신앙인이라 말할 수 있을 것이다.

어두운 슬픔의 덩어리

중국에서 온 첸 박사는 북경대학 출신의 수재로서 일 년 전에 우
리 대학 연구팀에서 일하게 된 사람이다. 중국에서 생화학 공부를
마치고 이곳에 와서 의과학 연구에 종사한 지가 10여 년이 넘어 전
공 분야에도 박식하고 사람도 겸손하여 모두가 그를 좋아했다. 중
국에는 출가한 딸이 하나 있는데 딸과 외손녀를 데려오지 못해 늘
보고 싶다고 하며 수속의 까다로움을 불평하기도 했다.

작년 초여름 어느 날 그는 몸이 좀 불편하다고 병원에 갔다. 진
단은 췌장암 말기. 암은 벌써 온몸에 퍼져 있었다. 청천의 벽력이었
다. 실험실 일을 줄이고 항암요법을 시작했지만 그의 몸은 점점 쇠
퇴해 갔다. 항암요법을 받지 않는 기간에 그는 바짝 여윈 몸으로 이

따금 실험실에 나와서 자기가 하던 일을 정리하고 외국에서 온 연구원들에게 자기가 하던 실험을 열심히 가르치고 있었다. 어떻게 지내느냐고 물으면 언제나 미소를 지으며 괜찮다고 했다.

남쪽에서 있었던 학회로 떠나기 이틀 전에 나는 그가 세상을 떠났다는 소식을 듣고 실험실 연구원들과 함께 빈소로 달려갔다. 오랜 세월을 함께 한 부인이 눈물을 흘리면서 우리를 맞이했다. 병세 악화를 이유로 신청한 입국 허가가 나와서 중국에서 딸과 외손녀가 삼 개월 전에 가족과 합류하여 임종을 지켜보았다고 했다. 예쁘장하게 생긴 딸도 울먹거리며 나와서 인사를 했다. 그렇게도 기다리던 딸과 외손녀가 왔는데 겨우 90일을 함께 하고 그는 가버렸다.

최근 한국에서는 이산가족이 수십 년 만에 만나는 일이 보도되고 상봉의 기쁨과 다시 헤어지는 슬픔으로 눈물바다를 이루는 장면이 TV에 방영되었다. 자세한 통계는 몰라도 6·25 동란 때 가족을 두고 이남에 넘어온 사람들이 100만 명은 되리라고 한다. 많은 사람이 서로 그리며 만나기를 고대하다가 영 다시 만나지 못하고 이 세상을 떠났고, 지금도 차마 아내를, 남편을, 형제·자매를 그리고 자식을 만나지 못하고 떠날 수 없어 눈을 감지 못하고 가슴이 메는 답답함을 안고 사는 사람이 얼마나 많을까 생각하면 마음이 아프다. 며칠 전에는 100세가 넘은 할머니들 세 분이 이북에 둔 자식들이 아직도 생존해 있다는 소식을 듣고 잠 못 이루며 기뻐하는 모습이 한국 신문에 실렸다. 50년 이상을 그리워하며 지낼 때의 그 슬픔과 아픔의 덩어리가 얼마나 컸을까? 학업이나 기타 사정으로 가족과 멀리 떨어져 사는 가정이 우리 주변에도 있는 것으로 안다. 나도 오래전 유럽 유학 초기에 가족을 한국에 두고 2년 반 동안 떨어져 산

경험이 있다. 그때 가족이 함께 사는 소중함을 뼈저리게 느꼈고 편지와 일기를 자주 쓰는 습관도 길렀다.

이 땅에 살면서 우리는 누구나 크고 작은 슬픔의 덩어리를 안고 살아간다. 예수님께서는 산상수훈에서 '애통하는 자는 복이 있나니 저희가 위로를 받을 것임이요(마태복음 5:4).'라고 하셨다. 여기서의 애통은 단순하게 어제까지도 환하게 웃으며 담소하던 사람이 훌쩍 이 세상을 떠나버려 가슴이 메는 아픔을 맛보는 것이나 멀리 두고 와서 자주 보지 못하며 함께 살지 못하는 이별의 서러움만을 이야기하는 것은 아니다. 그것은 우리에게 늘 닥치는 이해하기 힘든 어려움과 우리 힘으로는 해결할 수 없다는 무력함(예레미아 10:23), 죄로 말미암아 하나님의 영광에 이르지 못하는 안타까움(로마서 3:23), 우리가 마땅히 사랑해야 함에도 사랑을 실천하지 못하고 사는 불충함(요한 1서 4:20) 등을 통틀어 애통한다는 뜻이겠다. 우리 인간이 공통으로 지닌 이 고뇌와 아픔은, 일시적인 쾌락으로 잊어버릴 수도 없고 뿌리치고 도망칠 수 있는 것도 아니다. 우리는 불완전한 죄인임을 고백하고 죄를 사해 주시기를 간구하고 하나님께서 우리를 위해서 마련해주신 구원의 도를 받아들이고 주님의 뜻에 순종하겠다는 결심을 새로이 하고 확고한 믿음으로 굳건한 반석 위에 설 때 고뇌와 아픔을 이길 힘을 위로부터 받게 되는 것이다.

믿는 사람에게도 고난의 아픔이나 슬픔이 있다. 기독교 신앙에서는 이 고난 속에 뜻이 있음을 강조한다. 고난을 통해서 연단된 신앙을 가지게 되어 하늘의 위로를 받을 수 있는 자리에 이른다는 것이다(베드로 전서 1:7, 요한복음 16:33).

오늘도 많은 사람이 어두운 슬픔의 덩어리를 안고 뒹굴며 눈물로서 녹여 보려고 애쓴다. 그러나 눈물로서 쉬 없어질 덩어리가 아니다. 우리 모두 이 덩어리를 주님께 맡기고 믿음 안에서 능히 이길 수 있는 힘을 주시기를 간구하며 하늘의 위로가 늘 함께 하는 복을 누리는 자들이 되었으면 좋겠다.

고난을 받아들이는 믿음

얼마 전 남아시아 몇몇 나라에서 일어난 쓰나미로 15만 명이 넘는 생명이 순식간에 사라진 엄청난 사건은 생각만 해도 끔찍하다. 이와 같은 고난이 갑자기 닥칠 때 우리는 당황하고 그 뜻을 헤아려 알려고 애써 본다. 이와 같은 대형 참사 외에도 우리의 삶에는 생각지 못한 고난이나 죽음이 수시로 닥치며 그때마다 우리는 마음 아파하고 말할 수 없는 슬픔을 맛본다.

우리의 수명에 한계가 있는 것을 익히 알기에 나이가 들어가면 미구에 닥칠 육신의 종말을 조용히 준비한다. 그러나 졸지에 당하는 죽음이나 고난을 목격할 때 놀라고 안타까워하고 과연 하나님의 뜻이 어디에 있는지 반문하게 된다.

얼마 전에는 한국에 있는 동생이 갑작스러운 뇌암 선고를 받고 항암 치료를 받았지만 병세가 날로 악화되고 있다는 소식을 접했다. 아이들의 교육도 아직 끝내지 못했고 요즘 잣대로는 젊다고 볼 수 있는 나이다. 뇌는 우리 몸에서 일어나는 여러 생리적 현상을 관장하는 중요한 기관이니 그 기능이 차츰 마비되기 시작하면 그 영향을 받는 다른 기관들의 기능이 소실되어간다. 현대 의학이 많이 발달한 것이 사실이지만 아직도 한계가 있다. 몇 차례의 항암 치료를 한 뒤에는 약의 효과만을 기대하면서 조용히 기다리는 수밖에 없다. 물과 음식을 삼키는 근육이 마비된 듯하여 몸의 회복에 필요한 영양을 섭취할 수 없다. 몸에 필요한 최소한의 영양분을 주사로 공급함으로써 생명을 유지하지만 그것으로는 부족하기에 체중은 서서히 줄어든다. 사람을 알아보는 능력도 차츰 저하되어 매일 병간호에 힘쓰는 아내와 평소에 가까이하던 형제 외에는 알아보지 못한다. 한 사람의 육체적인 생명이 서서히 쇠퇴해 가는 것을 목격하는 가족들의 마음은 안타깝기만 하다. 하나님의 뜻이 함께하시어 그 총명하고 자상하고 따뜻하던 모습이 되살아나서 눈물을 흘리며 얼싸 안는 기적이 일어나기를 간절한 마음으로 늘 기도하고 있다.

얼마 전 일간지에 미네소타에서 사는 인도 출신의 신부 한 분이 최근에 일어난 남아시아의 참사에 대해서 기고한 것을 읽었다. 쓰나미가 있은지 얼마 안 되었을 때 그는 인도에 사는 가족들에게 안부 전화를 했더니 그들은 바다에서 좀 떨어져 살고 있었기에 무사했다고 한다. 그러나 몇 시간 후에 인도에 사는 그와 친하게 지내는 수녀 한 분으로부터 전화가 왔는데 그 수녀의 오라버니와 올케, 그리고 그들의 딸이 모두 해일로 세상을 떠나 방금 장례를 치렀다고 하여 그는 위로할 말을 찾지 못하고 함께 슬퍼 했다고 했다. 이 신부님은 이와 같은 고난을 인간적인 이해로 해석하려고 해서는 안 된다고 경고하면서 성경말씀을 인용하였다. '하늘이 땅보다 높음같이 내 길은 너희 길보다 높으며 내 생각은 너희 생각보다 높으니라 (이사야 55:9).' 믿음을 가진 사람은 하나님의 더 높으신 뜻이 모든 고난 속에 있음을 믿고 겸손히 받아들이는 길밖에 없다는 것이다. 믿는 자에게 있어서 죽음은 영원한 생명으로 이어지는 관문이기에 인간적인 슬픔을 넘어서 부활의 소망 속에서 마음을 가다듬고 받아들여야 함이 마땅하겠다(요한복음 11:25, 26).

이번의 참사를 통해서 전세계에 구제의 물결이 거세게 일어난 것은 주목할 만한 좋은 일이 아닐까 싶다. 영국의 민간인들이 사건 후 48시간 동안에 자발적으로 수백만 불을 기꺼이 모금한 기록적인 구제 운동이 신문에 보도되었다. 소위 선진국들이 앞을 다투어 거액의 구제 기금을 내어놓은 일도 특기할 만하다. 그 돈이 잘 쓰여서 비교적 가난한 재해 지역 사람들의 삶이 좀 더 향상되어 수많은 희생자의 죽음이 헛되지 않았으면 좋겠다는 간절한 바람이 있다.

이번 해일로 수많은 사람이 목숨을 잃은 그 사건 뒤에는 황무지와 같은 바닷가에서 사랑하는 가족들을 잃고 울부짖는 무리를 위해서 우리의 따뜻한 마음을 표시하는 사랑의 손길을 뻗으라는 하나님의 뜻이 숨어 있는지도 모르겠다. 오늘도 우리는 여러 형태로 오는 고난을 당하고 있다. 그 속에서 우리는 우리보다 더 크신 하나님의 뜻이 있으리라 믿고 받아들이며 서로를 위해서 조용히 기도하면서 살아가야겠다.

삶과 믿음, 그리고 소망

이따금 매일의 일상에서 잠시 벗어나 자신의 삶을 조용히 되돌아보는 시간을 가질 때, 우리 삶에는 한계가 있다는 것과 이 땅에서는 완전한 것이 도무지 존재하지 않는다는 것을 새삼 깨닫게 된다. 눈 앞에 펼쳐지는 아름다운 자연, 어린이의 맑고도 밝은 웃음, 사랑을 느끼며 사는 사람들의 따뜻한 눈길 등, 우리의 마음을 흐뭇하게 하고, 희열을 느끼게 하는 일들이 주위에 많이 있다.

그러나 이에 못지않게 우리를 슬프게 하고 눈물짓게 하는 일들이 얼마나 많은지 헤아릴 수 없다. 같은 건물에서 열심히 연구에 몰두하는 안과 의사가 어느 날 꼬부라져 가는 손을 내어 보이며 얼마 전에 근육위축증의 진단을 받았다고 했다. 그는 이 말을 할 때 슬픈 표정을 감추지 못했다. 이곳에서 대학원을 마치고 남미 칠레로 가서 일하는 제자 한 사람도 같은 병에 시달리고 있다는 소식을 최근에 듣고 위로의 카드를 보냈다. 이 병은 원인을 모르는 불치의 병이고, 호흡에 관여하는 근육이 마비될 때 숨을 거두는데 그 시기가 언제 올지 모른다. 이 세상에서 완전히 보장된 건강이나 행복이 있을 수 없다는 것을 그리고 누구에게나 이 땅에서의 삶의 마지막은 오고야 만다는 것을 상기시켜 주는 병이라고 볼 수 있겠다.

일본의 어느 신학자는, "사는 것은 죽는 것이고, 죽는 것은 사는 것이다."라고 했다. 이것은 믿음에서 나온 말이다. 육체적으로 생각하면 우리는 이 세상에 태어나서부터 죽음을 향하여 전진하고 있는 것이 사실이다. 죽음 앞에서는 아무런 차별이 없다. 성인군자도, 유명한 배우도 ─ 최근에 내가 좋아하는 그레고리 펙, 캐서린 헵번, 밥 호프가 세상을 떠났다 ─ 또 온 영국 국민의 칭송을 받던 영국 왕실의 어른 엘리자베스 여왕의 모후(엘리자베스 보우즈-라이언, 1900~2002)도 100세를 넘기자 이 세상을 하직했다.

이 엄숙하고도 당연한 현실 앞에 우리는 숙연히 고개를 숙이고, '사는 것은 죽는 것이고, 죽는 것은 사는 것이다.'라는 말을 되새겨 본다. 죽음을 맞이하기 전에도 슬픔과 아픔은 크고 작고 간에 누구에게나 있게 마련이다. 이 슬픔이나 괴로움, 때로는 야속함을 이기고 나갈 길을 어디서 찾으며 살아갈 것인가는 우리의 큰 과제가 아닐 수 없다. 고통과 죽음의 문제를 해결할 길을 모색하는 과정에서 신앙에 관한 결단의 문제가 대두하게 된다. 믿음의 세계에 들어가기 전에 우리는 몇 가지 현실적인 상황과 문제들을 직시하고 인정해야 한다. 즉, 우리가 스스로 태어난 것이 아니라 이 땅에 보내심을 받은 생명이라는 것, 우리가 죽을 수밖에 없는 죄인이라는 것과 우리는 죄 사함을 받고 구원을 받을 필요가 있는 존재라는 것, 그리고 언젠가는 죽어야 할 유한(有限)한 존재라면, 우리 삶의 의미는 과연 어디에서 찾아야 하며 이 땅에서의 삶이 끝나면 사후의 세계는 어떤 것이겠느냐 등이다.

믿음의 세계는 이러한 삶의 기본적인 문제에 대한 해답을 제시해 준다. 우리의 삶에는 육체적인 생명뿐이 아니라 영원으로 통할 수 있는 영적인 생명이 있음을 우선 인정하고 그 영원한 생명에 대한 생각을 해보아야 할 것 같다. 이것은 우리가 외면할 수 없는 중대한 과제이다. 먼저 창조주이신 하나님이 계시고 하나님은 사랑이시기 때문에 우리이 유한한 육체적인 삶을 뛰어넘는 영원한 생명에 대한 가능성을 보여주시고 우리를 초대하신다. 예수 그리스도를 보내심으로 하나님의 본성을 알게 하시고 구원의 도리를 믿고 따르면 영원한 세계를 누릴 수 있음을 계시해 주신 것이다.

'믿음은 바라는 것들의 실상(實像)이요 보지 못하는 것들의 증거니

(히브리서 11:1)’, 라고 한 말씀은 우리에게 숨겨진 것들을 믿음으로써 볼 수 있도록 하여 주신다는 것이다. 성 오거스틴은 이 구절의 ‘증거’라는 말을 ‘확신’으로 바꾸어 풀이했다고 한다. 사도 바울도 보지 못하는 것이 소망의 도리임을 깨우쳐주셨다(로마서 8:24).

다음으로 ‘죽는 것이 사는 것이다’라는 말은 무엇을 의미하는 것일까. 예수님께서 고난을 받고 죽은 후 부활하심으로 죽음을 이기신 것은 참으로 귀한 일이다. 이로써 우리는 영생에 대한 소망을 하게 된 것이다. 우리에게 닥치는 모든 고난을 주님께서 지신 십자가의 고난을 생각하며 담대히 이기고 나가며, 주님께서 보여주신 새로운 영원한 삶을 통해서 우리의 이 땅에서의 존재는 보람을 찾을 수 있고 소망을 가질 수 있다.

일본의 유명한 후지산 기슭에는 오래 된 문둥병 환자 수용소가 있다고 한다. 그곳에 어느 날 동경에서 이 몹쓸 병의 양성이라는 진단을 받은 젊은 간호사가 오게 되었다. 그는 정상적인 삶을 포기하고 평생 그곳에서 살 계획을 단단히 하고 자기가 배운 기술로 함께 있는 환자들을 정성껏 돌보며 그 삶에서 보람을 찾았다. 몇 달 후 동경에서 그 간호사의 양성이라는 진단은 오진이었음을 알리는 연락이 왔다. 그 젊은 간호사는 그 소식을 듣고도 동경으로 돌아가기를 포기하고 평생을 그곳에서 봉사하기로 새로이 작정했다. 같은 처지에 있다고 생각한 환자들을 위한 봉사의 생활에서 삶의 보람을 느낀 그는 거기서 주저앉아 평생 나병 환자를 위해서 몸과 마음을 바쳤다. 그가 세상을 떠날 때 자기 묘비에 적어 달라고 유언으로 부탁한 성경 구절은 ‘내가 진실로 진실로 너희에게 이르노니 한 알의 밀이 땅에 떨어져 죽지 아니하면 한 알 그대로 있고 죽으면 많은 열매를 맺느니라(요한복음 12:24).'이였다. 그 간호사는 '죽는 것이 사는 것이다.'라는 말의 뜻을 보여 주었다. 그의 삶을 생각하고 감동한 사람들의 마음속에 그는 영원히 살아있을 것이다.

누구나 나이를 더해가고 몸이 쇠약해지고 병이 들기도 하며 마침내 죽음을 맞이하게 된다. 그러나 우리의 속 사람은 신앙을 통해서 날로 새로워질 수 있다(고후 5:16). 우리의 소망은 우리의 삶이 참으로 보람 있는 것으로 이어지고 이 땅에서의 삶이 끝을 맺을 때 영원으로 이어지기를 바라는 것이다. 최효섭 씨의 신앙 에세이에서 몇 구절을 인용하고자 한다. '믿음은 보이지 않는 것을 보는 능력이다. 믿음은 가능하지 않은 것을 가능한 결과로 미리 보는 힘이다…. 믿음을 갖는다는 것은 사랑이신 하나님이 모든 일을 선하게 처리해 주실 것을 믿는 것이기 때문에 믿음은 자유와 해방이다…. 작은 믿음이 그대의 영혼을 천국으로 인도할 것이다. 그리고 더 큰 믿음은 천국을 그대에게 가져다줄 것이다.' 이러한 소망은 성령의 도우심으로 믿음의 세계로 용단을 내리고 뛰어내린 사람들이 누릴 수 있는 커다란 축복이기도 하다. 우리가 모두 굳건한 믿음과 영원한 소망을 가지고 주님이 원하시는 뜻을 이 땅에서 이루어 가는 일꾼으로서 보람있는 삶을 이어가는 축복 받은 사람이 되었으면 좋겠다.

새해, 새봄, 새 마음

작년 한국에서 보내온 성탄 카드에는 색다른 어구들이 적혀 있어

눈길을 끌었다. '새 천 년 새해 복 많이 받으십시오.'라는 말이다. 우리는 20세기를 마무리 짓고 21세기의 새 천 년 새해를 맞이하는 일에 동참하는 특권을 누린 자들이다.

돌이켜 보면 파란 많던 20세기였다. 특히 우리 민족은 일제의 탄압, 해방의 기쁨과 함께 찾아온 분단의 서러움, 동족이 서로 살생하는 비극, 이산가족의 아픔, 정치의 혼란, IMF의 위기 등등 헤아릴 수 없는 사건들을 겪어 왔다. 아무튼 21세기로 접어드는 역사의 한 페이지를 넘기는 순간을 목격한 셈이다. 세계 각국에서 새해맞이 잔치가 거창하게 벌어지는 것을 TV로 보면서 색다른 감동을 맛보았다. 이제 한 세기를 무사히 넘긴 것을 감사하며 새로 오는 세기를 맞아야겠다는 다짐을 한다.

겨우내 기다리던 봄이 성큼 다가왔다. 올해에는 심한 추위가 없었기에 겨울이 없었다는 사람들도 있다. 그러나 겨울은 있었고 봄을 기다리는 마음도 누구에게나 있었다. 눈이 녹고, 가까이 있는 연못의 얼음이 녹고, 베란다에서 마주 보이는 나무에 푸릇푸릇 새순이 돋기 시작한 것을 보면 봄은 정녕 우리를 찾아온 것이다. 며칠간 계속되던 강추위 속에서도 우리는 머지않아 봄이 올 것을 믿었고 기다렸다. 봄은 희망의 상징이다. 겨울의 무서운 추위와 같이 우리 삶에는 쓰라린 고난이 있다. 그러나 우리는 겨울이 지나가면 봄이 오고야 말듯이 그 고난의 어두운 시기도 지나가고야 말 것이라는 것을 알고 참고 견디는 것이다.

새해에 새봄을 맞이한 우리는 새 마음을 가졌으면 좋겠다. 새 마음이란 과연 어떤 마음일까. 시편 기자는 시편 50장 10절에서 '하나님이여 내 속에 정한 마음을 창조하시고 내 안에 정직한 영을 새롭게 하소서.'라고 읊었다. 우리는 먼저 정한 마음을 창조해 주시기를 간구해야겠다. 왜냐하면 우리 마음은 맑고 깨끗하지 못하여 우리 힘만으로는 정한 마음을 지닐 수 없음을 알기 때문이다. 하나님께서 우리 마음을 주장하사 성령님을 통하여 우리의 마음이 정하고 정직할 수 있도록 도와주시기를 쉬지 말고 기도드려야겠다.

둘째로 새 마음은 믿는 마음이다. 우리가 정한 마음으로 자신을 살펴보면 우리는 심히 불완전한 죄인임을 깨닫게 되고 죄에서 자유함을 얻기 위한 구원의 필요성을 느끼고 믿음의 세계로 나가게 된다. 우리가 구원을 얻으면 새사람이 되는 것이다(고린도후서 5:17).

셋째로 새 마음은 따뜻한 마음이다. 따뜻한 마음은 사랑하는 마음이다. 서로를 용서하는 마음이다. 야단스러운 향응을 하지 못해도 손을 맞잡고 따뜻한 눈길을 나눌 때 우리는 사랑하는 마음을 느낀다. 주일날 교회서는 될 수 있는 한 많은 사람과 사랑의 인사를 나누고 싶다. 왜냐하면 우리는 따뜻한 사랑의 마음을 주고받음으로 새로운 용기와 기쁨을 맛보기 때문이다.

넷째로 새 마음은 소망하는 마음이다. 믿음은 강한 소망을 가진 자에게 찾아온다고 했다. 지금 닥치는 환난이나 아픔이 지나가고 시련을 통하여 더욱 강해진 믿음으로 이 세상에서 승리하면서 살 수 있다는 것을 바라는 마음이 소망의 마음이다. 부활과 영생을 믿는 소망을 가질 때 우리는 죽음을 이길 수 있다.

마지막으로 새 마음은 평안한 마음이다. 평안한 마음은 믿고 의지하는 마음이다. 평안한 마음은 감사하는 마음으로 이어진다. 감사하는 마음은 어려운 현실 속에서도 믿음으로 평안함을 지니고 살 수 있음을 인식하는 데서 온다. 우리는 하나님의 크신 섭리 속에서 우리의 삶이 이어지고 있다는 것을 확신할 때 평안해질 수 있다. 비록 이 세상에 살지만 이 세상에 속한 백성이 아니라는 것을 깨달을 때 우리는 담대해질 수 있으며 어떤 고난이라도 이길 수 있는 힘이 생긴다. 소망으로 다져진 우리의 평안한 마음은 삶의 목적과 보람을 찾고 살아간다는 기쁨도 우리에게 안겨준다(로마서 15:13).

새해 새봄에는 우리 모두 새 마음으로 단장해 보았으면 좋겠다. 정하고 깨끗한 마음, 믿는 마음, 따뜻한 마음, 소망하는 마음 그리고 평안하고 감사하는 마음을 준비하여 천상 문을 향하여 힘 있게 전진하는 우리가 모두 되었으면 좋겠다.

참행복의 근원

『삶의 의미를 찾는 인간』이라는 책을 쓴 빅터 프랭클(Viktor E. Frankl: 1905~1997)은 유럽인들은 미국 문화의 특징을 '행복하기를 명령받고 사는 문화'라고 했다. 그러나 우리가 알다시피 행복은 추구한다고 얻어진다기보다는 결과로서 얻어지는 것이다. 행복해질 이유가 발견되면 우리는 자연히 행복해지는 것이다. 행복해질 수 있는 가장 중요한 이유의 하나는 삶의 의미를 발견하는 것이라고 그는 술회하고 있다.

예수님은 참된 행복의 뜻을 자신의 삶을 통해서 우리에게 보여주셨다. 유명한 전도자 빌리 그래햄(Billy Graham)은 행복을 마음의 평안, 확신, 만족, 평화, 기쁨, 뿌듯한 마음 등으로 정의하고 있다.

행복은 첫째로 창조주이신 하나님과의 관계를 올바르게 하는 데서 얻을 수 있고, 둘째로는 인간의 존재에 대한 진리, 즉 인간은 결코 홀로 존재하는 것이 아니고 더 크신 존재의 인도 아래 그 뜻을 이루고자 살아가는 것이 삶의 목적인 것을 확신하는 데서 오는 것이며, 셋째로는 참된 평안, 즉 막연한 마음의 평안이 아니라 인생의 모든 갈등이나 실망에서 해방된 평안을 얻는 데서 찾아볼 수 있다는 것이다.

최근에 소록도에서 40여 년간 한센병 환자를 위해서 정성을 다해 봉사한 두 수녀님이 편지 한 장을 남기고 고국인 오스트리아로 떠난 사실이 알려졌다. 마리안 수녀와 마가레트 수녀는 20대의 젊은 나이로 소록도에 도착하여 70세를 맞이하였으니 한평생을 고스란히 봉사와 헌신의 삶으로 바친 분들이다. 그들은 참행복의 조건을 모두 갖추고 귀한 삶을 사신 분들이다. 그들은 하나님과의 관계를 올바르게 하고 자기들에게 주어진 삶의 목적을 분명히 깨닫고 더 높은 차원의 평안을 찾고 외진 섬에서 환자들을 돌보며 평생을 바친 것이다. 테레사 수녀님, 알버트 슈바이처 박사, 그 외에도 여러 곳에서 이웃을 위해서 자기의 삶을 바치고 사는 사람들이 많다. 비록 우리가 모두 그러한 참된 사랑의 실천을 하면서 살지는 못해도 숭고한 삶을 목격할 때마다 우리의 삶을 뒤돌아보고 참행복이 무엇인가에 대해서 생각하게 된다. 이러한 행복은 결코 물질적인 풍요나 명성 또는 일시적인 쾌락에서 오는 것이 아니다. 눈물로 기도하면서 오직 하나님께서 자기에게 허락하시고 인도하시는 삶의 목적을 이루어고자 영원한 생명의 면류관을 바라보며 가시밭길을 달려가는 것이다.

　B 장로님을 바라보면 90평생을 오직 신앙으로 일관하신데서 오는 참된 평안의 모습을 보게 된다. 인사를 드리면 언제나 평화스러운 미소를 지으시며 내 손을 꼭 잡아주신다. 우리에게는 말이 필요 없다. 마음속으로 "오직 믿음으로 사시는 모습 반갑습니다."라고 하면 "당신도 믿음으로 끝까지 열심히 사세요"라고 타일러 주시는 것 같다.

　믿음으로 산다는 것은 참행복의 근원을 찾아서 그 위에 굳건히 서는 것을 뜻하는 것이 아닐까. 우리의 삶에 어려움이 닥치고 마음 아픈 일들이 생기고 마음의 평안을 찾지 못할 때 우리는 다시 사랑으로 감싸주시는 하나님을 바라보고 우리에게 힘을 주시고 인도하시고 참행복을 누리며 살 수 있게 해 주십사 하고 두 손을 모아 기도드려야겠다.

제5부

삶의 주변에서 일어나는 일들

마음에 찾아온 봄

꽃동네 방문기

어린 천사의 방문

감사절 휴가

산장에서 지난 하루

충청도 덕산 스파캐슬 방문기

마음에 찾아온 봄

꽃샘추위가 아직도 매서운 어느 날 밤 나는 피칸 파이를 사려고 밤길을 달렸다. 감기와 몸살을 앓고 식욕을 잃은 아내가 갑자기 이 파이를 먹고 싶다고 해서 나선 것이었다.

감기와 몸살은 병도 아니라고들 하지만 앓아보면 이것도 만만치는 않다. 열이 나지 않더라도 몸은 피곤하고 기침까지 겹치면 고생스러워진다. 처음에는 별것 아니라고 생각하다가 조금씩 더 심해지고 기침이 거칠어지면 폐렴이 되지나 않을까 하는 걱정도 하게 된다. 두통이 심하면 아스피린계의 알약을 먹고, 콧물이 나오면 항알레르기계약을 먹어볼 수도 있지만 감기는 언제나 날수를 채워야 회복되는 것으로 안다. 그리고 회복기에 들어서면서부터 식욕을 잃는 경우가 많다. 그것도 얼마 지나면 정상으로 돌아오지만 이따금 엉뚱한 음식이 생각나고 그것을 먹으면 식욕이 되돌아오는 수도 있다. 내가 피칸 파이를 사러 간 것도 식욕이 전혀 없어 먹지 못하고 있을 때 생긴 일이다.

아내가 감기를 앓게 된 것은 그 전 주간에 뉴욕에 사는 막내를 방문했을 때 몹시 찬바람을 쐰 탓이다. 막내는 연극과 극작 공부를 마치고 뉴욕 무대에서 버티어 보려고 애쓰는 가난한 예술가이다. 롱아일랜드의 좋은 주택가에 사는 의사 친구가 제공하는 숙소를 마다하고 우리는 맨해튼 동쪽에 자리 잡은 허름한 아파트에서 여장을 풀고 막내의 안내를 받으며 뉴욕을 둘러보았다. 늘 그림에서나 보던 자유의 여신상에도 가 보고 비싼 자리는 아니었어도 브로드웨이 쇼도 감상할 기회를 막내가 마련하여 주었다. 학회가 있어서 뉴욕에 몇 번 들린 적은 있지만 차분히 연극이나 음악을 감상할 마음의 여유가 없어 모임이 끝나자마자 언제나 황급히 집으로 돌아오곤 했었다. 그러나 이번에는 조금 틈을 내어서 시간이 허락하는 한 미국 문화의 중심지를 둘러보기로 했다. 말로만 듣던 엠파이어스테이트 빌딩에 올라가서 뉴욕시를 구성하는 지역들의 이름과 방향을 익혔다. 쭉쭉 뻗은 고층 건물의 숲은 현대 문명을 상징하는 듯 맨해튼을 장식하고 있었고 수많은 관광객이 몰려다니는 거리에는 외국말을 하는 사람들이 많은 것이 인상적이었다. 중서부의 작지 않은 도시에서 갔건만 우리는 어느덧 거리를 두리번거리며 돌아다니는 완전한 시골 사람늘이 되어 버렸다.

아내가 밖으로 나설 준비를 하는 동안 막내와 잠시 삶에 대한 대화를 나누었다. 초년고생은 은을 주고 산다는 속담을 이야기해 주었다. 막내는 자기가 택한 길이 비록 어렵고 험한 길이지만 열정을 가지고 때를 기다리며 버티어 보겠다고 진지한 모습으로 자신의 심정을 털어놓았다. 대학원까지 졸업하고도 숙식을 해결하기 위한 임시직에 종사하면서 낡은 아파트에서 가난하게 사는 막내가 좀 처량하다는 생각이 들다가도, 열정을 쏟을 수 있는 분야를 찾아 거기에 끈덕지게 매달려 무언가 창조적인 일을 해내고야 말겠다는 결의를 보고 대견하다는 생각을 했다. 창조적인 생각을 가지고 자기의 세계 속에서 꿈을 꾸며 사는 예술가들이 있기에 우리 인간들 모두의 삶이 풍요로워지는 게 아닐까 하는 생각을 하며 막내의 어깨를 툭툭 두드려 주었다.

브로드웨이 쇼를 감상하고 나올 때 밤바람이 찼고 택시 잡기가 힘들어 거리에서 제법 오래 서성거렸더니 아내가 감기에 걸린 모양이다. 마지막 날 막내는 우리를 메트로폴리탄 미술관에 데려다 주고 일을 하러 갔고, 그날 저녁에는 막내와 가까이 지내는 친구들을 한국 식당으로 초대해서 만나기로 했다. 메트로폴리탄 미술관에는 유럽의 유수한 미술관 못지않게 많은 작품이 잘 정리되어 있었다. 이집트 문명에서 시작해서 현대에 이르는 여러 시대의 작품들을 고루고루 둘러보고, 마침 유명한 피카소의 그림과 조각의 특별 전시회도 있었는데 평소에 보고 싶었던 것이라 흥미 있게 감상하였다. 유명한 센트럴파크 근방에 자리 잡은 그 미술관에서 나와 다운타운을 향하여 천천히 걷기 시작했다. 여러 상점이 즐비해 있었다. 제법 먼 거리이니 택시를 타고 식당으로 오라는 막내의 말을 듣지 않고 우리는 시골 사람 티를 내면서 상점 윈도를 기웃거리며 계속 걸었다. 그날도 바람은 꽤 찬 편이었다. 걷다가 좀 피곤해서 길가의 커피숍에서 뉴욕의 유명한 치즈 케이크와 커피 한 잔을 마시고 다시 걷기 시작하여 마침내 패션계의 유명한 상표들의 간판이 즐비한 거리를 지나 이름난 보석상 '티파니'까지 왔다. 아무것도 살 형편은 못 되었지만 잠시 들어가서 구경을 했는데 외국에서 온 관광객으로 붐비고 있었다. 엠파이어스테이트 빌딩 근처에 있는 한국 식당에 약속 시간을 맞추어 도착하니 막내가 와 있었다. 그 먼 거리를 걸어왔다고 하니 놀라면서 피곤하지 않느냐고 걱정을 했다. 시골 사람이 서울 구경 왔는데 피곤할 겨를이 어디 있느냐고 해서 모두 한바탕 웃었다. 막내의 친구들은 모두 이곳에서 자란 한국인 2세였는데 대학원생과 변호사들이었고 극작을 전공하는 미국인 친구도 한 명 자리를 함께하였다. 한국의 전통 음식을 푸짐하게 먹으며 이야기를 나누는 2세들의 모습이 든든하였고 뉴욕에 이미 와서 자리 잡은 자기들이 잘 돌볼 터이니 부모님은 걱정하지 마시고 돌아가시라고 해서 마음이 흐뭇했다.

아내의 감기는 조금씩 더해졌고 다음날 집에 돌아왔을 때에는 몸살까지 겸하여 드러누워 버렸다. 며칠 동안 고생하는 아내를 돌볼 겨를도 없이 나는 그동안 밀린 연구실 일 처리에 골몰하였다. 아내의 몸살과 감기는 서서히 회복되어 갔지만 식욕이 없어 전혀 먹지를 못해서 안타까웠다. 미국의 북극인 이곳 날씨는 여전히 추웠고, 겨울의 마지막 추위 속에서 기운을 못 차리는 아내를 바라보는 나의 마음은 겨울밤과 같이 어두웠다. 그러던 중 어느 날 밤에 아내가 갑자기 피칸 파이가 먹고 싶다고 했다. 이것이 식욕을 높여 줄 수 있으리라는 생각을 하고 나는 두말않고 쌀쌀한 바람이 부는 바깥으로 뛰어나갔다. 파이를 사들고 돌아오면서 아내가 이걸 먹으면 식욕을 되찾아 기운을 낼 수 있겠다는 생각으로 그동안 어두웠던 마음이 밝아졌다. 아내는 맛있게 파이 한 쪽을 먹었다. 기운을 차리려고 애쓰는 아내를 보고 나는 마음이 따뜻해짐을 느꼈다. 추위에 얼어붙었던 초목에서 새싹이 돋고, 따뜻한 햇볕에 만물이 소생하듯이 아내가 못 먹어서 괴로워하던 모습을 보며 갑갑하던 마음에 숨통이 트이고 봄이 찾아오는 것을 느꼈다. 아내가 기운을 차리는 대로 봄기운이 돌기 시작한 교외로 산책을 나가 뉴욕에서의 재미있었던 이야기들을 나누며 삶이 주는 많은 기쁨을 감사하면서 살아가리라고 다짐해본다. 모처럼 내 마음에 찾아온 이 봄이 오래 오래 머물러 주었으면 하는 간절한 바람과 함께 삶의 기쁨이 내 마음을 소복이 채웠다.

꽃동네 방문기

한국행 비행기 속에서 꽃동네와 오 신부님에 대한 기사를 신문에서 읽고 감동하여 신문을 집으로 가져왔다. 꽃동네에서 사랑이 참된 의미에서 실천되고 있다는 강한 느낌이 있었다.

어느 토요일 오후 친구인 L 원장을 차에 태워 중부고속도로를 달려 진천으로 향하였다. 꽃동네 표식이 군데군데 보여 방향을 잡아 마침내 언덕 위에 자리 잡은 꽃동네를 찾아내었다.

떠나기 전에 전화해 두었더니 사무실에서 전 발트로메오 수녀님이 우리를 반가이 맞이하여 꽃동네 안내를 기꺼이 맡아 주셨다. 먼저 우리는 중환자실이 있는 건물로 안내되었다. 아래층에는 미사를 드릴 수 있는 곳이 마련되어 있고 벽에는 꽃동네 역사가 사진으로 전시되어 있었다. 한 생명이 절망에서 소망으로 변신되는 과정과 그 일을 시작하신 오 신부님과 그에게 영감을 주신 최귀동 할아버지의 역사적인 사진들이 전시되어 있었다. 위층으로 올라가면 중환자실이 있는데 80에서 90세에 이르는 환자들의 눈은 맑았고 비록 몸은 쇠약했지만 영혼의 자유로움에서 오는 평안함을 볼 수 있었다.

전 수녀님은 우리를 장애인 병동으로 안내해 주었다. 각종 신체 장애를 가지고 살아가는 그들의 몸은 불편했지만 표정은 밝았고 그중에 한 시인은 문단에 추천된 자작시를 우리에게 보여 주려고 불편한 손으로 서류 묶음을 뒤지고 있었다. 우리는 축하한다는 말과 함께 그의 꼬부라진 손을 힘있게 잡았다. 이러한 역경에서 시를 쓰고 문단에 추천되다니 그건 대단한 일이다. 진심으로 축하의 뜻을 전하고 복도를 지나 큰 홀로 갔다. 거기에는 장애인들이 그린 그림, 공예품, 시작품들이 전시되어 있었다, 모두가 그들의 타고난 재능과 남다른 노력의 결정을 나타내어 주는 훌륭한 작품들이었다. 이윽고 '나는 행복하다'라는 시를 쓴 배영희씨를 만났다. 그는 19세에 뇌막염을 앓아서 전신 마비가 되고 실명을 한 34세의 여인이다. 앞 못 보는 맹인이었지만 마음의 눈은 활짝 열려 있어 우리를 믿음에서 오는 평안함에 가득 찬 미소로서 환영해 주었다. 그의 시는 다음과 같다.

나는 행복합니다.
아무 것도 가진 것 없고
아무 것도 아는 것 없고

건강조차 없는 작은 몸이지만
나는 행복합니다.

세상에서 지울 수 있는 죄악
피해갈 수 있도록 이 몸 묶어 주시고
외롭지 않도록 당신 느낌 주시니

말할 수 있고
들을 수 있고
생각할 수 있는
세 가지 남은 것은
천상을 위해서만 쓰일 것입니다.
그래도 소담스레
웃을 수 있는 여유는
그런 사랑에 쓰인 때문입니다.

나는 행복합니다.
나는 행복합니다.

우리는 육체적으로 불우한 한 영혼이 삶을 포기하지 않고 끝까지
버티어 승리한 모습을 배 여사에게서 보았다. 몸이 멀쩡한 우리들
이 얼마나 많은 불평을 하고 사는가 부끄러운 일이다.

이어서 언덕바지를 조금 더 올라가서 있는 사랑의 연수원 건축
현장으로 인도되었다. 산을 깎아서 만든 광장이라고는 상상할 수

없는 넓은 터 양쪽에 큰 공사가 진행되고 있었다. 한쪽은 사랑의 연수원이요, 또 한쪽은 1,000명이 숙식할 수 있는 생활관이다. 거기서 우리는 현장 지휘에 나서신 오웅진 신부님을 뵈었다. 인사가 끝난 후 오 신부님은 우리를 공사가 덜 끝난 연수원으로 안내하시며 그의 20년간 쌓아온 철학을 간략하게 설명하셨다. 즉, 개인, 가정, 국가, 인류가 반듯하게 발전해 나가는 것이 이 땅에서의 인류의 삶의 질 향상에 불가결한 요소라고 하는 것이다. 그래서 연수원은 상기한 네 분야의 전시관과 집회 장소를 마련코자 건축 중이라는 설명과 함께 장래에 대한 소망을 열띤 표정으로 피력하셨다. 나도 이 모든 사업의 근원에 하나님이 주신 생명에 대한 경외의 사상이 뒷받침해야 한다고 부언하였다. 꽃동네가 이제는 인생의 근본 문제 해결의 바탕이 되는 교육에 도전하여 사회악을 제거시키는 일에 앞장서야 한다는 굳건한 결의를 오 신부님을 통해서 읽을 수 있었다. 막사이사이상(Magsaysay Award)의 수상을 앞두고 인류 전체를 위한 원대한 꿈을 지니신 오 신부님의 말씀에 크게 감동을 받았다.

하산하는 길에 우리는 꽃동네 부속 병원의 의사이며 수사이신 S 박사의 영접을 받고 저녁식사를 나누었다. 그 자리에서도 꽃동네의 장래에 대한 토의가 있었고 2,500명이나 되는 노인 환자를 대상으로 노인병 연구의 필요성도 강조되었다. 어쩌면 이곳에도 국제적인 수순의 노인병 연구소가 세워질 수 있을지도 모르겠다는 생각을 해 보았다. 노인들의 질환은 육체적인 것뿐 아니고 심리적·정신적인 문제가 수반되니 여기서 연구한 결과를 토대로 전 세계의 노인 문제 해결의 실마리를 풀어갈 수 있는 기초적인 지식을 창출해 낼 수 있을지도 모르겠다는 것이다. 우리는 벅찬 감격을 안고 꽃동네를 나섰다.

초가을의 화창한 어느 주말, 나는 꽃동네를 두 번째 방문하였다. 미국서 온 아내가 꼭 보고 싶다고 해서 함께 갔다. 낯익은 전 수녀님과 반가이 재회하고 다시 처음 갔을 때와 비슷한 코스를 밟았다.

마지막으로 가본 '천사의 집'에는 천사와 같이 귀여운 아이들이 수십 명 기거하고 있었다. 그래도 이곳에 온 아이들은 미혼모가 생명을 중절시키지 않고 태어나게 해서 데려왔으니 없어질 생명이 살아남은 귀한 생명이라고 전 수녀님은 대견해 하였다.

우리 방문객에게 맑고 반짝이는 눈으로 안기고 싶어 하는 그 순박한 생명들을 대하면서 다시 한 번 이 세상의 부조리를 실감하였다. 사랑을 듬뿍 받고 자라야 할 그 아이들을 돌볼 일손이 모자람도 보았다. 많은 자원 봉사자가 끊임없이 전국에서 몰려오지만 그래도 일손은 늘 부족하기 마련이다.

꽃동네는 이처럼 많은 자원 봉사자가 와서 봉사할 기회 그리고 그 기회를 통해 많은 것을 삶에서 배워 가는 일의 연속을 통해 사랑의 실천 운동 확산의 큰 계기를 마련해 주는 것이다. 우리는 개원을 앞두고 신축 공사의 마무리를 짓는 사랑의 연수원을 다시 찾았다. 담당 신부이신 황 안드레아 신부님을 현장에서 만나 다시 한 번 연수원의 장래 계획을 들었다.

예수님은 십자가에서 인류 구원의 역사를 이루셨고 잡히시기 전 마지막 날 제자들의 발을 씻기심으로 섬김의 삶을 몸소 보여 주셨다. 꽃동네 군데군데 피어 있는 코스모스와 함께 꽃동네 전체가 이 섬김의 향기로 가득 차 있음을 느낄 수 있었다.

꽃동네에서 말없이 상처받은 생명을 위하여 그 어려운 섬김의 삶을 계속하는 사람들은 어쩌면 인생의 영웅들이다. 남이 못하는 어려운 일들을 믿음에서 오는 기쁨과 사랑으로 묵묵히 하고 있는 것이다. 떠나기 전 황 신부님의 말씀이 인상적이었다. "이제 꽃동네는 가톨릭의 것만이 아닙니다. 꽃동네는 하나의 사랑의 국민운동의 본거지로 세계로 뻗어가야 합니다."

우리도 이 말씀에 동의하면서 앞으로 있을 여러 가능성에 대해서 다시 한 번 많은 생각을 하면서 꽃동네 동산을 하직하고 초가을의 아름다운 석양녘에 서울로 향하였다.

어린 천사의 방문

길고 지루했던 겨울이 천천히 물러가는 어느 날 어린 천사가 우리를 찾아왔다. 둘째 아들과 며느리가 뉴욕에 잠시 다녀올 일이 생겨 돌 지난 지 얼마 안 되는 손자를 맡기고 간 것이다. 아이들이 독립해서 집을 나간 지는 오래되었고 둘이서 단출하게 사는데 큰 손님을 맞이하는 기분으로 우리는 긴장했다. 평소에도 이따금 몇 시간 돌보아 준 일이 있어 생소한 건 아니었지만 이번에는 3박 4일을 책임져야 하니 마음이 제법 분주했다.

며느리는 '상윤이의 하루'라는 스케줄이 적힌 종이와 함께 간이 침대, 장난감, 잠옷 등을 꼼꼼히 챙겨왔다. "어머님 다녀오겠습니다. 나오지 마세요." 하는 말을 남기고 지하실로 내려갔는데 상윤이가 그 말을 알아들었을 리가 없건만 지하실로 가는 계단을 미끄럼

대처럼 엎드려서 미끄러져 가더니 어미가 떠난 문을 향하여 걸어가서 문고리를 만지작거리더라는 할머니의 이야기를 듣고 한바탕 웃었다. 자기를 주야로 돌보던 사람이 자기를 두고 황급히 나가는 것을 보고 좀 심상치 않다고 느꼈을지도 모르겠다.

상윤이는 할머니와 금새 정이 들어 할머니가 보이지 않으면 두리번거리면서 찾아다닌다. 할머니가 자기를 좋아하며 음식을 장만해서 먹이고 자기의 불편함을 덜어 주는 분으로 알아차린 모양이다. 할아버지도 이제는 한 식구로 여기고 보기만 하면 안아 달라고 손을 높이 든다. 이제는 제법 모쭐한 그를 안아 주기만 하면 싱글벙글 웃으며 만족해한다. 며느리는 아이를 자주 안아주시면 습관이 되어 그걸 기대하니까 자제하시라고 부탁하고 갔지만 그 맑은 눈으로 쳐다보면서 손을 들고 간청을 하는데 나는 그만 마음이 약해져 덥석 안아버린다.

비교적 규칙적인 생활에 익숙해 있는 상윤이의 일과는 아침 8시 기상, 아침 식사, 세 시간 놀고는 점심, 그리고 두 세 시간 낮잠 자고 저녁 식사 때까지 놀고, 저녁 먹은 후 8시 반 목욕, 다시 우유를 먹은 후 취침이다. 중간 중간 노는 시간에는 한 시도 한눈을 팔 수 없다. 첫날 잠시 다른 곳을 보는 순간 벽에 이마를 부딪쳐 자그마한 멍이 들어버려 얼마나 후회하고 마음이 아팠는지 모른다. 장난감을 가지고 놀다가도 금새 마음이 변한다. 자기가 느끼는 대로 표시하고 뜻대로 되지 않으면 울거나 투정을 부린다. 온갖 재주를 부려서 그의 마음을 돌려서 다시 기분 좋게 놀 수 있게 하는 것은 보통 일이 아니다. 어린 생명을 귀중한 생명으로 여기고 잘 돌보아 주어야 한다는 결심이 없으면 힘든 일이다. 그 생명이 가장 상쾌하고 행복한 처지에 있게 해주고자 우리는 최선을 다한다. 아마도 우리에게 주어진 귀한 생명을 존중하는 생명 경외의 사상은 어린 생명을 돌보는 데서 그 뿌리를 찾아야 할 것 같다. 상윤이는 정직하게 자기 의사를 표시하고 순진하게 반응한다. 그러기에 예수님께서도 어린 아이와 같지 않으면 하늘나라에 들어갈 수 없다고 하시지 않았나 싶다(마태복음 18:3, 마가복음 10:15-16).

세상에 아이를 키운 사람, 또 키우는 사람이 수없이 많은데 이러한 평범한 아이 보는 기술이 뭐 그리 대단한 것이냐고 묻는 사람이 있겠지만 우리는 이 새롭게 느끼는 경험에 말할 수 없는 기쁨을 맛보고 다시 한 번 귀한 생명을 돌보는 원칙을 몇 가지 배웠기에 이것을 나누고 싶을 뿐이다. 즉, 아무리 작은 생명이라도 그의 의사를 철저히 존중해 줄 아량이 있어야 하고, 그 생명에 기쁨을 주는 일을 함으로서 우리 자신도 기쁨을 맛볼 수 있다는 것이고, 끝으로 생명이 자라나는 것을 북돋우어 주는 일처럼 값진 일이 이 세상에 또 있겠느냐라는 것이다.

오래전에 우리도 아이들 셋을 키워 보았다. 첫째는 한국에서 태어났고 대가족의 틈에서 옳게 돌봄을 받을 겨를도 없이 자라다가 유럽 유학을 떠난 아버지에게로 엄마와 뒤따라 왔고, 둘째는 독일서 출생했지만 주말도 없이 공부하며 일하던 고된 유학 생활이라 아이들 돌보며 자라나는 모습을 시켜볼 여유도 없이 지냈다. 셋째는 미네소타에서 태어났는데 신대륙의 대학 사회에 몸담고 발을 붙이는 일이 생각보다 힘들어 처음 10년간은 거의 매일 밤늦게까지 실험실에서 지내 아이들은 전적으로 엄마에게 맡긴 야속한 아버지였다. 큰아들에게서 손녀들을 얻었지만 멀리 떨어져 살아 일 년에 한두 번 잠깐 왕래하다 보니 아이들 자라는 모습을 자세히 볼 여유도 시간도 없었다. 생일을 기억하고 선물을 보내며 만날 때마다 부쩍 커버린 그들을 보고 대화를 나누며 꼭 껴안아 주는 것으로 사랑의 표시를 해줄 뿐이었다. 이번 상윤이의 경우는 한참 자라나는 시기를 이곳에서 함께 보내게 되어 얼마나 다행인지 모르겠다. 우리가 그를 진심으로 사랑하고 아끼는 것을 그 어린 것이 어떻게 아는지 우리 품에 안기면 울다가도 잠잠해지고 편안히 잠들기도 한다. 나는 상윤이를 데리고 간 어느 모임의 좌석에서 그 어린 생명이 너무도 귀하고 예뻐서 내 품에 안고 덩실덩실 춤을 춘 적이 있다. 누군가가 이 장면을 목격하고 그 집의 손자보다 할아버지 좋아하는 모습이 더 큰 구경거리라는 말을 퍼뜨렸다고 한다. 나는 그 말을 전해 듣고 싫지 않았다. 한 생명을 사랑하고 그 생명이 반응하는 게 너무 신기하고 흥겨워 춤을 추었다는 사실은 순박한 사랑의 잔치가 아니겠는가? 나는 남이 무엇이라고 하건 이 어린 생명이 기뻐하는 일을 앞으로도 계속해 갈 것이다. 남의 구경거리가 되는 춤마저도 서슴지 않으면서….

삼박사일의 일정을 마치고 집으로 돌아가는 상윤이와 작별의 악수를 하면서 나는 생명의 귀중함과 아름다움을 가르쳐 주고 떠나는 작은 천사에게 감사하는 마음으로 볼에 입맞추었다. 그는 빙긋이 웃으며 사랑을 표시했다. 이러한 사랑의 잔치는 우리의 삶에 활력소를 넣어 주는 신선한 오아시스와 같은 것이라는 생각을 했다. 그 작은 생명이 봄의 화초처럼 무럭무럭 자라나는 모습을 지켜보는 기쁨을 주신 하나님께 감사드리면서 집을 향해 떠나는 그에게 다시 손을 흔들었다.

감사절 휴가

　감사절이 다가올 무렵에 우리는 어려운, 그러나 즐거운 부탁을 받았다. 사랑하는 두 손자를 며칠 돌보아 달라는 것이었다. 세 살과 한 살이 되어가는 두 아이는 한창 극성을 부리는 시기다. 둘째 아들이 독일에서 근무할 때의 상사가 혼인을 하는데 그는 우리 둘째가 한국서 결혼할 때 멀리 독일서 그곳까지 와서 축하해 주었으니 답례를 했으면 좋겠다는 것이다. 우리는 기꺼이 허락했고 떠나는 날 칠면조를 구워서 가족끼리의 감사절 저녁을 조촐하게 차려 먹었다.

　그날 둘째 아들의 집에 들어간 날부터 생활은 우리 중심에서 어린 아이들 중심으로 전환되었다. 큰 녀석은 이제 제법 말귀도 알아듣고 자기 나름대로 의사 표시도 해서 한결 돌보기가 쉬웠다. 그러나 작은 녀석은 순식간에 책상이나 벽에 부딪혀 시퍼런 멍이 드는 것을 자주 보았기에 한 시도 눈을 돌릴 수가 없었다. 할미(큰 손자가 지어준 할머니의 별칭)는 두 아이 삼시 먹을거리와 간식 준비에 골몰하였다. 나는 큰 애와 놀아주고 작은 녀석에게서 눈을 떼지 않으려니 그들에게 꼭 매인 셈이다. 오직 아이들의 안녕과 행복에만 우리의 모든 시간과 정력을 바친다고 해도 과언이 아니다. 어릴 적에 부모님이 이와 같은 관심과 사랑으로 키워 주신 것을 잊어서는 안 되겠다는 생각을 새삼스레 하게 되고 효도 못한 잘못을 다시 한 번 뉘우친다.

　아이들이 낮잠 자는 시간에 잠시 틈을 내어서 오후에 일어날 일에 대한 계획을 세운다. 아이들 먹을거리는 아이 어멈이 꼼꼼하게 준비해서 냉장고에 넣어두고 갔으니 데우기만 하면 되지만 어른들 것은 또 준비해야 하고 큰 녀석은 집에만 갇혀 있으니 가까이 있는 호숫가로 산책이라도 데리고 나가야 했기에 준비를 서둘렀다. 바람이 좀 쌀쌀해서 두꺼운 코트를 입히고 거리로 나섰다. 해는 나와 있는데 생각보다는 날이 차서 호숫가까지 가지 않고 중간에서 돌아왔다. 나도 반나절을 아이들 시중들다가 잠시 바람을 쐬니 몸이 가뿐해졌다. 오는 도중 길가 나무 밑에 나뭇잎들이 떨어져 있는데 큰 녀석이 할미 갖다 드려야 한다고 "one, two, three" 하면서 주워 모아 손에 쥐고 따라온다. 언젠가 여름에 호숫가에 나갔을 때도 길가의 잡초 속에 묻혀있는 노란 색깔의 작은 꽃을 몇 개 뽑아서 할미에게 드린다고 하더니 그때 생각이 난 모양이다. 그 어리고 순진한 세 살 동이도 할미가 정성껏 먹이고 돌보아 주는 것을 잘 알고 고마워하는 것이 대견하였다. 돌아와서 할미에게 낙엽 한 줌을 선물로 드린다.

집에 돌아와서 코트를 벗더니 텔레비전을 보고 싶다고 했다. 어멈이 아이들이 보아도 되는 것들 즉 세사미 스트리트(Sesame Street), 도라(Dora) 등의 TV 프로그램을 이미 짜 놓았기에 보고 싶다고 하는 것을 찾아 주기만 하면 된다. TV가 있는 방과 거실에는 문이 하나 있다. 오전 중 쏘다니던 둘째가 낮잠을 자고 나와서 형과 함께 TV를 본다. 집사람은 거실 소파에서 잠시 눈을 붙인다. TV를 보다가 할미가 누워계시는 걸 보더니 큰 녀석은 거실과의 사이에 있는 문을 조용히 닫으며 "할미 is sleeping"이라고 한다. 나는 순진한 미소를 짓는 큰 녀석을 꼭 껴안아 주었다. 시키지도 않았는데 그 착한 마음이 어디서 왔을까. 그건 분명히 하나님이 주신 것이라고 믿었다.

저녁 식사가 끝나면 아이들 목욕시키고 잠재우는 일이 남아 있다. 차례로 목욕을 시키고 잠옷으로 갈아입히고 자리에 눕힌다. 큰 녀석은 책을 읽어주면서 조용한 음악을 듣게 해 주다가 "Good night" 하면서 볼에 입을 맞춰 주면 편안히 잠이 든다. 이렇게 해서 새벽에 시작한 우리의 일과를 마치는 셈이다.

아침 일찍 작은 녀석이 잠에서 깨어났다고 소리를 지르면 그때부터 우리는 다시 움직인다. 잠에서 깨어난 작은 녀석에게 우유병을 안겨주면 맛있게 쪽쪽 빤다. 배가 부르면 기분이 좋아서 두 손을 마주치며 재롱을 부린다. 그의 순박하고도 맑은 눈을 쳐다보고 있으면 세상의 시름이 간 곳 없다. 그가 웃으면 함께 웃는다. 배고프거나 기저귀가 젖었을 때 외에는 우는 법 없이 쉬지 않고 기어다니며 활동을 계속한다. 큰 녀석은 좀 늦게 일어나서 TV를 보면서 아침을 먹는다. 그때부터 우리의 삶은 또 바빠진다.

두 손자와 며칠을 씨름하는 동안 손자들과 더 깊은 정이 들어버렸다. 의젓하게 자라나는 큰 녀석. 배만 부르면 손뼉을 치며 웃는 둘째 녀석의 그 예쁜 모습에 우리는 고단한 걸 잊고 온종일 그들의 시중을 들다가 하루가 간다. 그들이 우리의 사랑에 반응하는 것이 당연하면서도 즐거웠고 오직 몸과 마음을 다해서 사랑하는데서 오는 벅찬 기쁨을 맛보았다. 둘째 아들 내외가 돌아오는 날 우리는 어린 손자들의 볼에 입맞추고 꼭 껴안아주고 하직했다.

큰 녀석은 어멈에게 배운 절을 꾸뻑꾸뻑하며 "바이 바이!" 한다. 작은 녀석은 집으로 가는 줄도 모르고 여전히 생글생글 웃으며 손뼉을 친다. 하나님께서 주신 위대한 사랑의 선물을 통한 기쁨의 잔

치였던 감사절 휴가는 사랑과 감사가 어우러진 멋진 휴가였고 천사
들을 시중드느라고 정신없이 보낸 아름다운 휴가였다.

산장에서 지난 하루

　　L 교수는 언제나 밝은 미소로 사람을 대하였다. 그는 반가운 사
람을 만나면 마음을 다해서 편안하게 해 줄 뿐 아니라 어떻게 하면
그를 잘 대접해 보낼까 궁리하기에 바쁘다. 그의 마음은 지난 40년
간 변하지 않았다. 그의 몸, 특히 하지는 서서히 말을 듣지 않기 시
작해서 이제 휠체어 신세를 져야 하지만 그는 전혀 내색을 하지 않
고 늘 밝고 맑은 웃음으로 주위 사람을 대하고 환자를 돌보았다. 그
의 따뜻하고도 포근한 진료를 받은 환자들은 그를 잊을 수 없어 은
퇴한 그를 늘 찾아와서 언젠가는 하루에 근 60명을 보았다고 술회
하여 우리를 놀라게 하였다. 그는 의사의 본분인 환자의 마음을 읽
고 몸과 함께 마음을 어루만져주는 인술을 익힌 참된 의사이다.
　　그를 보필하는 C 여사도 그 못지않게 아름다운 마음을 가진 사
람이다. 그는 열심히 사는 사람의 표본이고 늘 남을 배려하는 일에
몰두하는 부지런한 사람이다. 몸이 불편한 바깥양반의 수발을 드는
일에 온 정성을 기울이는 모습이 주위 사람을 감동시킨다. C 여사
는 건강하기에 자기에게 지워지는 짐들을 아무 일 없는 듯이 잘 처
리해 가며 나이 드신 어머님도 함께 모시고 사는 효녀이다. 노쇠해
가시는 어머님을 정성으로 모시고 혹 불편한 것이 없으신지 보살펴

기에 여념이 없다. C 여사는 돈독한 신앙으로 사는 사람이다.

우리가 L 교수 내외를 알게 된지도 어느덧 40년이 되었다. 우리는 긴 세월동안 한결같은 우정을 나누었고 어쩌면 친형제보다도 더 가까운 사이로 서로를 아끼며 살아왔다. 얼마 전에 한국에 나갔을 때 우리는 그들이 새로 장만한 호숫가의 산장으로 초대를 받았다. 유럽, 특히 스위스의 어느 호숫가를 연상케 하는 산장은 아담하였고 방에서 내어다 보이는 호수와 산은 수려하였다. 서울서 그리 멀지도 않은 곳인데도 조용하고 창가에 앉으면 내려다보이는 잔잔한 호수처럼 마음이 편안해 졌다. 그 바쁜 삶에서 C 여사가 어떻게 이런 좋은 곳을 찾아내었는지 신기해하면서 우리는 찬사를 퍼부었다. 우리가 좋아하는 것을 보고 그들도 흐뭇해하는 표정이 완연했다.

삶에서 우리는 많은 만남을 가진다. 객지에서 유학 생활을 하는 학생들에게 우리 내외는 나름대로 정성을 기울였다. 그들은 모두 학업을 잘 마치고 고국에 돌아가서 열심히 활동하고 있다. 그들이 알차게 뻗어나가는 일을 보고 듣는 것만으로도 우리의 마음은 늘 뿌듯해진다. 유럽에서 지낸 우리의 유학 생활은 좀 외로웠고 가난했기에 이곳에 온 후 그들의 주말이 덜 외롭기를 바라서 우리의 먹는 것을 함께 나누었고 그들이 함께 모여 담소할 수 있는 시간을 마련해 주었을 뿐이다.

L 교수가 홍직으로 미네소타에 와서 수련의 과정을 밟고 있을 때 우리는 만났고 우리 집에 자주 드나들었고 그 후 그가 가정을 이루고 이웃에 살았다. 그는 이곳에서 수련의 과정을 마치고 미네소타 의대의 교수로 남게 되고 근 20년을 후진양성에 진력하여 한국의 여러 소장학자들을 키워냈다. 그 후 귀국하여 가장 알찬 신경 내과

학 교수로서 명성을 올렸고 많은 후진을 양성하고 최근에 은퇴했지만 여전히 환자 진료에 종사하고 있다.

우리는 그들과 오랜 세월을 서로를 아끼며 사는 관계를 이어온 것을 주님께 감사드린다. 우리가 그를 처음 만났을 때의 그 활달한 웃음을 그대로 지니고 우리를 반기는 모습, 한결같이 내조하는 C 여사의 모습, 두 사람과 함께 뛰어나게 아름다운 호수를 감상하면서 이야기를 나눈 산장에서의 하루는 우리에게 만남의 기쁨과 함께 삶에 새로운 힘을 실어준 좋고도 복된 날이었다.

충청도 덕산 스파캐슬 방문기

D 시에는 나의 손아래 동서 N 박사가 살고 있고 한국을 방문할 때마다 우리는 따뜻한 대접을 받는다. 그는 S 대 치과대학 졸업 후 군복무와 미국에서의 연수 후 개업해서 D 시에서는 알아주는 치과 의사이고 독실한 가톨릭 신자이다. 처제는 E 대 정외과 출신으로 이웃돕기를 솔선하며 누구에게나 친언니처럼 친근히 대해 주어서 가까이서 따르는 사람이 많다고 듣고 있다. 슬하의 자녀도 모두 직업인으로 키우고 성가 시킨 다복한 가정으로 알려졌고, 특히 장남은 Y 대 치대를 나와서 부친이 이루어 놓은 의원을 이어받아서 열심히 일하고 있다.

N 박사는 나보다 연상이지만 나를 손위 동서로 깍듯이 대접하고 늘 따뜻한 배려로 마음을 편하게 해준다. 한국서 있은 모임에 참석

하러 들렀을 때 새로 생긴 덕산온천 스파 캐슬로 우리를 초대해 주어서 오랜만에 심신의 피로와 스트레스를 풀 기회를 마련해 주었다.

필자는 유럽에서 공부하고 미국서 오래 살았고 학회 관계로 여러 곳을 많이 다닌 편이지만 온천인 덕산 스파캐슬은 여러 면에서 너무 인상이 깊어서 소감을 적고 싶어졌다. 한마디로 해서 이 스파(Spa)는 물과 현대의 전자 및 기계 공학의 종합 기술을 최대한으로 이용한 멋진 시설을 갖추고 있다. 신체의 여러 근육을 이완시키고 마사지를 하는 장치가 넓은 수영장의 곳곳에 마련되어 있어서 반복적으로 근육 이완의 쾌감을 맛볼 수 있게 되어 있어서 좋았다. 사우나와 온천 시설도 잘되어있고 건식 사우나에는 향화석에서 나오는 음이온으로 혈관 작용을 원활히 한다는 패가 붙어 있고 습식 사우나에는 한약재를 걸어 두어서 그 향내가 독특했다. 옥외로 나가면 노천 스파가 있고 아이들과 함께 물에서 즐길 수 있도록 '튜브'들이 마련되어 있었고 스릴이 있는 '워터 슬라이드'도 있었다. 그 외에도 찜질방, 한국의 온돌 문화를 소개하는 온돌방, 가야금 소리나 서양의 재즈를 들으며 쾌적한 온도의 탕 속에서 명상할 수 있는 곳도 마련되어 있었고, 간단한 음식을 마련하는 간이식당도 수영장 가까이에 있어서 편리했다.

덕산에는 온천만 있는 것이 아니다. 근교에는 덕숭산 기슭에 자리 잡은 수덕사가 있다. 백제 위덕왕(554-597 AD.)때 창건되었으니 근 1500년의 역사를 지니고 있고 한국 불교를 중흥시킨 도량 역할을 한 사찰이라고 한다. 절 한 바퀴를 돌아보니 균형이 잘 잡힌 아름다운 절이라 방문할 가치가 있다고 생각되었다.

시내로 돌아오는 길에는 윤봉길 의사 기념관이 아담하게 자리 잡고 있었다. 1932년 4월에 중국 상해의 홍구공원에서 일제의 강점에 목숨으로 항거한 윤봉길 의사의 생애와 그의 업적이 우리나라의 여러 애국 운동의 역사와 함께 멋있게 정리되어 있었다. 짧은 시간이었지만 많은 것을 배웠고, 자기를 희생하여 나라를 살리겠다고 젊은 나이에 목숨을 버리고 사라진 그의 삶이 주는 강한 감동을 맛보았다. 이 기념관 설립을 추진한 충청도민에게 감사하고 싶었다. 기념관을 나오면서 문득 일제 강점기 때 항일 운동의 하나였던 광주고보 사건에 연루되어 퇴학을 당하시고 파란 많은 삶을 사신 아버님 생각을 했고 애국의 정신으로 산 많은 사람이 물이 되어 윤의사와 같은 분의 의거가 물결로서 나타난 것이 아닐까 하는 생각을 해 보았다.

일박이일의 짧은 일정이었지만 오랜 만에 그동안에 쌓인 심신의 '스트레스'를 풀고 새로운 '에너지'를 충전하는 좋은 기회가 되었다. 역사가 숨 쉬는 아름다운 수덕사와 애국지사의 의거를 되새길 수 있었던 기념관을 둘러본 감격이 따뜻한 봄 햇볕과 함께 마음속으로 스며들어 이번 방문이 좋은 추억으로 오래도록 남을 것 같다.

제6부

젊은이들을 위한 제언

현대 사회의 문제점

2007년 4월에 일어난 버지니아(Virginia)공대의 총격 사건이 전세계를 놀라게 하고 특히 범인이 한국인 후예라는 점에서 미국에 있는 한국인들이 긴장을 하고 혹 격심한 인종 차별을 받을까 두려워하는 일까지 벌어졌다. 그러나 점차 범행 동기가 밝혀짐에 따라서 그가 자신의 내성적 성격과 대화의 부자유함으로 자기가 속한 학교사회에서의 소외되고 그것으로 인한 갈등으로 우울증이 심해졌으며, 치료를 받아야 했을 환자라는 것이 드러났다. 이에 한국인 후예라는 것이 큰 문제가 되지 않고 오히려 이러한 부류에 속한 사람을 사전에 선도하지 못한 책임과 총기 판매 규제강화의 방향으로 미국 사회의 반응이 전환되어 갔다.

이 사건은 우리 현대 사회의 문제점을 노출하고 있다. 즉 소외 계층에 대한 무관심과 냉대, 인간성에 대한 신뢰 부족, 그리고 생명에 대한 경외심의 상실 등이다. 이것이 반드시 미국 사회의 문제라고 하기보다는 21세기 현대사회가 가지는 공통적인 문제라고 보는 것이 타당하겠다.

21세기 현대 사회가 가지는 문제점을 좀 더 자세히 따져 보면 다음 몇 가지로 나눌 수 있겠다. 첫째로는 대화의 단절이다. 가까운 사람, 마음을 터놓을 수 있는 친구가 적고 가족 간에도 친근한 대화가 없는 경우도 많다. 서로 자기가 가진 고정관념으로 상대방을 비평하기만 하고 너그럽게 받아주고 포용하는 마음이 부족하다. 최근에 법정스님이 어느 자리에서 하신 말씀 "우리 삶에서 중요한 건 이처럼 서로 눈길을 마주치고 인간의 정을 나눌 수 있는 직접적인 만남과 대화이다."가 인상에 남는다. 미국 사회가 세계의 다른 선진국에 비해서 비교적 개방된 사회이기는 하지만 그래도 백인 우월주의가 팽배해 있음을 부인할 수 없다. 타 인종을 같은 사회의 일원으로 받아들여야 함을 알고 있고 법적으로, 공식적으로는 장려하고 있지만 마음으로 정말 그들을 친형제자매처럼 대하고 있느냐를 자문할 때 그렇다고 대답할 사람이 많지 않다. 이러한 배타주의는 한국 사회가 더 할지 모르겠다. 누군가가 지적했듯이 끼리끼리 문화에 익숙해 있는 것이 사실이다. 어느 사회이건 이것을 타파하기 전에는 상처받은 무리가 언제나 있을 수 있다.

둘째로는 극단적으로 이기적인 생각이나. 모두가 남을 개의치 않고 자기의 이익을 구해서 달음질치고 있으니 소외된 사람이 생기게 마련이고 빈부의 차에서 오는 사회 갈등은 끊이지 않는다는 것이겠다. 자기를 희생하여서라도 이웃의 복지를 위하여 일하는 사람의 수가 많아져야 하겠고 상대방의 처지를 이해하고 자기가 좀 손해를 보더라도 이웃의 문제를 해결하는 일에 적극적으로 나서는 이타적인 사람이 턱없이 부족한 것이 우리의 현실이다.

셋째로는 믿음과 사랑이 상실된 상태를 말할 수 있겠다. 인간끼리 서로 믿고 의지하며 사랑하지 못하며 생명과 사랑의 근원이 되시는 존재에 대한 경외와 그분의 뜻을 이루어야겠다는 결단이 부족한 현실이다. 참 믿음과 사랑은 인간적인 차원에서만 보아서는 불완전하기 짝이 없다.

넷째로는 생명에 대한 경외의 마음 부족이다. 우리는 나 자신의 생명이 귀중한 것처럼 이웃의 생명도 귀중하다는 생각에 투철해야 한다. 서로의 생명을 존중히 여기는 마음을 가질 때 우리는 생명을 가볍게 취급할 수가 없다. 어린이부터 나이 든 사람에 이르기까지 생명의 귀중함을 느끼고 존중하는 마음을 가질 때 학생 교육, 장애인과 노인 복지 문제도 해결의 실마리가 풀려갈 수 있을 것이다.

마지막으로 현대 사회의 문제점으로 행복의 정의를 들고 싶다. 인간의 실존에 대한 연구가 더 깊이 있게 진행되어야 하고 과연 행복하게 산다고 하는 것의 정의가 무엇인지를 규명해야 한다. 물질적인 풍요나 사회적인 지위나 정치적 목적의 성취가 행복의 척도로 남아있는 한 이 사회에는 불행한 사람의 수가 엄청나게 많아질 수 있다. 행복의 척도를 인간의 본분이나 도리를 다하며 사는 것, 얼마만큼 남을 위해서 애쓰고 사는가 하는 이타적인 삶의 분량과 거기서 오는 보람이나 믿음으로 인한 평안에서 참행복을 찾는데 이르지 못하는 데 문제가 있다고 본다.

현대 사회의 문제점을 지적하고 그 해결의 방안을 제시해 보았다. 이것은 구호로만 해결될 문제가 아니고 전 인류가 심각하게 생

각해서 그 문제점 해소에 전력을 기울여야만 해결될 수 있는 문제
인 것 같다.

생명 경외의 사상

뉴욕(New York)에 사는 막내가 2001년 9월 11일 출근을 늦게 할
계획을 하고 있었기에 환난을 면했다는 것은 다행한 일이다. 그러
나 그날 정상적인 일과에 따라 출근을 해서 억울하게 생명을 빼앗
긴 수많은 사람 그리고 사랑하는 사람들을 잃은 가족들을 생각하면
아직도 가슴이 저리도록 마음이 아프다. 왜냐하면 나도 하마터면
그 마음 아파서 몸부림치는 무리 속에 있었을 수도 있었기 때문이
다.

최근의 『타임(Time)』지는 1995년 오클라호마(Oklahoma)에서 있었
던 폭파 사건의 희생자에 대한 조사 보고를 하고 있다. 사건 현장
가까이에 있었던 사람의 거의 반수가 정신과 의사의 상담이나 치료
를 받고 있고 지금도 168명의 희생자의 가까운 가족들은 상담을 계
속 받고 있다니 3,000명이 넘는 희생자를 낸 뉴욕(New York)과 워싱
턴(Washington)의 경우 엄청난 수의 사람들이 정신적인 피해를 받고
있음이 분명하다. 그리고 이 마음의 상처가 쉬 없어지지 않고 오래
계속될 것임을 예고하고 있다. 참으로 끔찍한 일이 일어났다. 많은
생명이 무참하게 죽임을 당했고 그 아픔으로 많은 생명이 괴로워하
고 있다.

이번에 특기할 것은 많은 희생자가 휴대 전화기를 가지고 있어서 가족들에게 마지막 말을 남길 수 있었던 것이다. 가족이 있는 사람들은 대부분 배우자에게 "당신을 진정으로 사랑해. 자식들을 잘 부탁해."라는 말을 남기고 뜻하지 않게 닥친 이 엄청난 사건을 이해할 수 없음을 탄식하며 이 세상을 하직했다. 귀한 생명들을 무참하게 절멸하는 악이 행해졌던 것이다.

20세기의 성인(聖人)이라고 불리 우는 앨버트 슈바이처 박사는 '선이란 생명을 유지하고 북돋워 주는 것이고 악이란 생명을 파괴하고 저해하는 것'이라고 단정했다. 그는 삶의 근본 법칙인 생명 경외 사상(Reverence for Life, 라틴어로는 Veneratio Vitae)을 외쳤고 아프리카에 가서 평생 흑인 원주민을 위한 의료 봉사를 함으로써 이 원칙을 몸소 실천하였다. 그는 기독교인이었기에 그의 근본 사상이 성경에 기초하고 있음은 당연하다. 그러나 생명 경외 사상은 어느 특정 종교나 인종이나 개인에게 국한될 것이 아니고 우주적이라는 생각이 든다. 우리의 생명은 하나님께서 우리에게 주신 귀한 선물이다. 한문에서도 生(살 생)＋命(분부 명)으로 표현하여 살도록 하늘에서 분부받은 것이 생명이라고 기술한다. 그러기에 모든 생명은 귀중한 것이다. 나 자신의 생명뿐 아니라 내 이웃의 생명 또한 귀한 것이기에 그 생명을 아끼고 사랑하고 받들어 주어야 한다는 이 근본 사상이 투철해질 때 우리의 삶은 비로소 올바른 궤도에 서게 되고 우리의 사회는 건전하고 평화스러운 사회가 된다고 확신한다. 슈바이처 박사를 존경하게 된 것은 의예과 시절부터였다. 그의 저서를 읽는 가운데 인간으로서 또한 인술을 베푸는 의사로서 가질 기본자세에 대한 그의 사상에 깊은 감명을 받았다. 의대와 그 후의 대학원 시절 필자는 의학을 포함한 생명 과학을 공부하는 학생들과 함께 클럽을 하나 결성하기에 이르렀고 그 클럽 이름을 'Veneratio Vitae Club'으로 하였다. V자가 두 개 들어가기에 VV 클럽으로 불렀다. 우리는 슈바이처 박사가 말한 것을 실천하는 방향으로 우리의 활동을 시작하였다. 각자의 얼마 안 되는 용돈을 모아서 비용을 충당하면서 무의촌을 찾아다녔다. 우리가 베푼 작은 봉사의 몇 곱절이 넘는 기쁨을 돌아오는 버스 속에서 맛보곤 했다. 이 모임은 지금도 서울에서 이어지고 있다.

우리도 모르는 사이에 우리 주위는 점점 삭막해지고 다음에는 또 무슨 일이 생길지 모르는 불안 속에서 전전긍긍하며 살고 있다. 삶의 의미에 대해서 다시 생각하며 새로운 분출의 길이 트여야지 이러한 상태로 지속해 가는 것은 무척 괴로운 일이라는 생각이 든다. 이 우주와 세상과 우리의 삶을 주관하시는 하나님께 우리 자신을 온전히 맡기고 그분의 뜻이 우리의 삶을 주장해 주시기를 간구하는 믿음 속에서 마음의 평안과 삶에 대한 용기를 얻어야 함은 이 시점에서 우리가 취할 온전한 태도이다. 한편으로 우리의 일상생활에서 생명에 대한 경외 사상을 강조해서 서로가 서로를 알뜰히 위하고 서로의 생명을 북돋워 주는 일에 적극적으로 나서야 할 것 같다. 자기와 가장 가까이 있는 생명부터 시작해서 어떻게 하면 그 생명이 더 복될 수 있을까 보살펴야겠고 가까운 이웃의 생명에 대해서도 같은 마음으로 알뜰한 관심을 두고 사랑을 베푸는 따뜻한 마음이 우리 모두에게 번져갔으면 좋겠다는 생각이 든다.

우리가 이번에 당한 생명 절멸의 참혹한 사건을 통해서 악을 규탄하는 동시에 생명 경외의 사상을 어느 때보다도 강조해서 우리에

게 주어진 귀한 생명들이 보람 있게 피어나갈 수 있도록 힘을 모으
는 움직임이 여러 곳에서 활발히 진행되었으면 좋겠다는 간절한 바
람이 있다. 이러한 움직임이 우리 주위에서부터 시작되어 전 세계
로 퍼지고 모두가 선, 즉 생명을 아끼고 사랑하고 북돋워주는 일을
열심히 행할 때 생명을 절멸시키려는 악의 세력은 약해지고 마침내
선으로 악을 이기는 참된 의미에서의 승리가 우리를 찾아올 것이라
고 믿는다.

이번 사건을 통해서 또 한 가지 특기할 것은 이 세상에 가치 있다
고 여겨지던 것들도 극한의 상황이 닥치면 한순간에 아무것도 아닌
것이 되어버릴 수 있다는 것이다. 무너지기 직전의 무역 센터 80층
에서는 돈이나 명예 그리고 출세 등이 아무런 작용을 할 수 없었다.
따라서 우리가 살아가면서 늘 깊이 생각해야 할 것은 우리 삶에서
가장 귀한 것이 무엇인가, 어떤 엄청난 사건이 닥쳐도 변치 않고 의
지할 수 있는 가치가 무엇인가를 깨달아 아는 것이라고 믿는다. 슈
바이처 박사는 이 일을 깊이 생각한 끝에 선이란 무엇인가를 우리
에게 일깨워주는 깊은 사상, 즉 '생명 경외의 사상'을 소개했을 뿐
아니라 버림받고 천대받는 아프리카의 문둥병 걸린 원주민의 손을
잡아주며 그들의 몸과 마음의 상처를 고쳐주기 위해서 그의 귀한
일생을 온통 바쳤던 것이다. 그가 1952년 노벨 평화상을 받은 것은
당연하고도 적절한 일이었다고 확신한다.

상록 클럽 창립 50주년 기념식

필자가 대학에서 의예과 공부를 시작할 무렵 믿음의 선배님이 친구 한 분을 소개해 주셨다. 미국의 하버드 대학에서 신학을 공부하신 S 선배님이시다. 그분을 통해서 나는 롱펠로(Henry Wadsworth Longfellow, 1807~1882)의 '인생의 찬미'라는 시를 소개받았다. 어느 날 저녁에 서울에 사시던 그 선배님댁에서 저녁을 대접받고 그 시를 소개받고 돌아와서 나는 몇 번이고 읽으면서 S 선배님께서 해석해 주시던 뜻을 곰곰이 생각하고 구구절절이 마음에 들어 감동을 하며 외우기 시작했다.

대구로 돌아와서 의예과에 다닐 때 나는 내가 졸업한 K 고등학교의 고등학생 YMCA 클럽을 하나 지도하는 일을 맡게 되었다. 그 당시 사랑하는 후배들에게 소개한 시가 바로 이 시다.

/ A Psalm of Life /

Henry Wadsworth Longfellow

Tell me not, in mournful numbers,

Life is but an empty dream!

For the soul is dead that slumbers,

And things are not what they seem.

Life is real! Life is earnest!

And the grave is not its goal;

Dust thou art, to dust returnest,
Was not spoken of the soul.

Not enjoyment, and not sorrow,
Is our destined end or way;
But to act, that each to-morrow
Find us farther than to-day.

Art is long, and Time is fleeting,
And our hearts, though stout and brave,
Still like muffled drums, are beating
Funeral marches to the grave.

In the world's broad field of battle,
In the bivouac of Life,
Be not like dumb, driven cattle!
Be a hero in the strife!

Trust no Future, howe'er pleasant!
Let the dead Past bury its dead!
Act, act in the living Present!
Heart within, and God o'erhead.

Lives of great men all remind us
We can make our lives sublime,

And, departing, leave behind us

Footprints on the sands of time;

Footprints, that perhaps another,

Sailing o'er life's solemn main,

A forlorn and shipwrecked brother,

Seeing, shall take heart again.

Let us, then, be up and doing,

With a heart for any fate:

Still achieving, still pursuing,

Learn to labor and to wait.

/ 인생의 찬가 /

(저자 역)

인생은 하나의 헛된 꿈이라고

나에게 슬픈 곡조로 말하지 마오.

영혼은 죽는 것이 아니고 잠자는 것이며

사물은 눈에 보이는 것과 같지 않다오.

인생은 참, 인생은 진실한 것,

무덤이 결코 그 목표가 아니오.

그대는 티끌이니 티끌로 돌아가라는 말은
영혼을 두고 한 것이 아니오.

쾌락이나 슬픔이 우리에게 운명 지어진
목적이나 길이 아니오.
단지 오늘보다 더 나은 나를 내일 발견하기 위하여
열심히 애쓰는 것이오.

예술은 길고 시간은 성급히 흘러가는 것
우리의 심장은 튼튼하고 용감하지만
무덤을 향하여 숨죽인 북처럼
장송곡을 울리고 있네.

인생의 이 넓은 싸움터에서
인생의 야영장에서
이리저리 끌려다니는 말 못하는 짐승이 되지 말고
인생의 싸움에서 영웅이 되시오.

아무리 좋아 보여도 장래는 믿지 마시오.
지나간 과거로 하여금 지난날을 장사지내게 하고
살아있는 이 현재를 위하여 살아갑시다.
마음속에는 사랑을 간직하고 위로는 하나님을 모시고.

위대한 사람의 삶은 우리도 우리의 삶을 숭고하게
만들 수 있다는 것을 말해준다오. 그들은 떠나면서

시간의 모래사장 위에 큰 발자취를 남겼다오.

그 발자국은 인생의 엄숙한 골짜기를 항해하면서
외롭고 파선 당한 사람들이 보고 용기를 얻게 한다오.

자, 우리 모두 얼굴을 치켜들고 일합시다.
어떤 운명이라도 감당할 마음을 가지고 항상 성취하며
항상 추구하며 일하기를 배우고 때가 오기를 기다릴 것을 배웁시다.

나는 이 시를 S 선배님께서 그날 밤 번역해 주시던 그대로 후배들 앞에서 줄줄 외우면서 열정을 다해서 해석하고 그들에게 삶의 기본자세, 목표 그리고 신앙에 기초한 삶의 의미를 그들의 가슴 속에 넣어주려고 혼신의 힘을 다 했다. 크지도 않은 우리 집 서재에 그들을 불러 모아 놓고 젊은이들은 마땅히 이상을 가지고 살아야 한다고 거듭거듭 강조하고 나의 비교적 단순하고 순수했던 신앙에 기초한 삶의 철학을 주입시키려고 애썼다. 그리고 그 클럽의 이름을 '상록'이라고 지었다. 늘 푸른 소나무처럼 이상이 마르지 않기를 바라서 지은 이름이다.

세월은 빠르기도 하여 엊그제 같은 그 시절이 벌써 50년 전의 일로 회고하게 되었고 한국 노화학회 초청으로 잠시 귀국하는 시기가 마침 상록 클럽 창립 50주년 기념행사와 비슷한 시기여서 참석하기로 했다. 대구 근교에 있는 팔공산 관광호텔에서 갖게 된 창립 기념 행사에는 100여 명의 회원이 부부 동반으로 참석하였고 홍안의 더 벅머리 고교생들이 어느덧 장성하여 학업을 마치고 사회의 각 분야에서 열심히 활약하고 있는 모습을 보고 얼마나 흐뭇했는지 모른다. 창립 당시와 그 후 얼마 동안 내가 직접 지도한 회원들은 벌써 반백이 되었지만 옛 모습이 남아 있었고 알아볼 만하였다. 우리는 반가이 손을 마주 잡고 옛이야기를 나누었다.

반세기 전에 그들과 함께 롱펠로의 시를 외우며 밤늦도록 이상의 불길을 태우던 일이 하나의 아름다운 추억으로 남아있다. 그리고 그들이 그 이상을 마음에 간직하고 아름답게 자라나서 각자 서 있는 그 자리에서 나름대로 최선을 다하며 살아가는 모습이 너무도 대견하고 감사했다. 나중에 안 일이지만 롱펠로의 이 시는 미국의 어느 고등학교 교사가 자기 반 학생들에게 소개한 바 있는데 20년이 지난 후에 그 제자들이 모였을 때 그 선생님께 자기들의 삶의 기본자세를 그 시를 통해서 가르쳐 주신 것을 진심으로 감사했다는 이야기를 전해 들었다.

귀한 창립 50주년 행사에 초대해 주어서 뜻 깊은 날들을 함께 보낼 수 있었던 것은 오래도록 간직할 또 하나의 좋은 추억으로 나의 마음속에 늘 남아 있을 것이다. 우리에게 '상록'을 주시고 상록의 정신으로 이상을 불태우며 오늘날까지 살게 하신 우리 하나님께 진심으로의 감사를 드린다.

2세 교육의 문제점

미국에 사는 부모들에게 있어서 올바른 자녀 교육은 큰 관심사가 아닐 수 없다. 한국에서 태어나서 왔거나 미국에서 태어났거나 간에 이곳에서 자라나는 2세들은 한국에서 자라나는 아이들보다도 생활환경과 조건이 훨씬 복잡하다. 즉 그들은 이중적인 환경에서 자란다고 볼 수 있다. 학교에 가면 의사소통이 자유스럽고 미국적인 사고방식에 잘 적응하고 자기 자신이 남과 다른 것이 없다고 생각한다. 그러나 아무래도 소수이기에 다수인 백인(혹은 흑인) 친구들의 특별한 관심거리가 되는 경우가 많다. 그때 그들은 자기들이 미국인이면서도 '한국인'임을 인식하게 된다. 학교에서 가정에 돌아오면 의사소통이 부자유스러울 뿐 아니라 아직도 한국적인 사고방식에 젖어 있는 부모와 함께 생활을 해야 하며 때로는 화제의 빈곤을 느끼며 대화를 삼간다. 그래서 친구들과 전화로 오래도록 이야기하고 형제들끼리 서로 공통 관심사인 운동 경기의 결과나 선수들의 동향 등을 열을 올리며 토론하고 텔레비전을 자주 보게 된다. 따라서 자칫하면 가정은 하나의 하숙집으로 변해 버린다. 즉 어머니가 지어 주시는 밥 먹고, 사 주시는 옷 입고 (때로는 특별한 상표의 것을 강요하면서) 집을 나설 때 겨우 인사나 하고 학교에 다니는 것이다. 물론 그들이 부모님의 따뜻한 사랑을 모르는 것은 아니다. 특히 한국인 부모님들의 각별한 사랑을 그들도 느끼며 산다. 그러나 다만 자기들이 필요한 것을 장만하는데 소용되는 대화만을 주고받다보니 부모들은 사녀가 생삭하고 있는 바를 알 길이 없다. 물론 자녀와 함께 자주 여행을 즐긴다든지 같이 운동을 한다든지 하는 가운데 퍽 친근하게 지내는 가정도 있다. 그러나 많은 가정은 부모들이 밤낮을 가리지 않고 뛰어야 하는 실정에 놓여 있다. 이러한 경우 어떻게 하면 대화를 증진시킬 수 있을지가 큰 문제점으로 대두한다.

무엇보다도 중요한 것은 부모들이 얼마나 자녀의 삶에 관심이 있는가를 표현하는 것이다. 부모 쪽에서 먼저 대화를 시작하는 수밖에 없다. 학교에서 있던 일, 친구에 관한 이야기, 교회에서 지낸 이야기 등등, 부모님들이 열심히 화제를 생각해내어서 좀 부자연스러울 만큼 적극적으로 관심을 표시하는 길이 있다. 자녀가 귀찮아하고 또 시원한 대답을 안 해도 화를 내지 말고, 낙심하지 말고 꾸준히 노력할 필요가 있다.

집에 들어오고 나갈 때 반드시 부모님께 인사하는 (영어로라도) 버릇을 키워 주는 것이 또한 필요하다. 집이 자기들 삶의 본거지이고 자기들을 알뜰히 사랑해 주시는 부모님들이 있고 형제들이 있는 곳이니 집을 나갈 때나 들어올 때 집안 식구들에게 알리는 것이 마땅하다는 이치를 깨우쳐 주는 것이 중요하다. 나갈 때는 "Bye, mom", "Bye, dad" 들어올 때는 "Hi, mom", "Hi, dad"로 충분하다. 10대가 되면 외출이 잦을 수도 있지만 어디에, 언제 가서, 언제 돌아올 예정인가를 미리 알리고 좀 늦게 돌아올 때는 반드시 전화로 알리도록 습관을 들여야 한다. 부모들도 마찬가지이다. 외출 중에라도 아이들이 돌아올 시간에는 전화로 확인하는 것이 필요하다. 결국 이처럼 온 가족이 서로 알뜰한 관심을 두는 가운데 사람마다 가정의 일원이라는 생각이 철저해지며 아이들은 보금자리를 가지고 있다는 안정감 속에서 자라날 수 있고, 서로 신뢰하는 기본 자세가 확립되어 있을 때 대화는 가능한 것이다.

적당한 시간을 내어서 아버지와 자녀, 어머니와 자녀 간의 대화를 시작해야 한다. 무엇보다도 중요한 것은 서로 처해 있는 입장과 환경에 대한 이해와 사랑이다. 부모는 자식들이 이따금 보이는 반

항적인 태도가 반드시 부모를 사랑하지 않아서가 아니라 자기들이 속해 있는 미국 사회의 주류를 따라가다 보니 그 영향을 받아서 부모님의 말씀이나 행동이 자기들의 생각하는 것과 다른 데서 오는 갈등의 표현이라고 이해하고 조용히 타일러 줄 수밖에 없다. 자식들에게 부모들이 생각하는 것이나 행동하는 것이 하루아침에 생긴 것이 아니고 한국이 가진 고유문화 속에서 뼈가 굵었으니 그걸 버릴 수가 없으며 또 그것이 주위의 지배적인 문화(미국 문화)가 가진 규범에서 벗어난다고 해서 결코 열등한 것이 아니라는 점을 강조하고 이해를 구해야 한다.

따라서 서로 대화와 이해를 통해서 부모들은 자녀가 새로운 문화에 적응하는 것을 외면하지 않도록 하는 동시에 우리 고유문화의 장점들을 살려서 자녀가 자기도 한국계 미국인(KoreanAmerican)의 테두리에서 벗어날 수 없다는 점을 인식하고 한국 문화와 전통과 예절을 갖추는 것이 마땅하다는 것을 서서히 이해시키도록 노력해야 한다. 어른들을 보면 공손히 인사를 드려야 하는 것이나 집에 손님이 오시면 나와서 인사를 드려야 하는 것 등이 한 예가 되겠다.

부모들이 유의해야 할 중요한 점 중의 하나는 한글과 한국말을 가르치는 일이다. 아이들이 어릴 때는 두 가지 말을 함께 배울 수 있다는 통계가 나와 있고 유럽의 스위스 같은 나라는 불어, 독일어, 이탈리아어 세 가지 언어를 공용어로 쓰기에 아이들이 어릴 때 이 말들을 한꺼번에 배운다고 한다. 우리 아이들이 어렸을 때는 한국 학교가 없어서 그 당시 교회에서 유학생으로 온 학생들이 가르치는 한글반에 보내어 한글을 깨우치게 하고 한국말은 집에서 자연스럽게 씀으로써 쉬운 대화를 할 수 있도록 했다. 후일에 대학에 간 후에 1년씩 한국 연세대학교의 어학당에 유학을 보냈더니 어릴 때 배운 한글과 평소에 집에서 쓰던 한국말이 도움되어 더욱더 즐거운 유학 생활을 했다는 얘기들을 했다. 대학이나 대학원을 졸업하고 미국의 주류 사회에 진출하는 과정에서도 한국말을 할 수 있고 한글을 해독할 수 있는 것이 여러모로 이득이 된다는 이야기를 요즘 듣고 있다. 왜냐하면 아이덴티티(identity) 문제가 나왔을 때 자기의 뿌리에 대한 관심이나 이해가 많을수록 상대방의 관심을 끌 수 있기 때문이다. 부모들은 아이들이 자신의 뿌리에 대한 관심을 소홀히 하지 않도록 틈나는 대로 깨우쳐 주고 어릴 때부터 한국 학교에 다니도록 해 주는 것이 바람직하다.

한국인 부모들의 가장 큰 관심사의 하나는 2세들의 진학 문제일 것이다. 고등학교 상급반이 되면 대학 입학 자격고사(SAT)의 성적, 학교에서의 과외 활동들, 기타 여러 조건으로 자녀가 갈 수 있는 대학의 이름들이 나오고, 선택의 자유가 생기고, 관심 있는 대학에 미리 한번 가 보고 올 기회도 있다. 여기에서 중요한 것은 여러 가지 상황을 고려해서 형편에 맞는 대학에 가서 열심히 공부하고 싶은 의욕을 길러주는 것이다. 우리가 소수 민족(minority)에 속하기 때문에 미국 사회에서 그것이 하나의 불리한 조건으로 작용할 수 있다. 따라서 가능하면 명문대학에 가서 알찬 교육을 받는 것이 본인의 장래를 위해서 유리할 수도 있다. 그러나 그보다 더 중요한 것은 자기 자신의 삶의 목적이 뚜렷해서 어느 대학에 가서 무엇을 전공하든지 자기 삶에서 보람을 느낄 수 있도록 자녀를 인도하는 것이다.

신앙에 바탕을 둔 삶은 이러한 목적 의식을 부여한다. 따라서 신앙생활은 이민 생활의 가장 중요한 부분을 차지한다. 교회 생활을 열심히 하는 가운데 철저한 신앙에 입각한 삶의 목표와 방향이 뚜렷한 교회 학교의 교사들을 통해서, 2세들이 건전하게 자라나며 신앙을 통해서 어떤 어려움이라도 이길 힘을 기르는 것을 본다. 물론 교회 학교에 자녀를 전적으로 맡길 수는 없다. 가정에서도 알뜰히 보살펴야 한다. 부모들이 열심히 신앙 생활을 하며 삶에 대해서 적극적이고 건전한 태도를 보일 때 자녀 역시 신앙 안에서 목적의식을 가지고 열심히 노력하며 사는 것을 배우기 때문이다.

아이들이 성장하면서 여러 가지 의문이나 회의를 느낄 때도 있다. 그럴 때에도 부모들은 조급히 서두르지 말고 목사님이나 유능한 교회 학교 교사들과 상의해서 시간적인 여유를 두고 선도하도록 힘써야 한다. 인생에 대한 기본적인 태도가 확립되었을 때에는 대학이나 전공이 큰 문제가 되지 않는다. 미국은 나라가 크고 아직도 여유가 있어서 어느 대학을 나오거나 열심히 공부하고 성품이 좋으면 직장을 구할 수 있고, 전공 역시 다양하다. 물론 부모들이 조심스럽게 바라는 바를 이야기할 수 있지만 어디까지나 자녀의 의사를 존중하는 태도를 보이는 것이 바람직하다. 따지고 보면 그들의 인생이고, 또 그들이 좋아하는 전공이라야 보람을 느끼고 오래도록 복될 수 있지 않을까 싶다.

부모들은 자녀가 건전한 성인으로 성장하는 것을 돕기 위해서 힘이 되어주는 사람들이다. 따라서 부모들은 자녀가 자라나는 동안의 여러 시기에 가능한 한 여러 기회를 제공해 주며 끊임없는 대화를 통해서 서로 생각과 입장을 이해하는데 최선을 다해야 한다. 어릴 때부터 기른 대화의 습관을 통해서 부모와 자녀가 합의를 해서 — 때로는 의견의 차이가 있더라도 — 중요한 일들을 결정해 갈 때 거기에는 기쁨과 즐거움이 있을 수 있다.

아침에 일어나서 부모님을 보면 반드시 "Good morning."하도록 가르쳤더니 습관이 되어 버렸다. "안녕히 주무셨습니까?"는 안 해도 "Good morning, 아빠", "Good morning, 엄마" 하고 자기 방에서 눈을 비비며 나오는 아이들에게서 복합 문화 속에서 자라야 하는 2세들의 모습을 보고 등을 두드려 주게 된다. 새 하늘과 새 땅에 온 우리 부모들은 그들을 올바르게 키워야 할 중대한 책임이 있다. 이건 결코 쉬운 일이 아니다. 결국 무슨 일이나 마찬가지로 각자가 처해 있는 상황에서 창의성을 가지고 부지런히, 열심히, 지혜롭게 연구하면서 자녀 교육에 힘쓰는 길밖에 없을 것 같다.

어느 한국 지성인과의 대화

일본과 한국의 학회에 참석하느라고 바쁘게 여행하는 동안 비행기 속에서 옆자리에 앉은 한 지성인을 만나 자연스럽게 대화를 나누었다. 잠시 한국을 방문한 사람이 한국에 사는 지성인에게 던진 첫 질문은 도대체 한국이 갖고 있는 가장 큰 문제점은 어디에 있느냐였다. 그는 조용히 그러나 폭넓게 대답해 주었다. 한마디로 말하면 두 얼굴을 가진 사람으로 살아가야 하는 고민이라고 했다. 정직하게 살라고 자식들에게 타이르면서도 자신은 탈세 궁리를 하고, 검소하게 살아야 한다고 하면서 어머니는 값비싼 옷들을 척척 사들이며, 사회 정의를 부르짖으면서도 부정을 예사로 여기는 이중성,

위선 그리고 이율배반성 문제라고 했다. 정치인들의 도덕성 문제가 심각하다고도 했다. 청빈한 정치인이 많이 나와서 정치 풍토를 근본적으로 바꾸어 가야 국민이 신뢰할 수 있는 정치가 되고 순리대로 일이 풀려 갈 수 있으리라고 했다. 거기서 언론도 예외일 수는 없다고 덧붙였다. 그는 참신한 젊은 정치가들에게 기대를 걸어본다고 했다.

나는 한국의 젊은이들이 좀 더 이상을 가지고 살고 세계인으로 뻗어 갈 소양을 갖추어야 하지 않겠느냐고 했다. 요즘 젊은이들이 너무나 이기적이고 자신만 알 뿐 아니라 남과 함께 더불어 사는 마음가짐을 갖지 않고 있지 않느냐는 질문에 그는 전적으로 동의한다고 했다. 그러나 그 원인이 지금의 기성세대에 있고 좋은 본보기를 보여주지 못한 기성세대에 책임이 있다고 그는 강조했다. 나도 거기에 동의했지만 현행 교육 제도 특히 사회 교육이나 인성 교육이 부족하여 젊은이들이 삶의 의미를 추구하거나 인생의 참된 목표 설정에 등한한 것 같다고 하고 외국의 문물, 특히 향락 문화가 너무 거세게 침투해 있지 않으냐고 하니 그는 이 점에도 동의했다. 교육 개혁이 절실히 필요하고 이 분야에서도 지도자의 부족을 통감한다고 했다.

마지막으로 나는 그래도 한국과 한국인에 대해서 희망을 품는다고 했다. 그는 동감이라고 하며 시간이 걸리더라도 목표를 분명히 하고 계속 노력하면 이룰 수 있다고 했다. 그는 나쁜 습관이 고쳐진 예를 하나 들려주었다. 10년 전에만 해도 등산이나 소풍을 가면 으레 불고기를 챙겨가서 계곡에서 구워 먹어 환경의 훼손이 굉장했는데 계속적인 계몽으로 이제는 그것이 근절되었다고 했다. 그러니까 그것이 바뀌기까지 10년이 걸린 셈이다.

뚜렷한 목표를 가진 세계인(cosmopolitan)의 품성을 가진 젊은이를 키우는 것이 시급한 일이라는 것에도 우리는 동의했다. 동서양의 문화에 충분히 노출되고 그 문화의 장점들을 소화하고 자기 나름대로의 뚜렷한 인생관과 세계관을 가진 건실한 인간, 어떤 위기를 당해도 믿음을 가지고 슬기롭게 그것을 극복해 나갈 수 있는 자질을 갖춘 그러한 젊은이들을 많이 배출해내는 것이 시급하다는 점에도 동의했다. 그리고 그들이 앞장서서 사회의 모든 분야의 개혁에 나서야 시간이 걸리더라도 일이 제대로 풀려 가리라는 희망을 품을 수 있는 것이 아닌가 하는 점에서도 우리는 동의했다. 우연히 만난 이 지성인과의 짧은 대화는 많은 것을 배우게 했고 우리나라에서 희망을 품을 수 있는 근거가 어디 있는가를 파헤쳐본 좋은 시간이었다.

한국에 머무는 동안 이곳 대학에서 오래 계시다가 은퇴하시고 우리 교회의 교인이신 S 교수님과 연락이 되었다. 은퇴하신 후 한국에 돌아가 대전에 있는 대덕대학 이사장을 맡고 계시는데, 한국에 온 김에 그 대학을 한 번 보고 가라고 하시어 인사도 드릴 겸 들르기로 했다. 마침 인성 교육 강좌를 최근에 시작했으니 학생들에게 몇 마디 이야기를 해 주었으면 하셨다. 나는 문득 비행기에서 나눈 한 지성인과의 대화가 생각났다. 그 대화의 내용을 골자로 해서 '내가 되고 싶은 멋있는 인간'이라는 제목으로 이야기했다. 유럽과 미국에서 사는 교민들의 삶, 역경을 헤치고 성공한 입양인 신호범 박사, 열심히 공부하여 이름을 내고 있는 2세들의 활약상, 21세기에는 생명 경외의 사상이 널리 퍼져 사람답게 살 수 있는 삶의 환경을 만들어 가야겠고 좋은 대화를 나눌 줄 아는 멋있는 지성인으로 뻗어가야 되지 않겠느냐고 결론을 맺었을 때 300명이나 되는 젊은이들의 눈이 반짝이는 것을 볼 수 있었다.

대덕대학은 언덕 위에 자리 잡고 있어 전망이 좋았고 새로 지은 건물들 사이에 코스모스가 만발해 있는 것이 인상적이었다. S 교수님을 보필하는 몇 분 교수님들의 안내로 대학의 연구실을 견학하고 대화를 나누었다. 한국의 젊은이들을 올바르게 인도하는 일이 나라의 장래를 위해 얼마나 중요한 일인지를 다시 한 번 다짐했다. 그들이 올바른 교육을 받아 세계인으로 뻗어가기 위한 여러가지 여건을 갖추어 주고 새로운 방향 설정을 위한 끊임없는 대화가 늘 있어야겠고 이 일을 위하여 더욱 창조적인 생각들을 모아야 하지 않겠냐는데 의견의 일치를 보았다. 비록 이역만리에 살아도 우리는 한국인이고 조국이 건전한 발판 위에서 발전해 갈 때 우리 마음이 든든해짐은 누구나가 체험하는 일이다. 한국의 젊은이들이 올바른 자세로 훌륭하게 뻗어나가기를 바라는 마음이 간절하다.

한국도 선진국이 될 수 있는데

우리나라를 방문할 때마다 생활수준이 향상되고 외관상으로는 세계의 다른 선진국에 비해서 손색이 없다는 생각을 자주 한다. 큰 도시들의 중심에 솟아있는 고층 건물들, 깨끗한 지하철, 초고속 전철 등등, 선진국이 가진 것들을 모두 지니고 있다. 오래전에 고국을 떠나 유학 생활을 시작했고 그 후에도 비교적 자주 한국을 방문했기에 시대에 따라서 변화되어 가는 모습을 목격하고 한국인의 진취성, 근면성, 그리고 강력한 추진력 등이 자랑스럽다. 그러나 우리는 선진국의 문턱에 서 있을 뿐 아직 선진국 대열에는 끼지 못하고 있다는 걸 느낄 때도 있다. 그것은 외관상의 문제가 아니라 의식 구조의 문제라고 생각한다.

나는 비엔나에 있는 국제 원자력 기구 장학생으로 유럽으로 유학의 길을 떠났고 이탈리아와 독일에서 4년간 공부했고 이곳 미네소타의 대학에 봉직하면서 북유럽, 스웨덴에서 안식년을 보낼 기회도 얻었었다. 유럽은 땅이 좁아서 인근 국가를 방문할 기회가 자주 있었다. 영국, 프랑스, 그리고 그곳으로 가는 길목에 있는 네덜란드 등이다.

유럽에 있는 선진국들을 비교해 보기 전에 유럽인들의 특성을 살펴보면 다음과 같은 공통점을 찾아볼 수 있다. 그들은 르네상스 문예 부흥 운동을 통해서 인간 개인의 자유를 찾았고 지식을 사랑하고 창조적 사고를 고앙(高仰)시켰으며 비판 정신을 장려했고 인간성을 존중하였다. 여기에 기초해서 민주주의가 탄생했다고 볼 수 있겠다. 과학, 기계 문명의 기초가 유럽에서 시작된 것은 잘 알려졌고, 철학과 신학 등의 학문적 체계가 유럽에서 확립되었고 거기서 오는 인간성에 대한 깊은 이해와 성찰이 이루어져 삶을 깊이 있게 다루는 것을 강조하게 되었다. 그들은 과학만으로는 생명의 신비나 인간성의 복잡성을 해명할 수 없다는 것을 깨닫고 종교 특히 기독교 신앙을 중심으로 유럽 문화를 형성하게 되었다.

내가 잠시 강좌 하나를 들은 영국의 캠브리지 대학만 보아도 구석구석이 역사와 전통으로 가득 차 있다. 학생이 기숙하는 칼리지(college)에는 뉴턴, 테니슨, 바이런, 베이컨, 볼드윈 등의 이름이 각각 붙여져 있고, 그곳 출신의 유명한 선배 대가들의 흉상이 세워져 있어서 학생들이 드나들 때마다 뿌듯한 자부심을 가지고 매일의 학업에 열중한다. 영국인은 사물이나 인간 문제를 세밀히 관찰하고 깊이 생각한 후에 결론을 내리는 습관을 가지고 있다. 영국의 정치 사회도 부정이 있지만 그것을 해결할 근본적인 방법을 잘 고안한 후 그것을 폭로하지, 별 대책도 해결책도 없이 폭로만을 일삼지는 않는다.

영국인은 또한 협동 정신이 강한 국민이다. 영국은 소년들의 협동정신을 함양시키는 보이스카우트의 발상지이며, YMCA도 영국에서 처음 시작되었다.

다음에는 프랑스로 넘어가자. 프랑스에는 여행으로 몇 번 갔고 2001년에 학회에 참석한 적이 있다. 깊이 프랑스인과 사귈 틈은 없었지만 대체로 그들은 머리가 비상하고 사물에 대한 이해가 넓고 깊으며 개인주의가 발달하여 각자가 나름대로 뚜렷한 주장을 하고 있다고 하는 것을 읽은 적이 있다. 파리의 거리에는 조각들이 많고 예술의 도시라는 인상이 든다. 프랑스인이 특히 개인의 천재성을 숭상하여 예술가들이 크게 대접받고 사는 것은 잘 알려진 사실이다.

나는 몇 해 동안 독일에서 공부하는 동안 독일인과 접촉할 기회를 많이 얻었다. 무엇보다도 눈에 뜨인 것은 그들의 예의 바른 태도이다. 한 가정을 방문할 때 꽃을 사 가지고 가는 것이 습관인데 현관에 들어서면 온가족이 한 줄로 서서 일일이 악수하고 주인 내외가 아이들 이름을 부르면서 소개한다. 그 가정을 방문한 손님을 온 가족이 진심으로 환영한다는 뜻이다. 다음으로는 위계질서가 뚜렷해서 사회 각 계층에서 서로 존중하는 풍습이 두드러진다. 이 일이 자연스럽게 이루어지기 때문에 서로의 마음이 편하다. 한국의 젊은이들이 최근에 와서 어른이나 선생, 또는 상사를 우습게 여긴다는 이야기를 들을 때마다 독일 생각이 난다. 그러한 젊은이들은 가정 교육에 문제가 있는 것 같다. 이곳 대학에 유학 오는 젊은 사람들을 보아도 가정 교육이 얼마나 큰 영향을 미치는가를 짐작할 수 있다.

지난 30여 년을 산 미국도 선진국에 속한다. 그러나 미국이 선진국의 대표라고 생각하고 싶지는 않다. 아마도 유럽 선진국을 먼저 접하게 된 필자의 선입견이 작용하는지 모르겠다. 그러나 200년밖에 되지 않는 역사를 가진 미국 문화의 근원은 역시 유럽에 있는 것이 사실이다. 미국 사회의 장점은 자유와 평등을 실현하려고 애쓰는 풍토라고 볼 수 있다. 세계 각국에서 온 수많은 이민자가 나름대로 조화를 이루며 살아가는 모습에서 우리는 많은 것을 배운다. 노예로 데려온 흑인들을 인간답게 대접하고자 하는 꾸준한 노력, 마틴 루터 킹 목사 같은 위대한 흑인 인권 운동가의 강력한 시위 등이 열매를 맺었고 흑백 문제의 해결을 둘러싸고 세계 각국에서 온 이민자들에 대한 대접도 서서히 개선됐다고 해도 과언이 아니다. 조그마한 나라인 한국에서 아직도 지역 감정이 팽배한다는 사실, 그리고 외국에서 온 노동자들에 대한 가혹한 차별 대우 등을 들을 때마다 마음이 아프다.

안식년으로 머무른 스웨덴은 사회 복지 국가이다. 특히 노인 복지 제도는 세계에서 이름나 있다. 장수하는 사람이 많아서 시내버

스를 타면 과반수가 70이 넘어 보이는 노인들로 차 있다. 국가가 최대한의 예산을 활용하여 노인복지 문제를 다루고 있다고 했다. 노인 문제는 우리 모두의 문제이다. 우리 중에 아무도 늙음을 외면할 수 없기 때문이다. 노인 문제에 대한 전 국민의 관심과 정부의 적절한 대책이 절실히 요구되며 이 또한 선진국이 되는 커다란 조건의 하나가 될 수 있다고 생각한다.

한국이 선진국 대열에 끼는 것은 시간문제고 이 시점까지 온 것도 최근의 일이고 자랑할 만하다. 그러나 우리는 이제 겨우 선진국 대열에서 걸음마를 시작한 유년기에 처해있다고 생각하는 겸손한 자리로 물러서 보자. 그렇다면 우리는 이미 성인이 된 선진국에서 아직도 배울 것이 많은 것을 깨닫게 된다. 그리고 아직 어리기 때문에 부담 없이 많은 것을 배울 수 있는 것이 아닐까. 비록 늦게 개화를 시작해서 빠른 시일에 선진 대열에 다가섰지만 창조적인 노력을 기울여 기존의 선진국에서 좋은 점만을 부지런히 배운다면 우리는 세계 어느 선진국에 뒤지지 않는 일등 선진국이 될 수 있을지 모르겠다. 선진국은 눈에 보이는 외관적인 성취로 판가름나는 게 아니다. 그 사회의 구성원이 깊이 생각하고 열심히 자기완성을 위하여 노력하며 사회의 제반 제도 개선을 서둘러서 성숙한 선진 사회 건설을 위하여 최선을 다할 때 비로소 모든 국민이 인간답게 잘 살 수 있는 선진국의 대열에 낭낭히 농참할 수 있다고 생각한다.

국가 경쟁력 강화의 비결

몇 해 전 재직하고 있는 미국 미네소타 대학에서 안식년을 얻어 잠시 고국에서 봉사할 기회를 얻었다. 그때 세계의 유수한 기초 과학 연구소들을 둘러보았는데 이스라엘의 와이즈만 연구소를 방문했을 때가 인상적이었다. 그곳 연구소 부소장의 배려로 생명 과학 분야 연구실을 하나하나 둘러보았는데 방문한 연구실마다 연구실장들이 최근에 나온 논문들을 중심으로 연구 성과를 간략하게 정리해 주었다. 나는 연구실장들 중 해외에서 활약 중인 학자들이 많은 것에 놀랐다. 그들의 설명에 의하면 이스라엘 정부는 전 세계에 산재해 있는 유태계 우수 학자들을 초대해서 초빙교수로, 때로는 책임 있는 자리인 실장으로까지 임명해서 조국을 위해 봉사하고 싶은 그들의 마음을 구체화 할 기회를 제공해 주고 있다는 것이다. 이러한 제도의 장점은 쉽게 드러난다. 그들이 와서 머무는 동안 각자가 연구하는 분야의 실험 일부를 와이즈만 연구소에서 하고 그곳 전임 교수들과 공동 연구 체제를 확립, 공저로 논문을 발표하는 등 자기 전공 분야의 연구 활동을 이스라엘에 이식하는 효과를 낳는다는 것이다. 또한 초빙교수들 대부분은 충분한 연구 자금을 가지고 있기 때문에 고국인 이스라엘의 우수한 대학원생을 해외에 있는 자기 연구실로 초빙하여 새로운 이론과 기술을 가르칠 수 있고, 이들이 다시 고국에 돌아와서 그 분야의 발전에 이바지하는 터전을 마련한다는 것이다.

내가 한국과학기술연구원(KIST)의 의과학 연구센터 소장으로 재임할 때 미국 국립보건연구원(NIH)원장이며 노벨상 수상자인 바무스 박사를 한국 국립보건원에서 초청하여 '생명과학 진흥에 관한 심포지엄'을 개최했고, 거기서 '해외 교포 과학 기술자의 현황'이라는 제목의 강의를 한 바 있다. 그 당시의 통계로는 해외에 거주하며 연구 활동에 종사하는 한인 자연 과학자 수가 12,500명에 달하고 그 중 미국과 캐나다에만 8,250명이 있음이 드러났다(1996년 통계).

국가 경쟁력 강화를 위해서 해외에 산재해 있는 유태계 학자를 선용하는 와이즈만 연구소의 과감한 처사는 본받을만한 일이라는 생각이 든다. 우리나라는 과학 재단이나 다른 기관을 통해서 해외 과학자를 초청하는 프로그램이 현재까지 진행되고 있기는 하다. 그러나 그들이 한국에 와서 머무르는 짧은 기간에 이곳의 대학 및 연구소 팀이나 새로운 기술을 요구하는 중소기업과의 효율적인 협동 연구나 사업 체제가 이루어지기는 실제로 매우 힘들며 따라서 다분히 형식적인 교류에 그치고 있다. 국가 경쟁력 강화란 우리가 바란다고 해서 시간만 흐르면 저절로 이루어지는 것이 아니다. 이 일을 위해서는 골똘히 생각하며 연구하는 창의적인 과학자들이 있어야 하고, 이들이 바람직한 정책 수립에 적극적으로 참여할 수 있는 기구가 확립되어야 하며, 또 정부는 그들의 조언이나 건의를 효율적으로 받아들일 수 있는 자세와 체제를 갖추어야 한다. 이때 한 가지 문제가 되는 것은 초청한 자나 초청받은 자의 마음가짐이다. 먼저 초청한 자는 교포 학자들에게 공동 연구를 진행할 수 있는 분위기와 구체적인 여건을 갖추어 주어 공동의 목표 달성을 위해 진정한 참여자로서 최선을 다할 수 있도록 하는 배려가 필요하다. 다음으로, 초청받은 자들은 손님으로 대접받겠다는 생각보다는 어떻게 하면 조국의 학자들과 함께 업적을 남길 수 있을까 하는 생각에 투철하여 희생을 각오하며 맡은바 일에 헌신할 수 있어야 한다.

이와 같은 협동 연구 체제가 확립될 때 우리나라의 과학 연구 발전을 이룩하는 터전이 마련될 수 있다고 확신한다. 나는 KIST 재직 시 미국의 저명한 교포 과학자 김성호 박사로 하여금 한국에서 공동연구를 수행할 연구팀을 구성하게 하고 연구 수행에 필요한 자금과 연구 시설을 제공하는 일에 참여했다. 그 당시 김시중 과기처 장관과 김은영 KIST 원장의 적극적인 지원이 이 일을 가능케 했다. 최근 그 팀이 우수한 논문을 유수한 국제 학술지에 계속 발표하고 있는 것을 듣고 흐뭇했으며 다시 한번 전기(前記)한 와이즈만 연구소 생각이 났다. 비전을 갖고 창의적으로 대응하는 지도자야말로 우리 과학 국가 경쟁력 향상을 이루는 절대적인 요소임은 말할 나위도 없다. 이번 첨단 과학 기술 발전을 주제로 다룬 제1회 한림 국제 심포지엄에서도 그 좋은 예를 볼 수 있었다. 네브라스카 대학의 송필순 교수가 빛이 식물 성장에 미치는 과정을 규명하는 연구 중 일부 연구 과제를 광주 과학기술원과 협동으로 연구하여 그 결과를 뛰어난 논문만을 싣는 『네이처(Nature)』지에 발표했다는 이야기를 듣고 다시금 이스라엘 생각이 났다. 최근 가천의과대학에 MRI 연구의 선구자인 조장희 교수를 영입해서 뇌과학연구소를 신설하여 이 방면의 첨단적인 연구에 박차를 가하게 된 것도 이 나라의 의과학 발전에 크게 이바지 하리라는 기대를 한다.

나는 과학자와 예술가는 일맥상통하는 바가 있다고 생각한다. 이들은 무엇인가 새로운 것을 창조해 내겠다는 집념 하나로 한 분야에 자기에게 주어진 모든 재능을 헌신적으로 바치는 사람들이다.

우리는 몸과 마음이 피로할 때 잘 다듬어진 음악을 들으며 피로를 풀고 때로는 감격하기도 한다. '어떻게 저런 고운 선율이 작곡자의 영감을 흔들어 오선지에 옮겨졌을까?' 감탄하며 그들의 음악에의 헌신에 감사하는 마음에 사로잡힌다. 훌륭한 작곡가들 뒤에는 대부분은 좋은 후원자들이 있었다. 웅장하고 감미로운, 또는 눈물을 자아내는 선율은 번잡하고 걱정거리 많은 생활 속에서는 떠오르기 어렵다. 그들은 아무 걱정 없이 음악에만 몰두할 기회를 충분히 받았기에 작곡에 전념할 수 있었다.

우리 과학자들도 예술가처럼 대우를 받아야 한다. 과학자들이 정성을 기울여 자기들이 탐구하는 바를 성취할 수 있는 풍토를 마련해 주어야 한다. 이를 위해서 정부나 민간이 협력해야 한다. 국가 경쟁력은 그럴싸한 구호나 잠깐 있다가 없어질 공적에 대한 칭찬을 바라는 무리의 천박한 영웅심에 맡겨서는 안 된다. 청빈낙도를 즐기는 가난한 선비처럼, 또한 너무도 벅찬 감격을 안겨주는 선율을 놓칠세라 기도하는 마음으로 오선지에 옮기는 작곡가처럼, 고귀한 목적을 위해서 자기 몸과 마음을 던지는 순박하고도 헌신적인 과학자들에 의해서만 이 일은 이루어질 수 있다. 그러한 사람들이 아쉽다. 아니 그러한 사람들을 우리는 부지런히 키워가야 한다. 그러한 과학자들을 키우기 위해서 국내외의 연구자들이 적극적으로 협력해야만 한다. 이러한 효율적인 협력만이 국가 경쟁력 향상을 뒷받침해 줄 원동력이 되는 것임을 확신한다.

난청 연구재단 설립의 긴요성

두 손바닥으로 귀를 막고 한참 있어보면 듣지 못하는 사람의 갑갑함을 체험할 수 있다. 난청을 호소하는 환자의 수는 예상외로 많아서 인구의 약 5%는 정도의 차이는 있어도 여러 가지 형태로 청각의 장애를 겪는 것으로 보고되고 있다.

청각의 장애가 삶의 질에 미치는 영향은 엄청나다. 삶에서 가장 중요한 활동의 하나인 의사소통(Communication)에 지장이 생길 때 우리는 가까운 사람과의 대화가 불편해짐에 따라 고립되기 쉽고 걷잡을 수 없이 비참한 지경에 이른다.

난청의 원인을 알면 치료할 수 있는 예가 많고 청력을 증강하는 여러 방법이 고안되어 적시에 잘 치료하면 정상에 가까운 청력을 회복할 수 있다. 그러나 청각 장애의 원인이 잘 규명되지 않은 난청은 원인 규명과 치료 방법의 개선에 관한 연구의 여지가 많고 청각을 보조하는 장치(보청기, 인공와우 이식 등)도 더 정밀하게 개발할 필요가 있다는 것이 사실이다. 감음성 난청은 항생제의 과다 투여, 소음, 노화 등으로 인한 유모세포의 손상이 알려졌으므로 이 세포의 재생을 위한 줄기세포 투여의 연구가 최근 미국에서 활발하게 진행되고 있고, 미네소타대학의 연구팀도 이 연구에 참여하고 있다.

미국의 대표적인 난청연구재단은 워싱턴에 있는 DRF(Deafness Research Foundation)이다. 1958년에 10만 불의 기금으로 발족한 이 재단은 그간 난청 연구에 관한 1,700개의 과제를 지원하는데 2,000만 불을 투자했다. 주로 실력 있고 활동적인 젊은 과학자들의 창의적인 연구과제를 지원하는데 현재 미국서 활약 중인 유수한 청각 연구자로서 이 재단의 보조를 받지 않았던 사람은 드물다. 필자도 미국에서 연구 활동을 시작할 무렵 이 재단의 연구 지원을 받고 난청 연구의 기반을 다진 경험이 있다. 이 재단의 연구 지원금은 연간 15,000불에서 20,000불로서 그리 크지는 않지만 이 자금으로 새로운 연구의 기초적인 실험을 시작하여 그 결과를 바탕으로 미국 국립보건원(NIH: National Institute of Health)의 연구 자금을 신청하는데 그 액수는 연간 25만 불에 달한다. 이러한 연구 자금의 지원은 젊은 과학자들에게 장래의 도약을 위한 발판을 만들어 주며, 더 큰 연구를 할 수 있는 기틀을 만들어 준다.

한국에도 이러한 연구 재단은 꼭 필요하다고 생각된다. 왜냐하면, 한국에 있는 많은 난청 환자에게 희망을 주고 이 방면에 종사하는 젊은 의학자들에게 연구의 기틀을 잡는 기회를 주는 것이 긴요하기 때문이다. 이 연구 재단을 통해서 보청기나 인공와우 이식 같은 청각회복을 위한 시술을 받을 형편이 안 되는 사람들을 보조할 수 있는 기금도 마련될 수 있으면 좋겠다. 청각 장애는 시각 장애와 달리 눈에 띄지 않기 때문에 많은 사람이 불편을 무릅쓰고 그냥 지내는 것을 본다. 우리는 이러한 사람들에게 현대 의학이 제공할 수 있는 기술을 홍보하여 그들이 당하는 고통이나 불편에서 헤어날 수 있도록 최선을 다 함이 마땅하겠다.

미국을 비롯한 선진국은 사회 복지 시설이나 기금을 마련할 수 있는 제도가 잘 되어 있어서 자원봉사자가 많고, 기부금을 내면 그만큼 세금 혜택도 받게 된다. 돈을 많이 버는 사람이 많은 것을 사회에 환원하여 더불어 잘 살자는 풍토가 팽배해 있는 것이 사실이다. 그러나 이러한 연구 재단이나 기금은 반드시 경제적인 여유가 있는 사람에게만 의존하지 않는다. 예를 들면 필자가 봉직하고 있는 미네소타 대학에서도 난청 연구 기금이 라이언스 클럽을 통해서 마련되어 있는데 그 모금의 방법은 회원들의 땀과 수고가 얽힌 정성스러운 노력의 결과이다. 미네소타와 캐나다 남부에 250개 가량의 라이언스 클럽이 산재해 있는데 일 년에 한 클럽에서 1,000달러 정도를 모금한다. 그것도 회원들이 정성껏 만든 물건을 바자회를 통해서 기금을 조성하고 있다고 한다. 한 클럽이 1,000달러를 모아도 250개가 모이면 25만 달러가 되는데 이 것을 고스란히 난청 연구를 위한 기금으로 대학에 기부한다.

자신보다 덜 축복받은 사람들을 위한 알뜰한 배려, 청각을 잃은 사람들을 돕고자 하는 따뜻한 마음 그리고 자원봉사를 하는 데 삶의 보람을 느끼는 마음, 이러한 마음들을 합치는 운동이 우리 주위에서 활발히 일어나야 하겠다. 이러한 운동이 사방에서 일어날 때 우리도 진정한 의미에서 선진국 대열에 들어갈 수 있을 것이라는 생각이 든다.

우리나라에서도 난청 환자들을 돕고자 난청 연구를 진흥시키는 기금을 마련하기 위한 큰 움직임이 하루 속히 활발하게 진행되어 명실 공히 단단한 기반을 가진 난청 연구 재단이 설립되었으면 좋겠다는 간절한 바람이 있다.

생명을 존중하는 마음

생명이란 신비하고도 귀한 것이라는 생각을 자주 한다. 기초 의학 연구를 하다가 보면 생체 내의 여러 세포의 오묘한 구조, 그 세포 내의 여러 물질의 독특한 기능, 그리고 정상적인 작용을 위한 세포 간의 대화 등이 신비롭고도 오묘함에 놀랄 수밖에 없다. 이처럼 절묘한 생체의 기능에 차질이 생기면 병이 생기고 불편과 고통이 뒤따른다. 물론 생체 내에는 면역 기구를 포함한 방어 기전 역시 잘 발달하어 있어 사소한 기능 장애는 쉬 정상으로 돌아오게 된다. 이처럼 생명은 귀중한 것이고, 그 생명이 고통 속에 신음할 때 우리는 도움을 청하게 된다.

벌써 오래전 이야기다. 대학원에서 공부하고 있을 때 어느 날 갑자기 아랫배가 아프기 시작했다. 무언가 이상이 생긴 것이 틀림없었다. 인근 병원에 가서 진찰을 받고 혈액 검사를 받으니 백혈구 수가 크게 상승해 있으니 맹장염이 틀림없을 거라고 하며 빨리 수술을 서둘러야 한다고 했다. 때가 늦으면 복막염으로 퍼져 위험할 수도 있는 것을 알기에 수술을 받아야 했는데 막상 어디서 누구에게 수술을 받을까 걱정이 되었다.

늦은 오후에 복통이 시작했고 진단이 확증되었을 때는 날이 저물었다. 나는 문득 시내의 유명한 사립 병원에 근무하면서 내가 나가서 일하는 대학 실험실에서 박사 학위 공부를 하시던 J 선생님이 생각났다. 그는 젊은 후진들에게 친절하셨고 성격도 쾌활하고 결단력이 있는 분이어서 호감을 갖고 있었다. 당장 전화를 하니 마침 퇴근 직전인데 빨리 와서 입원하라고 하셨다. 나는 안도의 숨을 내쉬었다. '이제 내 생명을 맡길 사람을 찾았구나, 그리고 내 삶이 연장될 가능성을 갖게 되었구나!' 하는 감사의 기도가 뒤따랐다. 아내에게 입원 준비를 하게 해서 급히 그 병원으로 달렸다. 자신 있는 미소로 반겨주시고 걱정하지 말라고 등을 두드려주시던 그 선배님의 모습이 지금도 기억에 생생하며 감사와 존경의 마음을 금할 길 없다.

우리의 생명은 참으로 귀하다. 생명이 고통으로 신음할 때 고통을 면해주고 고통의 원인을 알아내어 치료해 줄 수 있는 의술이 있고 또 의술을 익히고 다루는 존재가 있다는 건 참으로 고마운 일이다.

미국의 의과 대학에 봉직하면서 미국의 의학 교육, 연구 활동 그리고 의사들의 동정을 자세히 볼 수 있는 기회를 갖고 있다. 아직도 미국에서 의과 대학 입학은 평균 10 : 1의 치열한 경쟁 속에서 이루어지는데, 학교 성적뿐만 아니라 대학 4년 동안의 과외 활동 특히 봉사 활동, 성격, 추천서 등 다양한 평가가 면접을 통해서 이루어져 최종 합격이 결정된다. 의대를 나온 후 수련 기간도 길다. 그리고 그 수련 기간 동안의 스트레스는 다른 어떤 전공보다도 심하다. 필자는 수련의의 기초의학 연구 수행의 책임을 맡고 있기에 그들의 밤낮이 없는 수련 기간 동안의 고됨을 잘 알고 있다. 수련의 과정이 끝나면 의사의 대우는 다른 직종보다 월등하다. 그 이유는 생명을 다루는 데서 오는 스트레스의 대가라고 하는 이도 있다. 물건을 다루는 직종은 하나가 부서지면 다른 것으로 대치하면 된다. 그러나 생명은 그렇지 않다. 단 하나밖에 없는 생명이요 한번 밖에 없는 인생이기에 결코 섣불리 다룰 수 없다.

정기 검진을 위해서 젊은 내과 의사를 소개받았다. 명랑하고 재치 있고 실력이 차 보이는 밴슨 박사는 내가 같은 의대에 있다고 해서 더 자상하고 친절하다. 나이가 좀 들었으니까 모든 것을 철저히 검사하고 자기 의견을 명쾌하게 설명해 준다. 우리 내외는 그를 좋아하고 존경한다. 왜냐하면 그는 우리의 생명을 다루기 때문이다. 우리의 생명이 귀중하기에 그 생명을 다루는 사람도 귀중하다. 그가 나이는 젊지만 내 생명을 다루기에 나는 그를 만날 때 손에 힘을 주어 악수한다. "나의 귀한 생명 잘 부탁해요."라고 속으로 중얼거리면 그는 알아들었다는 듯이 눈웃음을 짓는다.

생명과 삶은 우리에게 주어진 귀한 선물이다. 그러기에 생명 경외의 사상에 좀 더 투철했으면 좋겠다. 아프리카에서 평생 흑인을 위해서 봉사한 위대한 슈바이처 박사는 "선이란 생명을 유지하고 북돋아 주는 것이고, 악이란 생명을 파괴하고 저해하는 것"이라고 말했다. 또한 "내 생명이 귀중한 것처럼 남의 생명도 귀중한 것임을 인정하고 서로의 생명을 북돋아 주는 일에 힘써야 한다"고 했다. 우리는 서로의 생명을 아껴주며 이 땅 위에서 더불어 잘 살아야 한다. 이러한 생각이 사회에 퍼져서 이 세상이 좀 더 살기 좋은 곳으로 발전해 갔으면 하는 간절한 바람은 누구에게나 있는 것이 아닐까? 내 생명이 귀하고 또 앞으로 해야 할 일이 많이 남아있기에 나는 내 생명을 다루는 사람을 소중히 여기고 그를 신뢰하며 만날 때마다 손에 힘을 주어 악수한다. 그가 나를 잘 돌봐줌으로 나는 오늘도 고통이 없는 건강한 몸과 마음으로 이 넓은 세상을 뛰어다닐 수 있기 때문이다. 우리 사회에 서로를 소중히 여기고 고마워하는 풍조가 좀 더 넘쳤으면 좋겠다는 생각이 간절하다. 지하철에 노약자를 위한 자리가 마련되어 있고 그 자리가 찼을 때 젊은이들이 벌떡 일어나는 걸 보고 마음이 흐뭇했다. 얼마 전에 일본에 갔을 때 일본인 친구 교수 내외와 동경 교외의 친지 집에 초대를 받아 함께 지하철을 탔다. 우리 셋이 서 있는데도 아무도 일어나지 않았다. 한국 이야기를 잠깐 비추었더니 T 교수는 미안해하고 부끄럽다고 했다. 자기를 알뜰히 보살펴주는 자들에 대해서 예를 갖추어 감사의 뜻을 표하는 것은 당연한 도리이다. 이것을 소홀히 하면 그 사람이 아무리 지위가 높고 금전적으로 여유가 있어도 인간의 도리를 다하지 않는다는 점에서 경멸을 당해도 어쩔 수 없다. 옛날에는 그러한 기본적인 예의범절이 이 사회에 풍만했던 것을 기억한다.

개업의셨던 선친에게 치료받은 환자들이 완쾌되어 집으로 돌아갈 때 진심으로 존경하고 고마워하는 눈빛으로 허리를 굽히며 인사하던 장면이 눈에 선하다. 세상에 직종이 많지만 그중에서도 생명을 다루는 의료인들에게 우리는 신뢰와 존경으로 대하고 그들이 편안한 마음으로 환자들에게 온 정성을 기울일 수 있도록 여건을 만들어 주는 일이 시급한 과제이다. 그들이 불편한 마음으로 환자를 다해서 만에 하나 일이 잘못된다면 누구를 탓할 수 있겠으며, 또 이미 생명에 금이 갔으면 탓하는 게 무슨 소용이 있겠는가? 이러한 일은 미리 방지하고 최선의 진료가 이루어질 수 있도록 의사의 마음을 편안하게 해주어야겠다.

의료에 관련된 법이나 제도를 만드는 일에 신중에 신중을 기하여야 함이 마땅하다. 여러 선진국에서 되어 가는 일을 면밀히 검토하고 그 방면의 대가들(국내외)의 의견도 폭넓게 수용하고 참으로 멀리 내다보는 좋은 제도나 법이 제정되어야 한다. 이 세상의 누구도 건강에 자신이 있는 사람은 없다. 우리의 수명에 한계가 있는 것도 우리는 잘 안다. 좋은 제도가 만들어지면 그것을 통해서 우리가 모두 혜택을 받게 된다. 우리나라도 이제 고령화 사회에 진입했다. 노인 복지나 장애인 복지 등의 문제도 우리에게 어려운 과제로 등장했다. 이 모든 문제해결의 근원에 생명 경외의 사상을 적용시켜야 한다는 생각이 간절하다. 자기 생명을 소중히 여기는 동시에 남의 생명을 존중하고 무관심을 사랑으로 바꾸는 일에 우리가 모두 힘을 모아서 동참했으면 좋겠다.

웃음의 철학

유머(humor)라는 말의 희랍어 어원을 따져 보면 "촉촉한 마음"이라는 뜻이라고 한다. 촉촉한 마음은 메마르지 않는 따뜻한 마음을 말하는 것 같다. 강퍅한 마음을 가진 사람은 웃음이 많지 않다. 따뜻한 마음을 가진 사람은 자기도 웃고 이웃도 웃기기를 좋아한다. 멋진 유머로 한바탕 웃고 나면 마음이 후련하고 상쾌해지고 의욕이 생기고 사는 것이 즐거워진다. 웃음은 하나님이 인간에게 주신 큰 축복이요 특권이라는 생각을 해 본다.

독일 유학 시에 신문에 이따금 나오는 짧은 농담을 외워서 단어 실력을 늘리고 아침에 동료과 커피 마시는 시간에 무뚝뚝한 독일인들을 웃기는 것에 재미를 들였는데 아마도 이것이 내가 '농학(弄學)'

을 공부하기 시작한 첫걸음이었던 것 같다. 그 후 미국으로 와 보니 농을 하는 일이 일상생활에 자연스럽게 스며들어 있음을 알게 되었다. 그것은 미국 사회가 보이지 않는 스트레스로 가득 차 있어서 그것을 웃음으로 한바탕 떨쳐 버리지 않으면 삶을 이어가기가 어렵기 때문인지도 모르겠다. 아무튼 유럽과 미국을 비교해 보면 유럽 사람들은 대부분 긴 휴가를 즐기며 마치 긴 휴가를 즐기기 위해서 일한다는 인상까지도 준다. 휴가는 짧으면 한 달이요, 북유럽의 나라들(스웨덴, 노르웨이, 덴마크 등)은 주로 여름에 두 달이나 쉰다. 여름철이 되면 거의 모든 사람들이 일 년 동안 계획한 곳으로 휴가를 떠난다. 북유럽 사람들은 날씨가 좋은 따뜻한 남쪽으로 휴가를 떠나기에 이탈리아와 그리스의 섬이나 관광지는 휴가객으로 붐빈다. 가난한 유학생 신분으로는 그러한 여유가 없었지만 여름이 되면 도시가 한산해지고 생활의 속도가 느려지는 것을 느낄 수 있었다. 미국서도 휴가를 가기는 하지만 그 일수가 정해져 있어 길어야 두 주이고 모두가 자기 하는 일의 열심이다. 그러니까 평상시에 일하면서 스트레스를 풀면서 살아야 하는 것 같다.

대학 병원의 수술실에서 큰 수술을 시작하기 전에 집도하는 의사 중 한 사람이 새로운 농담을 듣고 와서 전해주어 마취가 되어서 잠자는 환자를 빼고는 의사와 간호사 모두가 크게 한바탕 웃음으로 긴장을 풀고 수술을 시작한다는 이야기를 자주 듣는다. 재미나는 농담을 듣고 또한 읽는 데서 오는 쾌감을 서서히 느끼기 시작한 것은 미국 와서 몇 해 지나서부터이다. 책방에 가면 '유머'에 관한 책들이 꽉 차 있다. 그러나 막상 읽어 보면 그리 흥미롭지 못하다. 그러나 우연히 눈에 띄는 이야기 한 두 가지를 거의 외우다시피 해서 집에 와서 아내에게 실습해 본다. 아내가 웃으면 다음 주일에 교회에 가서 친구에게 이야기해 본다. 그들도 웃으면 그 이야기는 나의 소중한 수첩(촉촉한 마음)에 기록된다. 이 일을 되풀이 한 지가 어느덧 30년이 넘었다. 사람들은 나를 '농학' 선생이라고 부른다. '농과 대학원'의 원장이라고 스스로를 부르기 시작했고 누구나 학생이 되고 싶으면 등록하라고 권유한다. 교회의 목사님까지도 학생으로 등록하셨다. 그 목사님은 나를 다른 교회 목사님께 소개하실 때 '사부님'이라고 하곤 해서 듣는 분이 놀라며 어리둥절해하신다. 나는 의기양양하게 신학을 가르치는 게 아니라 '농학'을 전수하고 있다고 해명한다. 등록한 학생들이 한 주간 지나면서 주위에서 듣거나 읽은 것을 대학원장에게 보고한다. 나는 적당한 평점(비교적 짠 편이지만)을 준다. 자기가 공부한 것을 발표할 때 먼저 웃는 사람의 학점은 C이다. J 장로님이 이 고장을 떠나 서부로 이주하셨을 때 그 먼저 웃는 버릇을 고쳐서 B 학점을 받게 되었다. 학생이 많음으로 그들을 통해서 가만히 앉아서 재미나는 교재를 모을 수 있고 그중에서 좋은 것을 골라서 다음 강의에 써먹는다.

'농학'이라는 말을 영어로 'Humorology' 혹은 'Jokology'라고 이름 지을 수 있다. 'ology'라는 말은 학문이라는 뜻이다. 따라서 '농학'도 학문에 속한다. 학문이기 때문에 끊임없이 탐구해야 한다. 즉 여러 가지 교재에서 좋은 것을 골라내어 자기 것으로 만들어야 한다. 그리고 그것을 발표해야 한다. 발표할 때의 요령은 '적소 적재'이다. 아무데서나 아무 농담이나 해서는 절대로 안 된다. 때와 장소를 가리고 그 분위기에 맞는 것을 골라야 한다. 이러한 기술을 체득하는 과정은 어느 학문에 못지않게 어려운 일이다. 최근에 나온 논문들을 보면 웃음은 만병통치의 능력이 있다고 보고하고 있다. 웃음으로 인해서 분비되는 호르몬이 신체에 여러 가지로 유익한 도움을 준다고 하고 기억력을 항진시키고 무엇보다도 창조적인 사고방식 발전에 도움이 된다고 한다. 그렇다면 이 학문에 입문하여 도를 닦는 것이 바람직한 일이 아니겠는가?

　나는 나의 우스갯소리로 나도 웃고 남이 듣고 즐거워하는 것에 행복을 느낀다. 웃음이야말로 몸과 마음의 건강에 도움이 된다고 확신한다. 그러기에 나는 '농학'이라는 학문에 계속해서 열중할 것이고 더 많은 문하생을 가지기를 원한다. 그러나 이 학문이야말로 선생과 학생의 경계가 분명치 않은 학문이다. 누구든지 진정으로 순수하게 웃을 수 있는 자료를 발굴한 사람이면 그는 선생이고 듣는 사람은 학생이다. 선생과 학생이 어울려 눈물이 나도록 웃고 얼싸안고 삶의 기쁨을 맛보고 감사하는 삶, 이것이 바로 '웃음의 철학'의 근본이다. 우리 모두 신명나게 웃고 웃음으로 우리 주위 사람들을 웃기고 삶의 어려움을 극복하는 힘을 불러일으키자. 그래서 우리가 모두 믿음 안에서 삶을 즐길 줄 알며 삶을 긍정적으로 받아들이고 우리의 인생을 아름답고도 풍요하게 이어가는 알찬 사람들이 되어 보자.

제7부

삶의 저녁노을

아직도 남아있다고 하는 날들
어느 노시인의 고백
멋있게 늙어가는 삶
걷기 운동
삶과 죽음, 그리고 영생
레이건 대통령의 하관식
준비하며 사는 삶
안 장로님을 생각하며
이 땅에서 영원으로
삶의 마지막을 아름답게

아직도 남아있다고 하는 날들

삶에서 아직도 남아있다고 하는 날들을 우리는 헤아릴 수 없다. 그러나 가야 하는 날이 오면 속절없이 떠나야 하는 것이 인생이다. 침대를 뚜껑을 연 관처럼 만들어 놓고 매일 매일 마지막 날인 것처럼 산 철학자가 있었다고 한다. 누구에게나 오늘이 마지막 날이 될 수 있다. 그러기에 삶의 마지막 날을 준비하고 사는 사람은 복 있는 사람이다.

나이에 상관없이 이 땅에서 주어진 삶을 섭리로 생각하고 믿음으로 조용히 받아들이고 맡은바 일에 최선을 다하다가 언제라도 부르심을 받을 때 갈 준비를 하고 살면 마음이 편안하다. 예순이 넘었으면서도 나는 아직 나이를 의식하지 않고 사는 편이다. 아직도 대학에서 할 일이 남아있고 제법 분주하게 지내고 있기 때문이다. 아침에 일찍 일어나서 성경과 성현들의 말씀을 읽고 잠시 기도하고 새날을 시작한다. 커피는 내가 끓인 것이 맛있다고 하는 아내의 말을 곧이듣고 그 일은 내가 맡았다. 아침 뉴스를 보면서 문득 "밤새 안녕하십니까?" 하는 우리의 전통적인 아침 인사가 일리가 있다는 생각이 들었다. 밤새에 여러 가지 일이 일어날 수 있고 누구에게나 뜻하지 아니한 일들이 졸지에 닥칠 수 있으니 우선 밤새 안녕해야 새날이 우리에게 주어지는 것이기에 이러한 인사가 생겨났는지 모르겠다.

나이를 먹어 가는 것을 인식하지 않고 그날그날을 열심히 살아간다 하더라도 어느 날 갑자기 그 이상 새날을 맞이할 수 없는 때가 닥치면 우리는 이 세상을 하직하고 저 세상으로 옮겨가는 것이다. 믿음을 갖고 열심히 사시는 나이 드신 부인 한 분이 "나이가 들어갈수록 더욱 창조적인 생각이 떠오르고 영적으로 성숙해지며 하늘나라에 대한 확실한 소망을 가지고 살아간다."고 자신 있게 말씀하시던 것이 생각난다. 지난번 워싱턴(Washington) 학회에 참석했을 때 틈을 내어서 장로교단에서 경영하는 '노인의 집'에서 조용히 여생을 보내시는 외숙모님을 찾아뵈었을 때 그분이 하신 말씀이다. 아름다운 꽃이 만발한 아담한 정원에 둘러싸인 그곳에는 300명의 노인이 기거하는데 이층에는 움직이지 못하는 중환자들이 있다고 하셨다. 외숙모님은 매일 그들 중 세 사람을 방문하시고 그들을 위해서 간절한 기도를 드린다고 하셨다. 하루라도 외숙모님이 안 가시면 그들이 가만히 있지를 않아서 완전히 그들에게 매여 사신다고 하셨다. 그리고 그 일이 외숙모님의 매일 매일 보람 있게 하는 큰 일거리라고 하셨고 그 말씀을 하실 때 외숙모님의 눈빛에는 젊은이 못잖은 생동력이 넘치고 있었다.

늙음은 또한 아직도 젊음을 누리는 사람들이 머지않아 맞이하게 될 삶의 한 단계이기도 하다. 젊은이들이 먼저 그 자리에 도달한 사람들을 자기들과 같은 배를 타고 가는 선배로 인정하고 따뜻하게 대한다는 것은 결국 얼마 후에 그들이 받고 싶은 대접을 미리 실천해 보는 것이나 다름없다. 나이 드신 선배님들을 대할 때 나는 그분들이 오랜 세월을 겪으면서 체득하신 지혜를 배웠으면 하는 바람으로 대화를 이어간다. 그리고 나에게 젊은이들이 와서 혹 무엇인가를 얻으려고 애쓸 때 과연 무엇을 준비하여 그들을 맞으면 좋을까 하는 생각도 자주 해 본다. 나이 든 분들을 소중히 여기고 그분들과의 따뜻한 대화의 시간을 소홀히 하지 말라는 말부터 먼저 해 줄 작정이다.

『왜 선한 사람에게 나쁜 일이 생기는가?』라는 책을 쓴 쿠시너 박사는 이 세상에서 슬기롭게 사는 지혜를 다음과 같이 요약했다. 첫째 하나님에 대한 굳건한 신앙을 갖고 살고, 둘째 아픔도 삶의 한 부분임을 인지하고 받아들이며, 셋째 자기의 속 이야기를 터놓을 수 있는 몇 사람의 친구를 꼭 사귀도록 하라고 했다. 우리의 남은 날은 아무도 헤아릴 수 없다. 다만 믿음과 지혜를 가지고 진심으로 서로 사랑하면서 하루하루를 소망 가운데 감사하면서 사는 일이 남아 있을 뿐이다.

어느 노시인의 고백

지난번 한국에 잠시 머무는 동안 어느 이름 있는 노시인의 인터뷰 장면이 텔레비전에 나오는 것을 유심히 본 일이 있다. 대담자가 노시인에게 80년 가까이 산 인생에 대한 느낌을 한마디로 요약한다면 무엇이겠느냐고 질문했다. 그는 한참 생각하더니 삶의 밑바닥에 깔린 모순적이고도 비극적인 슬픔이라고 조용히 대답하고 한 슬픔을 가까스로 흘려보내고 나면 새로운 슬픔이 닥쳐온다고 했다. 그의 진솔한 고백은 듣는 이에게 공감을 주었다. 정도의 차이는 있어도 슬픔이 없는 사람이 이 세상에 어디 있겠는가. 크게는 사랑하는 사람이 훌쩍 이 세상을 떠나는 것에서부터, 순간적인 판단 잘못이나 실수로 인해서 벌어지는 아픈 사연 등 슬픔의 원인은 끝이 없다. 그러나 더 큰 슬픔은 우리의 불완전함에서 오는 뼈아픈 죄책감이라고 생각된다. 마음은 원이로되 선을 이루지 못하는 슬픔이다. 사도 바울도 로마서 7장 15, 19, 24, 25절에서 이 문제를 다루었고 "내가 원하는 바 선을 하지 아니하고 원치 아니하는 바 악을 행하는 도다." "오호라 나는 곤고한 사람이로다. 이 사망의 몸에서 누가 나를 건져 내랴."라고 한탄했다. 마태복음 5장의 산상 수훈에서 예수님께서는 "애통 하는 자는 복이 있나니 하늘의 위로를 받을 것이라."고 하셨다. 우리가 슬퍼하고 아파하는 것이 당연하다는 것을 가르치는 말씀이다. 인간의 실존이 슬퍼하고 마음 아파서 몸부림치는 존재임을 우선 인정하자. 그리고 그 해결책을 찾자. 하늘의 위로를 받는다는 것은 믿음으로 이 슬픔을 받아들이라는 말씀이다. 인간의 위로는 잠시이고 피상적일 수 있다. 그러나 하늘의 위로는 영원하다. 사도 바울은 로마서 1-4절에서 "우리가 환난 중에도 즐거워하나니 환난은 인내를, 인내는 연단을, 연단은 소망을 이루는 줄 앎이로다."라고 하셨고 8장 2절에서는 "그리스도 예수 안에 있는 생명의 성령의 법이 죄와 사망의 법에서 너를 해방하였음이라"고 하셨다.

하나님의 뜻이 이 고난과 슬픔과 아픔을 통해서 이루어진다고 믿는 것이 신앙이다. 교회는 모든 교인들이 이러한 신앙을 가지고 삶을 이어갈 수 있도록 강하게 이끌어가야 한다. 예수님께서는 "하나님의 자비하심과 같이 너희도 자비하라"고 하셨다. 자비함을 영어로 'compassion'이라고 하는데 이 단어는 라틴어에서 온 것으로 아파하는 사람과 함께 아파한다는 뜻이라고 한다. 히브리어로는 '어머니의 태처럼 됨'이라는 뜻이라니 아기에게 생명을 주고 모든 것을 공급하고 보살피는 태처럼 되는 것이 자비하다는 말이다.

그 노시인에게 대담자는 다시 물었다. "만일 당신께서 무인도에 혼자 살아야 할 형편일 때 가지고 가고 싶은 책이름 하나를 대어주시지요." 그는 서슴지 않고 『성경』이라고 말하였다. 그가 입신하였는지는 확실히 모르지만 그의 마음은 벌써 영원한 곳을 향하고 있음이 분명하였다. 그 시인은 '꽃' 이라는 아름다운 시를 쓴 김춘수 시인이다. 그의 시를 소개하고 싶다.

/ 꽃 /

내가 그의 이름을 불러 주기 전에는
그는 다만
하나의 몸짓에 지나지 않았다.

내가 그의 이름을 불러 주었을 때
그는 나에게로 와서
꽃이 되었다.

내가 그의 이름을 불러 준 것처럼
나의 이 빛깔과 향기에 알맞은
누가 나의 이름을 불러다오.
그에게로 가서 나도
그의 꽃이 되고 싶다.

우리들은 모두
무엇이 되고 싶다.
나는 너에게 너는 나에게
잊혀지지 않는 하나의 눈짓이 되고 싶다.

　　나는 오랜 세월을 산 그 시인의 진솔한 고백이 마음에 와 닿는 것을 느끼고 슬픔을 기쁨과 평안함으로 연결시키는 것이 믿음이라는 생각을 다시 하였다. 일본의 한 신학자가 '기적이라는 것은 보는 것이 아니고 사는 것이다'라고 하였다. 슬픔을 이기고 믿음 안에서 의미를 발견하는 것을 두고 성령의 역사를 통한 기적이라고 말할 수 있겠다. 그래서 우리는 매일 아니 매순간 기적 속에 사는 것이다. 우리의 육체가 정확한 심장박동으로 혈류와 산소를 공급하고 자유로이 건강하게 활동하는 것도 창조의 기적이다. 우리는 정말 기적으로 사는 것이다. 이 땅에서의 우리의 삶이 끝나는 날 또 하나의 기적이 일어날 것이니 곧 영생의 길로 인도되는 것이다. 이 기적은 믿음을 가진 모든 사람이 누리는 아름다운 기적이다.

멋있게 늙어가는 삶

일본의 어느 작가가 말하기를 "나이 들어가면 누구나 몸은 늙게 마련이지만 마음은 늙지 않을 수 있는 비결이 있는데 그것은 멋이 있어야 한다."고 했다. 멋이 있다는 말은 무엇을 의미하는 것일까. 사전에 보면 멋은 '세련되고 풍채가 있다'고 되어 있고, 멋있다는 말은 '보기에 썩 좋고 훌륭하다'는 뜻이라고 한다. 그러니 멋은 아무래도 늙어가는 외모에 있는 것이 아니라 속사람을 두고 하는 말임이 분명하다. 속사람은 마음가짐에 달렸다. 아름다운 마음, 그리고 풍요로운 영혼, 이것은 멋있는 사람이 갖추어야 할 덕목이다. 멋있는 사람이란 또한 매력 있는 사람이기도 한데 그것은 사람들에게 좋은 영향을 주고 이웃과 사회를 위하여 헌신하는 사람을 두고 하는 말이겠다.

그 일본 작가는 새로운 단어 하나를 소개해 주었다. 그것은 '신청년'이라는 말이다. 21세기라고 하는 새 시대를 살아가는 고연령의 세대를 '신청년' 세대라고 일컬었는데 나이가 몇 살이 되어도 언제나 청년처럼 살아가는 사람을 의미한다는 것이다. '신청년'이 되는 조건으로는 다음의 몇 가지를 열거하고 있다. 첫째는 과거에 얽매이지 말고 항상 새로운 꿈을 가지고 소망 가운데 장래를 보며 살아가는 것이 중요하다는 것이다. 즉 끊임없이 책을 읽고 사색하여 지금보다 더 발전한 자신을 키워가고 문화의 향기를 몸에 지닌 기품이 있는 인간이 되도록 애써야 한다는 것이다. 멋진 생각, 멋진 말, 멋진 행동을 하며 살아가도록 노력할 때 마음의 젊음을 유지할 수 있다는 것이다. 두 번째는 연령에 구애되지 말고 젊은이들과의 대화를 즐기고 그들의 생각이나 느낌을 이해하고 그들과 어울릴 수 있는 마음가짐이 있으면 그들처럼 마음의 젊음을 누릴 수 있다는 것이다. 세 번째는 새로운 것에 관심 두기를 게을리해서는 안 되고 새로운 정보, 새로운 문화, 새로운 인간관계에 끊임없는 흥미를 느끼는 것을 꼽고 있다. 넷째는 호기심이 왕성해야 하며 새로운 것에 관심을 둘 뿐 아니라 거기에 도전하는 정신이 필요하다는 것이다. 예를 들면, 국제 감각을 가지고 세계 여러 곳에서 일어나는 일을 살펴보면서 인류의 한 사람으로서 자기가 속한 지역 사회에서 어떠한 역할을 해야 할까를 생각하는 사람이 되어야 한다는 것이다. 다섯째는 자기와 동년배 또는 선배 중에서 싱싱하게 짊게 사는 사람을 본받는 일이라고 했다. 젊은이들과 어울리면 자극은 되지만 그들이 모범이 될 수는 없다. 그러나 60이나 70이 넘어서 씩씩하고 발랄하게 활동하고 있는 동료나 선배를 목표로 하면 무리 없이 따라 갈 수가 있다는 것이다.

멋있는 사람도 몸은 늙어간다. 그러나 위에 열거한 마음이 젊은 사람의 조건을 갖추기 위해서 노력하면 우리는 늘 젊게 살 수 있다. '믿음'과 '소망'을 가지고 열심히 '사랑'하면서 살아가면 몸이 늙는 게 문제가 되지 않는다. 세월이 지나도 늘 푸른 가지를 가지고 뻗어 가는 상록수처럼 싱싱하게 살 수 있으면 얼마나 좋을까!

걷기 운동

나이가 들수록 운동을 규칙적으로 하는 것이 건강에 좋다고 한다. 한때 나는 직장의 상사와 함께 조깅(뛰기)을 하기도 했다. 그러나 너무 힘이 들어서 중단하고 말았다. 얼마 전부터 이 고장에도 골프가 유행하여 이제는 모두가 골프를 치는 것이 당연하다는 듯이 어디를 가도 그 이야기로 꽃을 피운다. 만나는 사람마다 왜 골프를 치지 않느냐고 언제부터 시작하겠느냐고 묻는다. "때가 오면 시작할 것이다"는 말로 대답한 지가 어느덧 십 년이 되어버렸다. 골프가 좋은 운동이라는 것은 잘 안다. 그리고 건강에도 좋을 것임은 틀림없다. 신선한 공기를 마시며 푸른 잔디를 친구와 담소하면서 왕래하고 거기다가 승부의 재미도 곁들였으니 나무랄 것이 없다. 그런데 왜 골프를 시작하지 못하는가. 그건 골프에 미치지 못했기 때문이다. 다시 말하면 거기에 푹 빠져 그것이 아니면 못살겠고 아무리 바빠도 골프 스케줄에 따라 다른 스케줄을 짜며 사는 열정이 모자라기 때문이라고 생각한다. 핑계 같기는 하지만 대학에서 녹을 먹는 사람으로서 항상 밀리는 일 처리에 골몰하다 보면 도무지 짬을 내기가 힘이 든다. 물론 일 처리를 신속하게 하지 못하는 무능함과 소심함도 큰 원인의 하나이겠지만 밀린 일을 생각하면 가벼운 마음으로 잔디밭을 걸어다닐 수 없을 것 같아 좀 더 한가해지면 시작해야지 하다가 10년이라는 세월이 흘러가 버린 것이다.

골프를 못 친다고 운동을 포기해서는 안 되겠다는 생각으로 시작한 것이 걷기 운동이다. 우리가 사는 타운 홈에서 멀지 않은 곳에 제법 큰 상가 건물이 있는데 20년 전만 해도 이 근방에서는 제법 잘 알려진 쇼핑센터였다. 최근에는 교외에 큰 쇼핑센터들이 생기고 생활수준이 높아짐에 따라 규모가 작은 이 센터는 점점 쇠퇴해가고 큰 옷가게, 구둣방, 가구점, 치과의원, 장난감 가게 등이 그래도 큰 건물의 명맥을 유지하고 있었다. 벽을 따라 상점들이 드문드문 있고 가운데는 큰 광장으로 뚫려 있어 실내 경기장을 방불케 한다. 남아 있는 상점들 때문에 냉방과 난방이 철에 따라 잘 되어 쾌적한 온도가 유지된다. 우리 부부는 이곳을 걷기 운동의 장소로 작정하고 거의 매일 한 시간씩 걷기로 했다.

우리처럼 이곳을 이용하는 소시민들이 제법 있어 걷다가 만나면 인사도 한다. 걷기 운동의 장점은 운동복으로 갈아입고 편한 운동화를 신고 나서기만 하면 된다는 것이겠다. 팔을 자유스럽게 흔들며 제법 빠른 걸음으로 네모난 큰 선물의 넓은 복도를 나싯 바퀴 돌고 나면 땀이 난다. 혼자 걷기도 하고, 아내와 대화를 나누며 걸을 때도 있다. 파란 잔디, 눈부신 햇살 아래 재미있는 게임을 하며 걷는 재미에 비교할 수는 없지만 운동의 양은 비슷하리라는 생각이 들었다. 집중적으로 계속 걷기에 운동의 효과는 더 있으리라는 생각도 든다. 걷기 운동이 가장 손쉬운 운동이고 수영과 함께 전신의 근육을 고르게 활용하고 혈액 순환을 원활케 하는 장점이 있음은 잘 알려졌다. 운동이 중요하다는 걸 알면서도 손쉽게 시작 못 하는 사람들에게는 조용한 걷기 운동이 안성맞춤이다. 이따금은 주위의 동네를 한 바퀴 돌기도 한다. 걸으면서 여러 가지 생각을 하며 자신과의 대화를 나눈다. 삶의 의미에 대해서 그리고 과연 어떻게 사는 것이 옳은 삶이겠는가를 자문자답한다. 각자가 걸어가야 하는 길, 즉 궤도(섭리)가 있고 그것을 벗어나기가 힘들다는 것, 인생길을 혼자 걸으면 외로울 수 있지만 자기 삶과 늘 함께하시고 항상 의지할 수 있는 주님을 모시고 걸으면 외로울 겨를이 있겠는가 등등 생각은 날개를 달고 자유스럽게 날아다닌다.

앞에 가던 사람이 금방 사라지고 나면 뒤에 또 새사람들이 나타난다. 함께 살던 친구들이 홀연히 사라져버리는 인생길과도 비교해 본다. 자유스럽게 생각하며, 자연스럽게 몸을 움직이며 걷는 이 운동이 마음에 든다. 골프를 언제 시작하겠느냐고 물으면 여전히 때가 되면 시작할 것이라고 대답하겠다. 너무 늦게 시작하면 몸이 굳어서 공이 멀리 가지 않을 것이라고 친구들이 걱정하면 그때는 이미 익힌 걷기 운동을 계속하면 되지 않겠느냐고 반문할 작정이다.

삶과 죽음, 그리고 영생

삶에는 세 가지 형태가 있다고 한다. 첫째는 생존을 위한 삶, 즉 살기 위해서 의식주를 해결하는데 급급하거나 또는 그것이 풍요하게 해결되면 만족하는 삶이다. 두 번째 삶은 인생에서 성공하기를 바라서 애쓰며 사는 삶이다. 성공은 우리에게 어느 정도의 만족을 가져다줄 수 있기 때문에 그것을 얻으려고 사람들은 열심히 노력한다. 그러나 소위 이 세상에서 성공했다고 생각하는 사람들도 삶이 공허하다고 고백한다. 그것은 어떤 성공도 완전한 만족을 가져다줄 수 없으며 자기가 원하는 목표를 달성했다고 생각하고 거기에 도달해보면 그보다도 더 큰 목표가 보이고 자기보다도 훨씬 더 성공한 사람들이 수두룩한 것을 알게 되기 때문이다. 세 번째 삶은 삶의 의미를 추구하며 사는 삶이다. 인생이 어디서 와서 어디로 가며 왜 여기서 살아야 하는가 하는 질문을 할 때 우리 삶의 의미를 생각하지 않을 수 없다. 만일 눈에 보이는 이 세상의 삶이 우리 삶의 전부라고 생각한다면 얼마나 허무한 노릇인가? 불공평하고 부조리한 그리고 기가 막히는 고통을 부둥켜안고 살아야 하는 이 땅에서의 삶을 원망하고 그 정도가 지나치면 스스로 목숨을 끊는 일도 있을 수 있다. 따라서 신앙생활로 들어가기 전에 우리는 먼저 우리가 사는 삶을 직시하고 깊은 생각에 잠겨 보아야 하고 삶의 목적과 의미에 대해서 심각한 고민을 해 보아야 한다. 그러기에 신앙생활은 삶의 의미를 찾아서 헤매는 순례자들의 애타는 몸부림이라고도 볼 수 있겠다.

삶의 보람과 의미 그리고 목석을 두고 꼼꼼이 생각해 본 사림들에게는 인생의 참된 의미와 진리를 찾고 마음의 평안을 얻어야겠다는 갈급한 마음이 생긴다. 이러한 사람들이 어느 기회에 하나님께서 마련하신 구원의 계획에 접할 때, 그리고 그것을 받아들일 때 그들은 새로운 삶인 믿음의 세계로 돌입하게 된다. 즉, 전능하시고 창조주이신 하나님께서 우리를 사랑하시어 우리를 위하여 예수 그리스도를 이 땅 위에 보내어 주셨고 그가 십자가에서 피 흘리심으로 우리가 죄 사함을 얻었고 그는 부활하셨으며 성령으로 우리를 항상 인도하시며 그를 통하여 보여주신 하나님을 믿음으로 구원을 얻고 영생에 이른다는 이 믿음의 기본적인 요소를 받아들일 때 우리는 믿음의 식구가 되고 은혜의 세계에서 살게 된다. 이 모든 것을 받아들이는 결단이 쉬우면서도 어렵다. 얼마나 많은 사람이 이 결단의 문턱에서 망설이다가 끝내 믿음의 세계를 체험하지 못하는 가운데 삶이 지나가 버리는지 모른다. 따라서 이 믿음의 세계에 들어간 사람은 하나님의 은혜와 성령의 도우심으로 이러한 결단을 하게 된 것을 큰 축복으로 여기고 감사해야 할 것이다.

우리 인생에서 죽음은 누구에게나 홀연히 닥친다. 어제까지 멀쩡하게 살아있던 사람이 졸지에 싸늘한 시신으로 변해 버릴 때 우리는 다시 한 번 깊은 생각에 잠기고 만다. 올해 들어서 삼 개월 사이를 두고 장모님과 어머님께서 세상을 떠나셨다. 신앙을 가지고 사셨던 두 분의 장례 예배를 드리면서 만일 죽음이 우리 삶의 끝이라면 인생이 얼마나 허망한 것일까 하는 생각을 다시 골똘히 하게 되었다. 예수 그리스도께서 죽음을 이기시고 다시 사시고 영생의 길을 보여주신 것이 얼마나 감사한 일이며 그 소망에 대한 확신으로 유족들은 세상이 줄 수 없는 큰 위로를 받았다. 죽음이라고 하는 엄숙한 현실 앞에서 우리는 하나님의 크신 경륜을 깨닫고 비록 육신의 장막은 무너졌지만 영원한 세계에서 안식할 수 있다는 그 소망으로 새로운 힘을 얻게 되는 것이다. 이것은 이 땅 위에서 믿음을 지킨 사람들에게 하나님께서 주시는 선물이요 특권이다(고린도전서

15:53~15:58). 죽음을 담대히 맞이할 수 있는 것은 땅 위에 사는 동안 승리하는 신앙, 승리하는 삶으로 준비되는 것이다. 이러한 준비가 되어 있는 삶을 살 때 우리는 영생의 소망을 누릴 수 있다. 사도 바울은 성경 말씀에서 '견고하여 흔들리지 말며 항상 주의 일에 더욱 힘쓰는 자들이 되라(고린도전서 15:58).'고 당부하셨고 우리의 수고가 주 안에서 헛되지 않을 것이라고 하셨다. 우리가 믿음 안에서 진실하고 열심히 살 때 하나님께서는 우리를 통해서 귀한 뜻을 이루시고 우리의 삶을 보람 있게 하시는 것이다.

우리 삶의 의미는 결국 믿음을 가지고 하나님께서 원하시는 일을 이 땅 위에서 정성껏 하다가 하나님이 부르실 때 그 품으로 돌아가는 데 있다. 믿는 자에게 영원한 축복을 주시는 하나님께 우리의 삶을 위탁하고 열심히 기도하며 살 때 우리의 삶은 값있는 삶이 되고 육신의 죽음을 태연히 맞이할 수 있으며 영생의 복락을 누릴 수 있는 것이다(요한복음 11:25~26).

믿음으로 예수 그리스도를 구주로 받아들이는 순간 우리는 이미 영원한 생명의 세계, 즉 하늘나라로 영접 되고 하늘나라의 백성이 된 것이다. 영원한 생명의 세계에 영접 되면 이 땅 위에 살고 있거나 이 땅에서의 삶이 끝났거나가 문제가 되지 않는다. 이 세상에서 꽃봉오리로 존재하다가 사후에는 만발한 꽃이 되어 영원한 세계로 진입하는 것으로 비유할 수 있겠다. 바울 사도는 고린도전서 13장 12절에서 '우리가 지금은 거울로 보는 것 같이 희미하나 그때에는 주께서 나를 아신 것 같이 내가 온전히 알리라'고 하셨다. 이처럼 죽음의 문제를 믿음으로 해결한 사람에게는 죽음을 두려워할 이유가 없다.

우리는 죽음을 목격할 때마다 우리의 삶을 되돌아보고 우리의 신앙을 점검하여 영생의 소망 속에 든든히 서 있는지를 확인하며 성령님께서 항상 함께 하시고 인도해 주시기를 간구하며 살아가야 하겠다.

레이건 대통령의 하관식

2004년 6월 초에 미국의 레이건 전 대통령이 93세를 일기로 이 세상을 떠났다. 해지는 석양에 캘리포니아 언덕에 묻어달라는 유언에 따라 워싱턴에서 국장을 치르고 나서 유해는 서부로 옮겨졌고, 그의 이름을 딴 도서관이 있는 언덕에서 하관식이 있었다. 그가 다니던 밸리 장로교회 목사님의 집례와 기도로서 하관식은 시작되었고 텔레비전을 통해서 중계된 장면들을 볼 기회를 얻었다. 전직 대통령에 대한 예우로 육군 합창단, 해군 밴드의 장엄한 연주가 있었다. 식순에 따라 유족 중 자녀의 추모가 이어졌다. 큰아들 마이크는 1945년에 입양된 아들이었지만 한 번도 레이건은 그를 입양아로 취급한 일이 없었다고 회고하며, 아버지의 따뜻한 인간미를 감명 깊게 나누었고 그러한 아버지를 모셨던 것은 커다란 축복이었고 지금 하늘나라에서 편히 쉬고 계심을 확신한다고 했다. 이어서 그의 딸 패티는 아버지의 깊은 사랑을 잊을 수 없고 그의 삶은 우리 모두를 감동시켰고 이제 이 땅에서 자유를 얻어 하늘나라에 가서 영생을 누리고 계심을 의심치 않는다고 했다. 둘째 아들 란은 그의 아버지가 늘 겸손했고 누구에게나 친절한 사람이었고 언제나 약한 자를

긍휼히 여겼다고 회고했고, 역사는 그를 정직하고도 용감한 지도자
로 그리고 인정이 많고 관대한 신사로 기록할 것이라고 했다. 그는
또한 신앙을 유산으로 받은 것을 감사한다고 덧붙이며 그의 아버지
는 평소에 죽음에 대한 두려움이 없었고 죽음 후에 오는 새 생명을
믿고 산 분이라고 했다. 이윽고 시편 23편을 집례 목사님이 읽고
석양이 언덕을 비출 때 관을 덮고 있던 미국 국기를 의장대원이 접
어서 해군 장교 한 사람이 부인인 낸시 여사에게 정중하게 전달하
였다. 그리고는 영구가 땅으로 들어가기 전 마지막 하직의 시간이
다가왔다. 하관 예배 동안 계속 우아한 모습으로 일관했던 낸시 여
사는 관에다 얼굴을 묻고 흐느꼈다. 두 아들과 딸이 와서 위로하며
떠나는 슬픔을 함께 나누었다. 낸시 여사는 평생 그의 좋은 아내로
서 지냈고 특히 말년에는 정성껏 남편을 간호한 기록을 가지고 있
다. 그는 치매 환자와 사는 고민을 다음과 같이 고백한 일이 있다고
한다. "이 병의 가장 가슴 아픈 것은 추억을 함께 나눌 수 없다는
것이지요. 우리는 나눌 추억이 많은데…."

집례 목사님은 하관식의 마지막 순서로 짤막한 기도를 드렸다.
'하나님이시여, 귀한 아들의 영혼을 받아주소서. 당신의 평안을 내
려주소서', 'God Bless America'를 참석자 모두가 합창하면서 하
관식은 막을 내렸다.

레이건은 지난 10년간 치매로 고생하며 고독한 싸움을 싸우다가
갔다. 1994년 말 그가 이 몹쓸 병에 걸렸음을 공개할 때 미국 국민
을 향하여 "미국 국민 여러분, 내가 여러분의 대통령으로 일할 기회
를 주셨던 것을 진심으로 감사드립니다. 하나님께서 나를 당신의
집으로 부르실 때, 그때가 언제가 될지라도, 나는 이 나라에 대한

무한한 사랑과 이 나라의 미래에 대한 영원한 낙관을 하고 떠날 것입니다. 나는 이제 나를 내 생애의 황혼으로 이끌어갈 여행을 시작합니다….” 라고 고별 성명을 했다고 한다.

69세에 대통령으로 취임한 그는 소련과의 냉전을 종식함으로써 세계 평화에 크게 공헌한 역사에 남을 위대한 지도자였다. 그러나 그가 땅에 묻히기 전의 마지막 장면들을 목격하는 가운데 느낀 것은 그가 신앙을 가지고 이웃을 사랑하면서 살았고, 죽음을 두려워하지 않고 영생의 소망으로 살았다는 것이 그의 모든 다른 업적에 비교할 수 없을 만큼 귀중하다는 것이었다.

어떠한 삶을 살았건 누구에게나 이 땅에서의 삶의 마지막은 다가오고 있고 피할 수 없음을 우리는 안다. 그리고 때가 차면 우리는 가까운 사람들과 작별 인사를 나누어야 한다. 신앙을 가진 사람에게 죽음은 천국으로 향하는 관문이다. 하늘나라에 대한 소망을 한 사람에게 있어서 죽음은 두려운 것이 아니고 새롭고도 영원한 삶의 시작일 뿐이다.

레이건은 그의 소원대로 캘리포니아의 어느 언덕 위에 묻혔다. 그는 눈에 보이는 것, 세상의 성공이나 명예에 만족하지 않고 우리 삶의 주인이신 하나님을 경외하는 믿음으로 훌륭한 삶을 살았다. 믿음으로 산 아름다운 그의 삶은 많은 사람의 마음속에 그의 활짝 웃는 밝은 모습과 함께 오래도록 남아있을 것이다.

준비하며 사는 삶

　사람은 누구나 죽음이 가까워 오고있는 것을 알고 있다. 믿는 사람은 이 세상이 끝나면 저 세상 즉 영원한 영의 세계가 있다는 것을 믿고 조용히 준비하며 살아간다. 대학에서 함께 일하던 같은 연배의 사람이 세상을 떠날 때 우리는 자신의 삶을 되돌아보고 앞으로 닥칠 일에 대한 준비를 서두른다. 그는 생전에 많은 일을 했고 늘 단정한 모습으로 인자하였고, 남의 말을 들어주고 자기의 생각하는 바를 분명히 알려주어 그와의 대화는 즐겁고도 유익했다. 그는 어느 날 홀연히 우리 곁을 떠났다. 그러나 그의 인격과 모습은 우리 마음속에 늘 남아 있다.

　얼마 전에는 이곳에서 오래 사신 대선배의 부인께서 세상을 떠나셨다. 그분의 장례식에 참석했을 때 다음과 같은 영시 하나가 순서지에 들어 있었다.

/ I'M FREE /

Don't grieve for me for now I'm free.
I'm following the path God laid for me.
I took his hand when I heard him call.
I turned my back and left it all.

I could not stay another day.
To laugh, to love, to work or play.

Tasks left undone must stay that way.
I've found that peace at close of day.

If my parting has left a void
Then fill it with remembered joy.
A friendship shared, a laugh, a kiss.
Ah yes, these things I too will miss.

But not burdened with time of sorrow.
I wish you the sunshine of tomorrow.
My life's been full, I've savored much.
Good friends, good times, a loved one's touch.

Perhaps my time seemed all too brief.
Don't lengthen it now with undue grief.
Lift up your hearts and share with me.
God wanted me now; he set me free.

/ 나는 이제 자유롭습니다 /

(영시 저자번역)

나를 위해서 슬퍼하지 마세요.
이제 나는 자유롭습니다.
하나님께서 마련하신 그 길을 따라갑니다.

하나님께서 부르실 때 그분의 손목을 잡았습니다.
나는 모든 것을 남기고 되돌아섰습니다.

나는 하루도 더 머무를 수 없습니다.
더는 웃고, 사랑하고, 일하고 뛰놀 수가 없습니다.
못다 한 일은 그대로 두고 가야 합니다.
하루가 저무는데 나는 평안합니다.

내가 떠난 후의 공백은
나로 인해 기억되는 기쁨으로 채워주십시오.
친구와의 사귐과 웃음, 입맞춤
그래요 이 모든 것을 나도 그리워할 것입니다.

슬픔으로 너무 부담이 되지 않기를 바랍니다.
나는 당신들에게 눈부신 내일의 태양이 비추기를 바랍니다.
내 삶은 넉넉했습니다.
나는 좋은 친구들, 좋은 시간
사랑하는 사람의 손길
많은 축복을 받았습니다.

아마도 내 시간이 너무도 짧았던 것 같습니다.
그러나 부질없는 슬픔으로 내시간을
연장하지 말아 주십시오.
하나님께서는 나를 원하십니다.
나를 자유롭게 하셨습니다.

어느 날 나는 다음과 같은 글귀를 스스로 적어 보았다.

/ 삶의 낭떠러지에 서서 /

삶은 강물처럼
조용히 유유히 흘러간다.
기쁨과 슬픔과 괴로움이
뒤섞인 강물을 마시며

어느 날 갑자기
강물은 낭떠러지에 와 닿는다
속절없이 떨어질 수밖에 없다.
조용히 흐를 때의
모든 추억이
주마등처럼 스쳐간다.

낭떠러지에 왔으니
이제 떨어져야 한다.

눈을 감고 기도한다.
또 하나의 세계를 맞이하는
기쁨을 맛보게 하소서

아름다움과 평안함이 있고

슬픔과 아픔이 없는

그 세계에서 주님께서

맞이해 주시옵소서.

그리고는 그 낭떠러지를

훌쩍 뛰어내린다.

　시인 이해인 수녀님은 '오늘이 마지막이라면'이라는 칼럼에서 '살아 있는 오늘에 대한 충실성, 관계를 맺은 이들에 대한 진실한 사랑이야말로 영원으로 이어지는 선물이라고 생각해요.' 또 '더 많이 고마워하고, 더 많이 남을 챙겨주는 사랑을 해야지. 말도, 행동도, 기도도, 오늘밖엔 없는 것처럼 최선을 다하고 성실을 다해서 살아야지'라고 다짐한다고 했다.

　사람이 평안한 마음으로 눈을 감을 수 있는 것은 신앙이 있을 때 가능하다. 신앙 안에서 우리가 죄로부터 해방되고, 죽음을 뛰어넘은 구원이 우리에게 있음을 확신할 때 태연히 죽음을 맞이할 수 있다. 예수님께서는 십자가 상에서 모든 것을 하나님께 위탁하시고 오직 아버지의 뜻대로 해 주십사 하고 기도하셨다(마태 26:39). 믿음으로 구원을 얻고 영생에 이른다는 도를 깨달으면 우리는 새 생명 가운데서 매일 살아갈 수 있는 것이다(로마서 6:4). 영생에 대한 확신이 있는 사람에게는 어떤 모양으로 죽음이 와도 별 상관이 없다.

　한국에서 들은 이야기지만 6·25동란 때 일선 부대의 소대장은 기독교인이어서 평소 죽음과 영생에 대한 확신을 가지고 전도에 힘쓰며, 전투에 임하고 있었다고 한다. 어느 날 자기 부하 한 사람이 총에 맞고 죽으면서 "소대장님, 소대장님은 어디로 가시는지 알지만 저는 어디로 가는지 모르고 갑니다."라고 외쳤다고 한다. 평생 의심하면서 믿음의 생활에 못 들어간 영국의 어느 작가는 운명하기 얼마 전에 믿기로 작정하고, 성직자를 불러서 세례를 받고 세상을 떠났다고 전해진다. 우리에게 선택의 자유가 있을 때 지혜롭게 선택하여 우리에게 이 땅에서의 삶의 마지막이 닥칠 때 "주님, 이 부족한 자에게 맡겨주신 일 다 이루지 못하고 부르시기에 갑니다. 그러나 주님께서 주신 믿음을 가지고 주께로 가오니 받아 주시옵소서."라는 기도를 하면서 갈 수 있으면 좋겠다. 요한계시록 7장에는 믿음을 가지고 살다가 저세상으로 간 성도들의 삶이 잘 그려져 있다.

나는 원래 정리하는 습관을 잘 기르지 못해서 무엇이건 내 손에 들어오는 것은 움켜쥐고 버릴 줄 모른다. 집의 서재도 대학의 사무실도 정리해야 할 책, 논문이나 자료들이 산더미같이 쌓여 있다. '혹 죽음이 갑자기 닥치면 이것들을 어찌할까'하는 생각이 문득 들었다. 얼마 전부터 중요하지 않다고 생각되는 것을 버리는 작업부터 시작하였다. 그리고 가장 중요한 것들을 추려서 특별히 마련한 곳으로 정리해 두는 일도 함께 하고 있다. 이따금 이 '특별히 마련한 곳'이 어디였던가를 찾아내는 데도 제법 많은 시간을 보내기도 한다. 따라서 이 일이 쉬 끝날 것 같지는 않다. 그래서 먼저 마음의 정리, 믿음의 점검부터 시작했고, 이 중요한 일이 준비되어 있으면 다른 것은 천천히 정리되어도 상관이 없겠다는 생각이 든다.

안 장로님을 생각하며

안 장로님이 소천하셨다는 소식은 중국의 학회에 참석하고 오는 길에 들린 한국에서 들었다. 그래서 장로님의 장례예배에도 본의 아니게 참석하지 못했었다. 오랜 세월을 가까운 사이로 지냈고 나는 그를 형님이라고 불렀고 그는 나를 동생처럼 대해 주셨다. 이따금 만나서 점심을 함께 했고 농을 좋아하셨기에 만나는 즉시 그동안에 수집한 새로운 농담들을 피차 털어놓고 한바탕 웃으며 식사를 시작했다. 한국에서 온 농과대학과 수의과대학 대학원생들에게 언제나 따뜻한 배려와 사랑을 베푸시어 유학 온 후 첫 몇 주간을 안 장로님 댁에서 지낸 학생들이 수두룩하다. 우리도 유학생 치다꺼리로 치면 제법 괜찮은 사람 중에 들어가지만 집에서 숙식을 하게 한 사람의 수는 극히 적었다. 안 장로님은 자기 집을 흔쾌히 개방하시어 유학생들이 하숙을 구해서 나가기 전의 기간을 편안히 보낼 수 있도록 하셨다. 이것은 누구에게도 쉬운 일이 아닌데 자연스럽게 이 일을 처리해 가시는 것을 자주 목격하고 감명을 받았었다.

그는 서울대 약대와 미네소타의 명문 매칼래스터(Macalester)대학을 졸업하신 후 영양학 연구실에서 연구 활동에 종사하셨고, 그 연구실에서 공부한 사람들의 존경을 받았고 맡은바 일에 충실하셨다. 은퇴하신 후에는 미국 국무성 통역 일을 맡아 하셨다. 국무성에서 미국을 소개하기 위해서 초청한 한국의 저명인사들과 미대륙을 순회하는 업무였고 기간은 보통 한 달이었다. 여행을 다녀오신 후 우리는 자주 만나서 점심을 같이했고 함께 다녀온 한국 저명인사들의 이야기를 들려주셨다. 언젠가는 은퇴 후의 직종으로는 해볼 만한 일이라고 이 사람에게도 그 자격을 따 놓으라고 권유하시기도 했다. 그 외에도 법정 통역 일을 맡으셔서 이따금 점심을 같이할 때 낯선 사람이 와서 인사하는 일이 있었는데 그들은 대부분이 법정에서 도움을 준 사람들이었다. 따라서 안 장로님은 은퇴하신 후에도 부지런한 삶을 이어가신 분이다. 그의 또 하나의 재주는 고운 음성이다. 교회성가대뿐 아니라 미네소타 한인 합창단의 주요 멤버로서 활약하셨고 결혼식이나 장례 예배에 초청되어 축가와 조가를 불러 주시어 많은 감동을 주셨다. 지난 8월에 S 장로님께서 대학에서 35년간 교수직을 은퇴하는 만찬에서도 우리가 잘 아는 '에델바이스(Edelweiss)'를 불러주셔서 암으로 투병하고 계시는 걸 아는 모든 사람의 마음에 진한 감동을 주셨다. 그 후 얼마 지나지 않아서 이 고장에서 착한 도리를 잘하기로 이름난 K 교수가 안 장로님과 가까이 지나는 몇 사람을 불러서 노래잔치를 베풀었는데 우리도 초대를 받았다. 그날 밤 우리는 안 장로님 내외분을 모시고 가고 댁으로 모셔다 드리는 중책을 맡았다. 가는 도중에도 기분이 상쾌하시어 자기의 삶이 얼마나 보람찼고 감사한지 모른다고 거듭 강조하시는 걸 듣고 우리도 그 말씀에 동의하였고 삶의 한순간 한순간을 믿음을 가지고 충실하게 그리고 맑고 밝은 마음으로 사신 분임을 다시 한 번 확인할 수 있었다. 그분의 잘사신 삶을 되돌아보며 그분이 남기신 향기를 마시며 그분의 영상을 마음속에 심어보았다.

작년에 가까이 지내던 사람들 가운데 세 사람이 이 땅을 떠났다. 직장의 상사, 사돈 영감, 그리고 형님 안 장로이시다. 그들 모두가 이 땅에서 부지런히 이웃을 위해서 애쓰다가 훌쩍 우리 곁을 떠나셨다. 자기가 서 있는 그 자리에서 이웃을 위해서 애쓴 사람이 떠나면 우리 마음속에 오래도록 사라지지 않을 그 무엇을 남기고 떠난다. 자기만을 위해서 열심히 산 사람은 우리에게 남기는 것이 적다. 우리와 가까운 사람이 이 땅을 떠나는 것을 목격할 때 우리 자신의 삶도 언젠가는 이 땅을 떠나야 할 몸인 것을 실감한다. 이웃을 알뜰히 보살피며 사는 삶을 살 때 우리의 삶은 언제나 값지고 보람 있고 향내 나는 삶이 될 수 있지 않을까 하는 생각을 다시 해 보았다.

이 땅에서 영원으로

최근에 직장의 상사와 사돈 한 사람이 한 달 사이에 세상을 떠났다. 두 양반이 모두 60대 중반이니 요즈음 잣대로는 젊은 노인에 속한다. 두 사람은 안락한 가정을 이루고 많은 일을 성취하며 믿음을 가지고 보람 있는 인생을 살다가 떠난 사람들이다. 그들은 머지않아 은퇴하고 남부럽잖은 여생을 즐길 준비가 되어 있었는데 홀연히 우리 곁을 떠나버려 주위에서 모두 안타까워했다. 죽음은 삶의 한 부분이라고들 하지만 막상 가까운 사람들이 이 세상을 떠나는 일을 당해 보고서야 새삼스럽게 현실로 느껴져 자신의 삶을 다시 한 번 뒤돌아보게 한다.

지난봄에 한국에 다녀오는 길에 일본에 잠시 들렀을 때 책 한 권을 사서 읽으며 왔다. 최근 일본에서 가장 유명한 작가의 한 사람인 이쭈끼 씨의 책인데 제목은 『천명(天命)』이다. 그 사람은 『인생의 목

적』, 『인생의 힌트』라는 책을 이미 저술했고 삶을 적극적으로 살아
가는데 필요한 양식을 수필로 풀이해서 많은 독자층을 가진 사람이
다. 70이 넘는 그가 이번에 내어 놓은 책에서는 삶을 잘 마무리 짓
는 일이 얼마나 중요한가를 강조하고 있다. 그는 자기 삶의 마지막
을 생각하면서 하늘의 뜻(자기의 뜻이 아닌)을 인정하고 그 뜻에 순응할
것을 강조하고 있다. 그 순명의 삶을 열심히 살다가 생명의 본향으
로 돌아가는 것을 기쁜 마음으로 맞을 준비가 된 사람에게는 죽음
이 두렵지 않다고 했다. 삶의 마지막을 준비하는 단계에서 우리가
절실히 느끼는 일의 하나는 회한이라고 할 수 있겠다. 지난날 나와
가까이 지낸 사람들에게 지은 수많은 잘못을 뉘우치고 그들을 실망
시킨 것에 대해서 진심으로 사과드리고 싶다. 하나님께서 그 여러
잘못을 다시 한 번 용서해 주실 것을 간구하고 죄 사함을 받고 영원
을 바라보며 저 하늘나라로 가고 싶다.

　신구약『성경』을 통해 하나님이 택하시고 귀히 쓰신 인물들을 볼
때 그 다양함을 알 수 있다. 단정하게 그리고 올바르게 산 선지자들
이 있는가 하면 부족한 것이 많은 사람도 하나님께서 택하시어 귀
하게 쓰셨다. 예를 들면 다윗, 베드로, 바울이 그런 부류에 속한다.
다윗은 하나님의 은혜로 성군이 되었지만 우리야를 죽이고 그의 아
내를 취한 큰 죄를 범하였다. 그러나 눈물로 뉘우치는『시편』을 통
해서 많은 사람에게 감동을 주는 은혜를 하나님께서 허락하셨다.
베드로도 주님을 세 번이나 부인한 불충한 제자였다. 그러나 그 역
시 회개하고 주님의 일을 하고자 나섰을 때 하나님께서는 용서하시
고 전도 사업에 종사케 하시고 마침내 순교하는 자리에까지 인도하
셨다. 바울은 예수님을 박해하는데 앞장선 사람이었지만 그를 다메

섹 도상에서 고꾸라지게 하시어 여러 곳에 교회를 세우게 하시고 온 세계에 말씀을 전파하는 기틀을 마련하게 하셨다.

우리에게 만일 이 땅에서의 삶만이 있다면 죽음은 마지막이다. 따라서 이 땅에서 누릴 수 있는 모든 것을 누린 사람도 그 모든 것이 결코 영속적인 것이 되지 못하고 잠깐 있다가 없어지는 것임을 안다. 그래서 사람들은 영원을 사모한다. 이 세상의 여러 성현이 막연하게 '하늘' 혹은 '저승'이라는 걸 암시했지만 성경에서처럼 비교적 분명히 제시하지 못했다(요한 계시록 21:1-27). 영원한 생명이란 지상에서의 생명이 무한히 계속되는 것을 의미하는 것이 아니라 하나님과의 관계에서 새롭게 지어진 생명을 말하는 것이라고 신학자 칼발트는 말했다. 다시 말하면 죄의 몸이 회개함으로 깨끗함을 얻고 마음에 평안이 깃들고 자기 중심으로 살지 아니하고 영원하신 하나님 안에서 살겠다고 결심하는 그 순간 우리는 영원한 삶 속으로 진입하는 것이라는 말이다. 영원하신 분은 하나님 한 분이시기에 하나님과 함께 사는 삶, 주님의 사랑과 진실 속에서 마음을 가다듬고 사는 그 삶이야말로 영원한 생명을 누리는 삶이라는 것이다. 종교 개혁을 한 마틴 루터는 그의 임종 시에 "하나님, 이 사람의 영혼을 주님께 맡깁니다. 속죄해 주신 진리의 주님이시여"라고 외치며 눈을 감았다고 전해진다. 감리 교회를 창설하는데 공헌한 요한 웨슬레의 묘비에는 "가장 선하다고 하는 것은 하나님이 우리와 함께 계신다는 것이다."라는 그의 임종 시의 말이 적혀 있다고 한다.

홀연히 우리에게 이 땅에서의 삶의 마지막이 닥칠 때 우리에게는 선택의 자유가 많지 않다. 어디로 가는지 알지 못하고 회한과 불안 속에서 눈을 감을 수도 있고 신앙의 세계에 몰입하여 평안한 마음으로 마지막 인사를 나눌 수도 있다. 하나님이 함께 계신다고 하는 믿음에서 오는 영원한 생명이야말로 오늘의 삶의 보람이요, 죽음을 맞이할 때 가질 수 있는 유일한 소망이라고 확신한다. 하나님의 은혜로 지금까지 살아왔고 말년에 들어 자그마한 호수가 보이는 처소도 허락받았다. 창가에 앉아서 춘하추동 바뀌는 자연을 감상할 수 있음이 감사할 뿐이다. 나에게 주신 이 땅에서의 삶의 마지막이 언제 닥칠지 알 수 없다. 하나님께서 부르시는 그날까지 오직 믿음을 통해서만 가질 수 있는 영원한 소망을 안고 열심히 기도하면서 성실한 하루하루를 살아가고 싶을 뿐이다.

삶의 마지막을 아름답게

미국 39대 대통령 지미 카터는 『늙어가는 것의 미덕』이라는 책을 1998년에 펴냈다. 그는 친구들에게 책의 제목을 이야기했더니 모두 고개를 갸우뚱하면서 늙어가는 일이 어떻게 미덕일 수 있는가라고 반문을 했지만 책이름을 끝까지 고수했노라고 책 서두에 적고 있다. 그는 늙음의 미덕을 우리가 늙어가면서 갖게 되는 모든 축복과 우리가 늙어가면서 남에게 줄 수 있는 혜택이라고 정의하였다. 이것은 각자의 경험을 통해서 각양각색으로 나타날 수 있는 것이라고도 했다.

CBS의 (L 감독님 주관) 프로그램 '누군가를 만난다'에서 『아름다운 죽음을 위하여』의 저자(최화숙)와의 인터뷰를 본 일이 있다. 말기 환자를 수용하는 '호스피스'를 주제로 다루었는데 한국에 들어온 지 40년이 넘었으니 생소한 단어는 아니라고 하면서 의학적으로는 소생의 가능성이 없는 사람들이 조용히 삶의 마지막을 준비하며 가족이나 친지와 이 땅에서의 삶을 서서히 하직하는 준비를 하는 곳임을 저자가 설명하였다. 삶의 마지막 단계를 많이 지켜본 저자는 이렇게 빨리 이 세상을 떠날 줄 알았더라면 살아있는 동안 좀 더 알뜰히 사랑하고 돌보았어야 할 이름들을 부르며 통곡하고 후회하는 사람들, 그리고 지난날의 잘못을 회개하고 하나님께 용서를 구하고 열심히 이웃을 위해서 살았기에 하나님께서 맞이해 주시리라고 믿고 담담히 그날을 기다리는 사람으로 구분이 된다고 했다. 사회자는 결국 잘 죽는다는 것은 잘살아야 하는 것임을 강조했다.

일간신문에는 '당신이 60세 전에 해야 할 일들'을 다음과 같이 열거하고 있다. 즉

1. 유서를 미리 써두어라.
2. 취미에 맞는 공부를 다시 시작해라.
3. 여가를 잘 보내는 방법을 고안해 내어라.
4. 행복 네트워크를 구축하라.
5. 가족과 일대일만남의 시간을 정기적으로 만들어라.
6. 누군가의 성공을 돕는 일을 시작해라.
7. 병원비를 감당할 보험을 챙겨라.
8. 행복의 원천을 찾도록 노력하라.

등이다. 은퇴한 후에도 열심히 부지런히 사는 것이 중요하겠고

특히 행복의 원천을 깨달아서 삶의 마지막을 아름답게 맞이할 수 있으면 좋겠다. 행복의 원천은 이 세상에 속한 것에 매달리는 것이 아님은 분명하다. 왜냐하면 이 세상의 눈에 보이는 것은 한계가 있고 결코 영속적으로 누릴 수 있는 것이 아니기 때문이다. 이 땅에서의 우리의 삶의 마지막이 다가올 때 우리가 할 수 있는 일은 지난날을 뒤돌아보며 다시 한 번 지난날의 허물과 잘못을 회개하고 다른 사람의 마음을 아프게 한 일이 있거나 실망시킨 일이 있으면 그 사람에게 자기의 잘못을 고백하고 용서를 구하는 것이 바람직하다. 우리가 믿음을 통해서 구원을 얻고 영생의 약속을 믿는 그 신앙으로 죽음을 끌어안을 마음의 준비가 되어 있을 때 삶의 마지막은 아름다운 것이 될 수 있겠다. 삶의 마지막을 아름답게 맞이할 수 있는 사람이 된다는 것은 우리 모두에게 주어진 큰 과제가 아닐 수 없다.

제8부

영원한 삶

/ 하늘과 물 그리고 숲 /

창가에 앉으면
하늘과 물
그리고 숲이 보인다.

끝없는 하늘
맑은 물
5월의 숲은 싱그럽기만 하다.

하늘처럼 넓은 마음을 가졌으면
저 물처럼 맑은 마음을 품었으면
저 나무처럼 위로만 향해 뻗어 갔으면….

창가에 앉으면

아름다운 창조의 신비가
포근히 감싸준다.

오늘도 창가에 앉아
마음 모아 찬양하고
감사의 기도를 올린다.

/ 새벽의 속삭임 /

쫓기는 듯 살아가기에
시간이 없다고들 합니다.
이건 누구나 할 수 있는
핑계가 아닌지요.

새벽에 일어나서
조용히 두 손 모으면
영혼의 합창과 성령님의 메아리
아름다운 화음으로 들려옵니다.

삶이 메마른 것은
이 영혼의 속삭임을
외면하기 때문이 아닌지요.

살기 위해

바삐 쏘다니는 건
누구나 하는 일입니다.

합장하고 정성으로 기도하면
구원의 기쁨
삶의 보람
영원한 소망이
포근히 감싸줍니다.

오늘도
새벽에 일어나서
두 손을 모읍니다.

은은하게 들려오는
영혼의 소리에
마음을 가다듬고
귀를 기울입니다.

/ 새날 아침의 기원 /

이른 새벽에
조용히 고개 숙여
기도드립니다.

사랑의 주님
이 하루도
주님의 귀한 뜻
이 못난 자를 통해서
이루어지는 날
되게 하시옵소서.

성령님께서
충만히 주장하시어
이 못난 자의 삶
보람 있는 것
되게 하시옵소서.

세상에서 겪는
그 많은 아픔
주님의 십자가
바라보면서
담대히 이기고
살아가게 하시옵소서.

우리는 어차피
하늘나라의 백성
오늘도
감사하면서
저 천성을 향하여

착실한 발걸음
옮겨가게 하시옵소서.

/ 상문 /

(어머님의 장례식장에서 조문객을 바라보면서)

생전 만나지 못한 노부인의 사진을 보며
나는 정성어린 두 손 모아 절을 합니다.
그분을 생전에 만나 뵙지 못한 것이 문제가 되지 않습니다.
그분은
나의 친구
나의 동료
나의 선생
나의 제자를 낳아 주신 분입니다.
그것으로 족합니다.
나는 내 친구로 말미암아 삶이 풍요로워 졌습니다.
내 동료로 말미암아 하는 일이 즐겁습니다.
나는 그와 같은 선생님 모신 것 자랑으로 여깁니다.
나는 그와 같은 제자를 둔 것을 고맙게 여깁니다.
나는 절을 두 번 합니다.
한번은 돌아가신 분의 영혼을 위하여
또 한 번은 그분이 낳아주신 자손으로
풍요로워진 삶을 살게 하신 것을

진심으로 감사하는 마음으로
나는 다시 한 번 존경하는 마음으로 묵례하며 영정을 쳐다보고
사랑하는
상주들의 손을 잡습니다.
당신은 가셨지만
낳으신 자녀가 든든히 서 있습니다.
당신의 뜻을 따라 그들이 늠름하게 제 자리를 지킬 것입니다.
당신은 훌륭한 일 하시고 떠나셨습니다.
남은 자식들이 앞으로도 우리의 삶에 기쁨을 더 해 줄 것이니까요.
편히 가소서
다시 한 번 감사하는 마음으로 물러갑니다.
아름다운 영의 세계
하늘나라에서
편히 쉬소서.
편히 쉬소서.

/ 참순이 /

당신은 참을 먹으며 자랐기에
참을 좋아하나 봅니다.
참이 아닌 것에는 언제나 꼿꼿이
고개를 내어 젓는 한 송이의 백합화

당신은 참을 줄 아는 사람
그 어려운 고비들을
눈물로 참고
오늘에 이르렀지요.

거짓이 아닌 참을
옷 입고 사는 당신은
참을 외치지 않고
조용히 풍기기만 하는
한 송이의 국화

언제나 단정히
굽히지 않고
바르게 서 있는 당신은
한 그루의 소나무

늘 푸르고 싱싱하게
참을 선물하며
따뜻한 햇볕처럼
감싸주는 당신

당신의 이름은
참순이지요.

/ 영원한 삶 /

캄캄한 동굴입니다.
삶의 의미를 찾아서 헤맵니다.
지척을 알아볼 수 없습니다.
굵은 밧줄 하나가 머리를 칩니다.
그 밧줄을 붙들고
줄이 이끄는 대로 걸어갑니다.

저 멀리 빛이 보입니다.
나는 길이요 진리요 생명이니라는
말씀이 들려옵니다.
동구 밖으로 이끌려 갑니다.

태양이 눈 부십니다.
빛을 찾기만 하면
말씀을 듣기만 하면
생명줄을 잡기만 하면
절망에서 소망으로 옮겨집니다.
영원한 삶이 거기에 있습니다.